大
方
sight

Richard Powers
[美]理查德·鲍尔斯 著
王敬慧 译

困惑

Bewilderment
Richard Powers

中信出版集团 | 北京

图书在版编目（CIP）数据

困惑 /（美）理查德·鲍尔斯著；王敬慧译 . -- 北京 : 中信出版社，2023.6
书名原文：Bewilderment
ISBN 978-7-5217-5306-6

I. ①困… II. ①理… ②王… III. ①长篇小说－美国－现代 IV. ① I712.45

中国国家版本馆 CIP 数据核字（2023）第 047538 号

BEWILDERMENT by Richard Powers
Copyright © 2021 by Richard Powers
Simplified Chinese translation rights arranged with Melanie Jackson Agency, LLC
through Andrew Nurnberg Associates International Ltd.
Simplified Chinese translation copyright © 2023 by CITIC Press Corporation
ALL RIGHTS RESERVED
本书仅限中国大陆地区发行销售

困惑
著者： ［美］理查德·鲍尔斯
译者： 王敬慧
出版发行：中信出版集团股份有限公司
（北京市朝阳区东三环北路 27 号嘉铭中心　邮编　100020）
承印者： 河北鹏润印刷有限公司

开本：880mm×1230mm 1/32　　印张：10　　字数：242 千字
版次：2023 年 6 月第 1 版　　　　　印次：2023 年 6 月第 1 次印刷
京权图字：01-2023-0791　　　　　　书号：ISBN 978-7-5217-5306-6
定价：69.00 元

版权所有·侵权必究
如有印刷、装订问题，本公司负责调换。
服务热线：400-600-8099
投稿邮箱：author@citicpub.com

那些凝视地球之美的人会发掘一种足以储备到生命尽头的力量。

——蕾切尔·卡森

因此,出于类似的原因,我们必须承认地球、太阳、月亮、海洋和所有其他事物都不是唯一的,而只是难以计数的众多数字中的一个数字而已。

——卢克莱修《物性论》

但我们可能永远都找不到它们,是吗?[1]一个晴朗的秋夜,在美国东部最后一片黑暗的天空边缘之下,我们在木屋露台上装好望远镜。如此纯正的黑暗已不多见,更何况它是如此浓郁,足以照亮天空。我们将望远镜指向租来的小木屋上方的树木缝隙处。罗宾把他的眼睛从目镜上移开——我这个刚满九岁的孩子,悲伤、特立独行,与这个世界还未完全接轨。

"完全正确,"我说,"我们可能永远找不到它们。"

如果我知道答案,且答案并不致命,我总是尽量告诉他真相。反正我撒谎他也看得出来。

但它们到处都是,对吧?你们已经证明了这一点。

"嗯,也没有完全证明。"

也许它们太远了。空间太大什么的。

当他找不到合适的词语时,他的手臂就像风车一样旋转。我们快到该睡觉的时间了,但是这也于事无补。我把手放在他茂密的赤褐色头发上。那是她——艾丽[2]——的颜色。

---

[1] 英文原版中,主人公儿子及他妻子所说的话都以斜体表示,而非双引号;本中文版则将此部分以楷体标出。
[2] 艾丽(Aly),艾丽莎(Alyssa)的昵称。

"那如果我们永远都听不到来自外层空间的声音呢?那会说明什么?"

他举起了一只手。艾丽莎常说,当他集中注意力时,你可以听到他那大脑硬件运行的声音。他眯起眼睛,凝视着下方幽暗的树林沟壑。他的另一只手刮着下巴的凹痕——他认真思考时就习惯这样。他刮得太用力,以至于我不得不阻止他。

"罗比[1]。嘿!该着陆了。"

他伸出手来安慰我,以示他很好。他只是想趁着这会儿还可能的时候再思考一分钟,带着这个问题进入梦乡。

如果我们永远都听不到,就,永远永远?

我向我的小科学家点头表示鼓励——悠着点儿。今晚的观星到此结束。我们在一个以多雨著称的地方度过了最晴朗的夜晚。一轮狩猎月[2]挂在地平线上,又大又红。透过树木顶端的圆圈,它如此清晰,似乎触手可及,银河系溢了出来——黑色的河床上有无数斑点砂矿。如果你保持不动,你几乎可以看到星空的旋转。

没什么是肯定的。就是那样。

我笑了。他每天都能让我笑上一次或更多次,间隔总是恰到好处。如此地桀骜不驯。如此激进地质疑。他既像我,又像艾丽莎。

"是的,"我赞同道,"没有什么是肯定的。"

但是吧,如果我们确实听到了点儿什么。那可不得了了!

"的确。"会有其他的时间,其他的夜晚,来说明到底是如何不得了的。现在,该睡觉了。他用望远镜的镜筒最后看一眼仙女座星

---

1 罗比(Robbie),罗宾(Robin)的昵称。
2 狩猎月是收获月之后的第一个满月,收获月是最接近秋分的满月,因此它总是先发生,然后再是狩猎月。北半球狩猎月一般在10月或11月,南半球则出现在4月或5月。因利于夜晚狩猎或劳作而得名。

系闪耀的核心。

我们今晚可以睡在外面吗,爸爸?

我把他从学校领出来一周,带到林子里。他和同学们之间又出了些麻烦,我们需要冷静一下。我可不能大老远地一路把他带到大雾山,还不让他在外面睡一晚。

我们回屋为探险准备装备。楼下是一间很大的镶板房间,散发着松树和熏肉味。厨房里弥漫着湿毛巾和石膏的气味——温带雨林的味道。橱柜上粘着便利贴——"咖啡过滤器在冰箱上方。""请使用其他的盘子!"破旧的橡木桌上摊着一本绿色螺旋装订的说明书文件夹:管道装置、保险丝盒位置、紧急电话号码。房子里的每个开关都做了标记:吊顶、楼梯、走廊、厨房。

窗户的高度都快到天花板了。明天早上,从窗户向外望去,将会看到绵延起伏的山脉。石板壁炉的两侧是一对起了毛球的乡村风格沙发,上面装饰着麋鹿、独木舟和熊。我们征用了所有的垫子,把它们带到外面,放在露台上。

我们可以吃零食吗?

"别了吧,伙计。美洲黑熊,每平方英里[1]就有两头,从这里到北卡罗来纳州,它们都能闻出花生的味道来。"

哇,不是吧!他竖起一根手指,但这倒是让我想起来了!

他又跑了进去,带回来一本小巧的平装书:《大雾山哺乳动物》。

"真要读吗,罗比?这里漆黑一片。"

他举起一个应急手电筒,那种你可以手动充电的手电筒。那天早上我们到达时,他对这个手电非常着迷,要我解释它是如何运作的。对于电子,他乐此不疲。

---

[1] 1平方英里约为2.59平方千米。

我们在临时搭建的大本营里安顿下来。他看起来很开心,这也是这次特别旅行的目的。在长条板上铺好床,躺下,我们一起念诵了他母亲曾用过的非宗教式祷文,随后便在我们银河系的四千亿颗恒星之下入睡了。

我从未相信过医生们对我儿子做出的诊断。当一个病症在几十年里有了三个不同的名称时，当它需要两个子类别来解释完全矛盾的症状时，当它从原本并不存在的情况下成为在整个国家一代人中最常被确诊的儿童疾病时，当两个不同的医生想要开出三种不同的药方时，就有什么问题了。

我的罗宾睡眠并不总是很好。几个月里，他会尿几次床，而这让他羞愧不已。噪声会让他不安；他喜欢把电视机的声音调得很小，小到我都听不见。如果布猴不坐在洗衣房里的那台洗衣机上方，他就会不开心。他把所有零用钱都投入一个集换式卡牌游戏中——把它们都收集起来！——但他会把未开封的卡片按数字顺序放在一个特殊的带活页夹的塑料套册里。

在拥挤的电影院里，隔很远他都能闻到屁的味道。他会花几个小时专注于研究内华达矿产或英格兰国王和王后——任何表格中的内容都能让他专注。他不断地精细勾画素描，为细节而努力，那细微差异之处我根本看不出来。他用一年时间画复杂的建筑物和机器，然后是动物和植物。

除了我之外，他说的话对每个人来说都是难解之谜。即使某部电影他只看过一次，他也可以完整复述全部场景。他不断回溯记忆，每一次细节的重复都让他更快乐。当他读完一本他喜欢的书时，他会立即从第一页开始重读。他会没缘由地泄气、发脾气,可他也很容易变得欢欣快乐。

在不安的夜晚,当罗宾来到我的床上时,他想待在离窗外无尽恐惧最远的那一边。(他的母亲也一直想要安全的一边。)他会幻想发呆,不能按时完成任务,是的,他拒绝专注于那些他不感兴趣的事情。可他从不会坐立不安,不会四处乱跑,也不会不停说话。对着自己喜欢的东西,他可以保持安静几个小时。告诉我:什么病症与这些行为相符?什么病症能解释他的状况?

医生给出的解释有很多,包括与每年喷洒在整个国家的食品上的数十亿磅的毒素有关的综合征。罗宾的第二位儿科医生很想把他放在"频谱上"。我想告诉那个人,在这个侥幸的小星球上活着的每个人都在频谱之上。频谱就是这个意思。我想告诉那个人,生活本身就是一种频谱紊乱,我们每个人都在连续彩虹中以某种独特的频率振动。我想揍他。我猜我这种想法应该也有一个对应的病名。

真是奇怪,在《精神障碍诊断与统计手册》里没有关于"强行诊断人有病"的病名。

当罗宾的学校让他停学两天,并让他们自己的校医来处理这一情况时,我觉得这简直是要返祖了。有什么好解释的?合成材料的衣服会让他起可怕的湿疹。他的同学因为罗宾不理解他们的恶毒八卦而骚扰他。他七岁时,母亲出车祸去世。几个月后,他心爱的狗在困惑中郁郁而终。不管是什么医生,还需要更多原因去解释他令人不安的行为吗?

目睹着医学的无能,我想出了一套疯狂的理论:我们不能再企图纠正生命。我的儿子是一个我永远都无法真正了解的袖珍宇宙。我们每个人都是一个实验,我们甚至都不知道这个实验在测试什么。

　　我的妻子会知道如何与医生交谈。她喜欢说，人无完人，但是，哎，我们真是如此优美地美中不足。

他是个男孩,自然想去看乡下人维加斯乐队。三个城镇的人挤在一起,有两百个可以点薄煎饼的地方;怎么能不爱呢?

我们从小木屋出发,沿着一条迷人的河流蜿蜒曲折地行驶了十七英里[1],花费将近一个小时。罗宾坐在后座,看着水面,扫视着急流。野生动物宾果游戏。他最喜欢的新游戏。

高鸟!他叫道。

"哪一种?"

他翻阅着他的户外指南。我怕他会晕车。苍鹭?他转身回望河边。又是几段蜿蜒曲折的路,他又喊出声来。

狐狸!狐狸!我看见狐狸了,爸爸!

"灰色还是红色?"

灰色的。天哪!

"灰狐狸爬上柿子树吃果实。"

不是吧。他在查阅他的《大雾山哺乳动物》,那本书证实了我是对的。他咕哝着捶了一下我的手臂。你到底是怎么知道所有这些东西的?

在他醒来之前浏览他的书有助于我领先他一步。"嘿,我可是生

---

[1] 1英里约为1.61千米。

物学家，不是吗？"

屁股……生物学家[1]。

他咧嘴一笑以试探他是否刚刚越过了一条可怕的界限。我瞪着眼睛没说话，既震惊又觉得好笑。他的问题是愤怒，但他的愤怒几乎从不刻薄。老实说，一点刻薄或许还能保护保护他。

"嚯，小伙。你刚刚可是错过了到地球八个多年头里的一次闭门思过。"

他笑了，然后他又回去继续观察河岸。之后，沿着那条蜿蜒的山路走了一英里左右时，他把手放在我的肩膀上。我只是在开玩笑，爸爸。

我看着前方的路，告诉他："我也是。"

我们排队进了里普利奇趣馆。这个地方让他不安。跟他同龄的孩子们在到处乱跑，即兴组成杂乱无序的乐队。他们的尖叫让罗比紧张。看了三十分钟的恐怖表演后，他请求离开。他在水族馆里感觉好些，尽管他想画的黄貂鱼不会因为他要为它画肖像素描而静止不动。

午餐吃了炸薯条和洋葱圈，然后我们乘电梯来到天台。他差点吐在玻璃地板上。他攥紧拳头，咬紧下巴，宣称这太棒了。回到车里，他似乎松了口气，因为已经离加特林堡很远了。

开车回林间小木屋的路上，他沉思着。那里不会是妈妈在这个星球上最喜欢的地方。

"不是。可能连前三都排不上。"

他笑了。如果时机抓得对，我就可以逗笑他。

---

[1] 此处罗宾开玩笑地强调父亲职业名称"astrobiologist"（天体生物学家）里面"as"的发音，使其听起来变成了"ass"（有屁股、傻子的意思）。

那天晚上天太阴沉,不能观星,但我们仍旧睡在外面,睡在我们那印着麋鹿和熊游行图案的乡村风格垫子上。罗宾关掉手电筒两分钟后,我低声说:"你明天过生日。"可他已经睡着了。我为我们俩轻声诵读了他母亲的祷文。这样一来,如果他因遗忘而惊醒,我就可以告诉他不用担心。

他在夜里叫醒我。你说有多少颗恒星来着?

我生不起气来。即使是从睡梦中被叫醒,我也很高兴他仍在观星。

"将地球上的每一粒沙子乘以树木的数量。一百个千的九次方[1]。"

我让他说二十九个零。说到十五个零的时候,他的笑声变成了呻吟。

"如果你是一位使用罗马数字的古代天文学家,你可能无法把这个数字写出来。甚至你一生都写不完。"

多少颗恒星有行星?

那个数字在迅速变化之中。"可能大多数恒星都至少有一颗行星。还有许多颗恒星会有多颗。单单在银河系的恒星宜居带内就可能会有九十亿颗类地行星,而在本星系群里可能有数十个其他星系……"

然后呢,爸爸?

他是一个习惯于失落的男孩。当然,大寂静[2]让他难过。巨大的虚空让他提出了一个问题,这个问题与恩里科·费米七十五年前

---

[1] 此处的数字表述为 $100 \times 1\,000^9$,即 1 后面 29 个 0。
[2] 大寂静(the Great Silence)指科学家们认为宇宙中应当存在智慧生命,但却没有找到任何相关的证据。这一说法最早来自物理学家费米,因此也被称为"费米悖论"。

在洛斯阿拉莫斯那顿著名的午餐时提出的问题一模一样。如果宇宙比任何人想象的都更大、更古老,那么我们就有了一个显而易见的问题。

爸爸?有那么多的地方可以生存?怎么哪里都看不到迹象?

早上我假装忘记了今天是什么日子。我这个九岁的寿星佬看穿了我。当我用六种混合材料制作超豪华的燕麦粥时，罗宾靠在餐台边，晃来晃去，兴奋地蹦蹦跳跳。我们以打破陆地纪录的速度进食。

我们打开礼物吧。

"打开什么？就这么理所当然地认定有礼物吗？"

不是认定。是假定。

他知道他会收到什么。几个月来，他一直在与我交涉：一台连接到我平板电脑上的数码显微镜，可以让他在屏幕上显示放大图像。接下来，他整个上午都在尝试显示池塘浮渣、他自己脸颊内侧的细胞，和一片枫叶的背面。在我们假期剩下的时间里，他会高兴地观察各种样本并在他的笔记本上草绘记录。

我害怕让他一下子玩过了量，便把我在山脚下一个二十世纪五十年代小杂货店里偷偷买的蛋糕推了出来。他的脸亮了起来，可又一下子暗了下去。

蛋糕吗，爸爸？

他径直走向我没能藏起来的盒子。他研究着配料，摇了摇头。

不是纯素的，爸爸。

"罗比，今天是你的生日。这日子就……一年才一次吧？"

他不肯笑。黄油。乳制品。蛋。妈妈不会赞同的。

"哎，我可看过你妈妈吃蛋糕，不止一次！"

话一出口，我就后悔了。他看起来就像一只胆怯的松鼠，不知道是该接受面前他渴望的好东西，还是逃回树林。

什么时候？

"她时不时地会破些例。"

罗宾盯着蛋糕看，这是一个像胡萝卜一样没有原罪的东西，它的无邪会让任何孩子光是想到要吃掉它便觉得难过。他短暂的、小小的生日伊甸园一下子就爬满了蛇。

"没事，孩子。我们可以把蛋糕喂给鸟儿吃。"

嗯，我们可以先试着吃一点？

我们开吃了。每一口蛋糕都让他很开心，随之他又思索起来。

她有多高？

他知道她的身高。但今天他需要一个数字。

"五英尺二英寸[1]。你很快就会超过她。她是一名跑步健将，记得吗？"

他点点头，更多的是对他自己而不是我点头。小而强大。

她在准备去州议会大厦战斗时曾这样称呼自己。我喜欢形容她为"小巧的行星"——这是从聂鲁达的一首十四行诗中借来的，我曾在一个即将入冬的晚秋之夜为她背诵这首诗。我不得不求助于其他男人的话语来向她求婚。

你叫她什么？

他能读懂我的想法，这总是让我感到不安。"哦，各种称呼。你记得的。"

比如呢？

---

[1] 1英寸约为2.54厘米，1英尺等于12英寸，五英尺二英寸即157.48厘米。

"就像用艾丽代替艾丽莎,或者阿莱(Ally),因为她是我的盟友(ally)。"

莉丝小姐。

"她从不喜欢那个称呼。"

妈妈。你会叫她妈妈!

"有时。是的。"

真是太诡异了。我伸手抚弄他的头发。他猛地躲开可还是让我得手了。我的名字又是怎么来的?

他知道自己的名字是怎么来的。他听这个故事的次数比尚健康时还要多得多。但他已经好几个月没有问过了,我不介意重复一遍答案。

"我们第一次约会时,我和你妈妈去观鸟。"

在麦迪逊之前。在一切发生之前。

"在一切发生之前。你妈妈很厉害!她不断地发现各种鸟。莺、画眉和鹟——这些鸟中的每一只,她都熟悉。她甚至不用看,只要用耳朵听,就能知道是什么鸟。与此同时,我在那里却十分窘迫,根本无法分辨这些令人困惑的棕色小东西……"

还不如约她看电影?

"啊。所以你以前听过。"

也许。

"最后,我看到了一抹惊人的亮橙红色。我得救了。我开始大喊,哦,哦,哦!"

妈妈问:"你看到了什么?你看到了什么?"

"她很替我兴奋。"

然后你就骂脏话了。

"我可能的确说了脏话。丢尽了脸。'啧。抱歉。那只是一只罗宾鸟。'我当时想，我恐怕再也约不到这个女人了。"

他等待着那句妙语，出于某种原因，他需要再次亲耳听到。

"可是你妈妈，用她的双筒望远镜看过去，就像我发现的是她见过的最奇特的生物。她目不转睛地盯着，说：'罗宾鸟是我最喜欢的鸟。'"

就在那个时候，你爱上了她。

"那时我知道：我想花尽可能多的时间待在她身边。后来，当我更了解她时，我告诉了她这件事。我们开始一直说。每当我们一起做任何事情时——读报纸、刷牙、纳税或倒垃圾，不管是我们认为理所当然的废话还是无聊的事情，我们交换一下眼神，读懂彼此的想法，然后我们中的一人就会脱口而出，'罗宾鸟是我最喜欢的鸟！'"

他站起来，将他的盘子摞在我的盘子上，把它们拿到水槽边，打开水龙头。

"嘿！今天是你的生日。轮到我洗碗了。"

他坐回我对面，用一种"你看看我"的眼神看着我。

我能问你一件事吗？不要撒谎。诚实对我来说很重要，爸爸。罗宾鸟真的是她最喜欢的鸟吗？

我不知道如何为人父母。我所做的大部分事情，都比照着她曾经的言行。我在任何一天所犯的错误都足以使他受到终生的伤害。我唯一希望的是所有错误能以某种方式相互抵消。

"说实话，你妈妈最喜欢的鸟一直都是她面前的那只。"

这个回答让他很激动。我们这个好奇的男孩，和任何人一样奇怪。在他还没有学会说话之前，就承受着世界历史的重担。在去世前几个月，艾丽就说，这孩子今年六岁，虚岁六十。

"但是对她和我来说，罗宾鸟是国鸟。它有着独特的意义。我们只需要说这个词，生活就变得更美好了。我们从来没有想过给你起别的名字。"

他露出自己的牙齿。你知不知道名字叫罗宾鸟是什么感觉？

"你什么意思？"

我的意思是，在学校、在公园，不管到哪里，我每天都要承担它带来的后果。

"罗比？你告诉我。又有孩子欺负你了？"

他闭上一只眼睛，抽开身。整个三年级都是一副混蛋面孔。

我伸出双手，请求原谅。艾丽莎曾经说过：这个世界将会把这个孩子拆分开来。

"罗宾是一个有尊严的名字。男女皆宜。你可以用它做一些好事。"

也许在其他星球上吧。一千多年前。真是谢谢你们俩了。

他向显微镜的目镜里看去，回避了我。他更勤奋地记起笔记。外人看来可能会以为他真的在研究些什么。在一份保密的学生报告里，罗宾的二年级老师声称他很慢，可并不总是准确。她说罗宾慢是对的，但不准确可就错了。如果给这孩子时间，他会比他的老师想象的更准确。

我走到平台上呼吸树林中的空气。这片森林四通八达。五分钟后——这对他来说一定是种永恒的感觉——罗宾走了出来，滑到我的胳膊下面。

对不起爸爸。这是个好名字。而且我也不介意这么……你知道的。令人困惑。

"每个人都令人困惑。每个人都很困惑。"

他把一张纸放到我手里。看看。你觉得怎么样？

左上角，一只彩色铅笔勾勒的鸟，侧写，正朝着页面中心望去。

他画得很细致，精细到喉咙上的条纹和眼睛周围的白色斑点。

"哟呵，瞧瞧。正是你妈妈最喜欢的鸟。"

那这个呢？

第二只鸟从纸张的右上方侧身回看。很明显，是只乌鸦：一只收起双翅的乌鸦，就像一个穿着燕尾服的人，双手背在身后踱步。我的姓氏源自"Bran"一词——在爱尔兰语中是乌鸦的意思。"很好。来自罗宾·拜恩的头脑？"

他把画拿回去，审视着，已经在计划着如何微调。等我们回去后可以用这个打印一些信纸吗？我真的，真的需要一些信纸。

"可以的，生日男孩。"

我带他看行星德沃（Dvau），它的大小、温度和我们地球的差不多。那里有山脉、平原、地表水，也有云、风、雨组成的厚厚的大气层。河流将岩石冲刷成宽阔水道，将沉积物向下带入起伏的大海。

我的儿子激动地关注着一切。看起来像我们那里，爸爸？看起来像地球？

"有一点像。"

有什么不同？

站在我们所处的红色岩石海岸上，答案并不明显。我们转换地方打量。极目四望，没有任何东西生长。

它是死了吗？

"并不是死的。试试你的显微镜。"

他跪下来，从潮汐池里捞出一些薄膜放到载玻片上。无处不在的生物：螺旋状的、棒状的、足球状的、细丝状的、棱纹的、有孔的或衬有鞭毛的。要把这些都画出来，他可以一直画下去。

你的意思是，它还年轻？才刚刚开始？

"它的年龄是地球的二倍。"

他环顾着枯萎的景象。那它怎么了？对我的儿子来说，到处游荡的大型生物是上帝的赐予。

我告诉他行星德沃几乎是完美的——身处恰当的星系中的恰当

位置，具有恰当的金属丰度，并且被辐射或受其他致命干扰而湮灭的风险很低。它以恰当的距离围绕恰当的恒星旋转。像地球一样，它有飘浮的板块、火山和强大的磁场，这使得碳循环和温度都很稳定。像地球一样，它也被来自彗星的雨水浇灌。

天哪。地球需要多少东西啊？

"多到它不配。"

他打了个响指，但手指太软太小，发不出声音。我知道了。陨石！

行星德沃，和地球一样，在更远的轨道上有一个大型行星，保护它免受极端撞击。

那到底怎么回事？他似乎快要哭出来了。

"没有大月亮。附近没有任何东西可以稳定它的旋转。"

我们升入近轨道，世界开始摇晃。我们看着日子无序地变化，四月一眨眼就变成十二月，然后是八月、五月。

我们观察了数百万年。微生物达到了它们的极限，就像一个漂浮在码头上的浮子。每当生命试图摆脱困境时，行星就会旋转，将其击退为嗜极微生物。

永远？

"直到太阳耀斑烧毁它的大气层。"

他的表情让我因为过早告诉他这点而自责。挺酷的，他说道，假装勇敢，算是吧。

行星德沃一路荒芜至地平线。他摇摇头，试图判断这个地方到底是出悲剧还是一场胜利。他看着我。当他开口时，问出的，是宇宙中所有生命都会问的第一个问题。

还有什么，爸爸？还有什么地方？让我再看一个吧。

第二天，我们来到树林。罗宾有些激动。九岁了，爸爸。我可以坐在前面了！法律最终将他从后排的安全座椅上解放。他一直在等待前座的景色。天哪。坐在这里，景致好多了。

雾气凝结在山间的褶皱中。我们驱车穿过小镇，路两侧分布着两栋建筑：五金店、杂货店、三个烧烤场地、漂流泳圈租赁店、户外用品店。然后我们进入了五十万英亩[1]的恢复林。

在我们面前，曾经比喜马拉雅山还要高的山脉的残余部分已演变成圆顶的山麓丘陵。柠檬色、琥珀色和肉桂色——不同颜色的落叶——顺流而下。酸木和枫香树覆盖着深红色的山脊。我们绕过弯道进入公园。罗宾惊讶地吐出一个长长的元音。

我们把车停在小径起点处。我背着装有帐篷、睡袋和炉子的框架背包。弱小的罗宾背着装满面包、豆汤、餐具和棉花糖的小背包。背包的重压已经使得他不得不弓着身子前行。我们越过一座山脊，蜿蜒折回到一个偏远的露营地，今晚那里将完全属于我们，就在一条溪流旁，那里曾是我所需的全部星球。

秋天的浓彩覆盖了南阿巴拉契亚山脉。杜鹃花从沟壑间纵横倾泻而下，挤在灌木丛的高处，让罗宾有些幽闭恐惧的感觉。在茂密

1　1英亩约为4046.86平方米。

的灌木层之上,是山核桃、铁杉和北美鹅掌楸的树冠,同样郁郁葱葱。

罗宾每隔一百码[1]就停下来描画一片苔藓或成群的蚁巢。对我来说,这没什么问题。他发现了一只以大量赭色果肉为食的东部箱龟。当我们弯下身子靠近时,它挑衅地立起来,伸长了脖子,拒绝逃跑。直到罗宾在它旁边跪下,这个生物才缩了回去。罗宾在该生物外壳的圆顶上追踪火星楔形文字,拼出了难以理解的信息。

我们沿着社区共建[2]小径向上攀爬,进入海湾硬木林。这条小径是由比罗宾大不了多少的男孩们自发铺设的,那是在公共社区事业成为众矢之的之前。枫香树的星形叶子同时带有八月的翠玉色和十月的砖红色,我捏碎后让他闻闻看。他发出惊呼声。打开了的山核桃壳更让他震惊。我让他咀嚼一片深红色树叶的尖端,借品尝味道理解它为什么叫"酸木"。

空气中充满了腐殖质的气味。一英里多的路程,那往上的小径像楼梯一样陡峭。当我们穿过落叶阔叶林时,光影跟随着我们。我们绕过一块高出地面且长满苔藓的巨石,周围的世界从潮湿的海湾硬木变成了干燥的松树和橡木。这是一个丰收年。橡子堆满小径。我们每走一步,都会踩散一大片。

在小径附近碗状开口的枯叶层中升起的,是我见过的最精致的蘑菇,一个比我两只手合起来还大的奶油色半球状蘑菇。一条凹陷的真菌带在它身上弥散着,形成一个像伊丽莎白时代的环状领一样错综复杂的表面。

---

[1] 1码约为0.91米。
[2] 社区共建(Center for Community Change,CCC),是一家强调民众共同努力改善社区生活环境和政策的机构。

呜哇！什么东西啊……

我没有说话。

再往前走，他差点踩到一条黑黄相间的马陆。那动物在我手里蜷缩成一个球。我把它上方的空气往罗宾的鼻子那儿扇了扇。

天啊！

"什么味道？"

像妈妈的味道！

我笑了。"嗯，是的。杏仁提取物的味道。妈妈以前烘焙时，身上有时就是这个味道。"

他把我的手掌压在他的鼻子上，移动着。太不可思议了。

"形容得不错。"

他还想要闻，但我把这个生物放回了莎草丛中，然后我们沿着小径继续前进。我没有告诉我的儿子，这美妙的气味其实是一种氰化物，剂量到一定程度会有毒。我应该告诉他的。诚实对他来说很重要。

沿着小径向下又走了一英里,我们来到岩石溪流旁的一片空地上。一片片白色的瀑布流入更深、更开阔的水池。两岸立着山月桂和斑驳的美国梧桐林。这个地方比我记忆里的还要漂亮。

我们的帐篷堪称工程学奇迹,它的重量比一升水还轻,体积比一卷纸也大不了多少。罗宾自己搭起了帐篷。他装好细杆,将它们弯曲到帐篷的孔眼中,再将织物夹扣在拉紧的外骨架上,嘿,就成了我们今晚的家。

我们需要用外帐吗?

"你觉得不用的可能性有多大?"

他觉得可能性很大,运气应该很好。我也觉得。我们周围有六种不同的树林,一千七百种开花植物。这里的树种比整个欧洲加起来的数量都多。还有三十种蝾螈,看在上帝的分上。若你远离主宰这座星球的生物足够久,清空一下头脑,会发现太阳系三号[1]这个宇宙中的小蓝点其实挺不错的。

在我们的头顶,一只像《绿野仙踪》中的飞猴一样的乌鸦飞上一棵白松树。"它来参加拜恩营开幕式。"

---

[1] "Sol 3",即地球。

我们欢呼雀跃，鸟儿飞走了。然后，我们二人在背着背包艰难攀爬了一天之后，选择去游泳，这天的气温以五度之差又一次打破历史最高温纪录。

瀑布滑槽下，从一棵茂密的北美鹅掌楸下陡然出现一条人行道。地衣、苔藓和藻类像行动绘画般溅落在两侧的岩石上。小溪清澈见底。我们向上游走去，发现了一块平坦的巨石。我不畏水寒，缓缓进入水中。我那疑惑的儿子难以置信地看着。

水冲击我的胸腔，把我推向一堆乱石。从岸上看去平缓的水面，其看不见的水下却是连绵起伏的山脉。我陷入激流中。我的脚踩上一块石头，经过流水几个世纪的冲刷，石头被打磨得非常光滑。然后我想起了该怎么做。我在激流中坐下，任由冰冷的河流冲刷着我。

刚接触冰冷的水流时，罗宾尖声惊叫。但这种刺痛只持续了半分钟，他的尖叫就变成了笑声。"保持在低位，"我喊道，"爬行。你心里可以想着两栖动物的走法。"罗比开始欣喜若狂。

我以前从没让他做过这么危险的事情。他四肢匍匐地撑在水流中。等他找到自己在瀑布中的走法后，我们朝着浪涌中间的某处走去。在那里，我们把自己塞进一个岩石围成的碗里，仿佛身处强力按摩浴缸中。这感觉就像背身冲浪一样：向后倾斜，通过不断调整身体不同部位的肌肉来保持平衡。石头上的一层水膜，蚀刻着其波纹表面的光，我们躺在泛着泡沫的急流中，水流在我们身上咆哮，这一切都让罗宾非常着迷。

溪流不断地拍打，加上自身肾上腺素的作用，我们现在几乎感觉不出寒冷。但水还是像狂野之物般盘绕着。下游，急流从两岸拱起的橘色树林间落下。从我们身后，逆流而上，未来从我们的背上流过，进入阳光照耀的过去。

罗宾注视着他那被水淹没的胳膊和腿。他与扭曲、盘旋的水抗争着，就像身处一个重力不断变化的星球。

和我小指一样长的黑条纹鱼游过来亲吻我们的四肢。我过了一会儿才看清，它们正在吃我们脱落的皮屑。罗宾玩不够。他成了他自己的水族馆的主要展品。

我们匍匐前行着逆流而上，双腿张开，手臂拍打着寻找水下的支撑点。罗宾从一个瀑布侧身滑向另一个，就像一只甲壳类动物。我进入一个新的石头凹陷里，吸入渗出的泡沫——所有被空气和水的搅动打破而形成的负离子。游戏的感觉让我兴高采烈：起泡的空气，寒冷刺骨的河流，自由落体的水，年底最后一次一起游泳。就像岩石溪流的汹涌波涛一样，我在坠落前被抬升了片刻。

在上游一百码处，艾丽莎穿着像皮肤一样的贴身潜水服，脚先踏入这条水道。我在下游找定位置接住她。但是，当水流将她抛下滑道时，她仍惊声尖叫。她的身体向我扑来，小而有力，随着下垂的水流而不断胀大，正当我要用尽全身力量伸手抓住她时，她直接穿透了我。

罗比松开手，飞速冲下急流。我伸出一只手臂，他抓住了。他扒着我，眼睛看着我。嘿。怎么了？

我回应着他的目光。"你现在高兴，我现在低落。不过只是有一点点低落。"

爸爸！他用另一只空闲的手指向周围，对所有的一切挥舞，你怎么能低落？看看我们现在在哪儿！谁还能拥有这些啊？

没有人。世界上没有人能够拥有。

他在瀑布中坐下，仍然紧紧抓住我，想弄清楚为什么。他花了不到半分钟的时间就明白了。等等。你和妈妈一起来过这里吗？你们的蜜月？

他有超能力，真的。我惊奇地摇着头，"你是怎么做到的，福尔摩斯？"

他皱着眉头，从水里站了起来。他摇晃着站在原地，用新的眼光打量着整个分水岭。那就都说得通了。

回到露营地，我对时事产生了一些渴望。世界各地正发生着我毫不知晓的紧急事件。同事的信息堆积在我的离线收件箱中。五大洲的天体生物学家一起讨论着最新刊发的论文。冰架正从南极洲断裂。各国元首正在测试公众可骗性的极限。到处都在爆发小规模战争。

我抵制住了查看信息的想法，和罗宾一起砍些松树枝来烧火。我们把背包挂在两棵美国梧桐之间的线绳上，那是个连最健硕的熊都够不到的地方。火烧着后，在这世上我们唯一的任务就是煮豆子和烤棉花糖了。

罗宾凝视着火焰。他用一种机器人般单调的声音喃喃自语道：好日子。这种声音要是被他的儿科医生听到一定会感到震惊。他又说：我觉得我属于这里。

我们什么都不做，只是看着火苗，看得很专注。最后一轮紫色的光芒挂在西边的山脊上。吸入了一整天气息的山林，现在又开始了呼气。光影在火苗周围闪烁。罗宾听到任何声音都会转头去看。他的大眼睛里含混着兴奋和恐惧。

太黑了，不能画画了。他低声说。

"是的。"我说，尽管在黑暗中他也可能做得到。

加特林堡曾经是这个样子的？

这个问题吓了我一跳。"树更大，更老。这些树大多还不到一百岁。"

一片森林可以在一百年里做很多事情。

"是的。"

他眯着眼睛，把各个地方——加特林堡、鸽子谷、芝加哥、麦迪逊——都送回了荒野。艾丽莎去世后，在很多难熬的夜晚，我也做过同样的事情。可现在，当我的孩子，这个让我继续前进的人这么想时，这个愿望似乎有些不健康。世界上任何正派的父母都会反对他这样想。

罗宾没有让我再费力气。他的声音依旧低沉，依旧是如机器人般的声音。但是当他盯着火苗时，我看到他的眼睛在闪闪发光。妈妈过去常常在晚上读诗，读给切斯特？

谁知道他是如何从一个想法跳到另一个想法的？很久以前我就不再试图追踪他这一点了。

"她是这样做过。"这是艾丽莎最喜欢的一种仪式，早在我出现之前就如此。两杯红酒后，她会给这条地球上最最朴实的比格-边境牧羊救援犬，读她最喜欢的诗节。

诗。读给切斯特听！

"我也会听。"

我知道，他说。但很明显，我不算数。

余烬吐出火星子，然后又变成了红灰色的火锭。有那么一刻，我担心他会问我她最喜欢的诗的名字。可他说的是，我们应该再养一条切斯特。

切斯特的死几乎要了他的命。当这条跛脚又衰老的狗去世时，他为了保护我而压抑的悲伤，所有关于艾丽莎的悲伤都宣泄了出来。他变得愤怒暴躁，我让医生给他开药治疗了一段时间。他满脑子都想着再养一条狗。我为此与他抗争了很久。不知道为什么,这个想法让我受不了。

"我不知道,罗比,"我用棍子戳了戳灰烬,"我不认为还有另一条切斯特存在。"

有很多好狗,爸爸。到处都有。

"养狗责任重大。要喂食、遛狗、清理屎尿。每天晚上给它读诗。你知道的,大多数狗甚至都不喜欢诗。"

我是很负责任的,爸爸。我会比以往任何时候都更有责任感。

"我们睡觉吧,好吗?"

他用几加仑[1]的水浇灭了火,以表明他是多么负责任。我们爬进双人帐篷,脸朝上,肩并肩躺着,没用外帐,我们和宇宙之间只隔着一层最轻薄的网。树梢在满月中摇曳。研究着月亮的移动,他的脸上浮出一个想法。

如果我们把一块巨大的显灵板倒挂在它们上面会怎样?它们可以给我们发消息,我们可以阅读它们!

一只鸟在我们脑袋后的树林里起飞,发出一种人类永远无法解码的神秘信息。咳-波儿-咳儿[2],咳-波儿-咳儿。我开始以此命名它,但没必要。这只鸟不停地叫着,咳-波儿-咳儿,咳-波儿-咳儿,咳-波儿-咳儿,咳-波儿-咳儿。

罗宾抓住我的手臂。它疯了!

这只鸟在寒冷的黑暗中不断说出它的词句。我们开始一起数它的叫声,屏住呼吸,不过我们数到一百就放弃了,因为这只鸟还没有疲倦的迹象。当罗宾开始闭上眼睛时,那只鸟还在坚持叫着。我

---

[1] 1美制加仑约为3.79升。
[2] 原文为"whip-poor-will",单词含义为"鞭子-穷-意志"。

推了推他。

"喂,小伙!我们忘记了。'愿一切众生……'"

"……免于无谓的痛苦。"这句话来自哪里?我的意思是,在妈妈之前,是谁说的。

我告诉他,这句话来自佛教的四无量心。"有四件好事值得练习:善待一切活着的事物,保持常态和稳定,为任何快乐的生物感到快乐,记住任何的痛苦也都是你的苦痛。"

妈妈信佛吗?

我笑了,他隔着两个睡袋捶了一下我的胳膊。"你母亲是她自己的宗教。当她说些什么的时候,那些话就值得被说。当她说话的时候,每个人都会听,包括我。"

他哼唧了小半声,然后抱住了自己。有某种大型觅食者在我们帐篷上方的斜坡上折断了树枝。较小的生物穿过叶层来扎根。蝙蝠以超出我们耳朵的频率绘制着树冠。但没有什么能困扰我的儿子。罗宾高兴的时候,他就被四无量心覆盖了。

"她曾经告诉我,不管她白天要处理多少不好的事情,如果她在睡前说这些话,第二天早上她就会做好准备迎接一切。"

还有一个问题,你到底在做什么工作?

"哎,罗比。已经很晚了。"

我是认真的。当学校里有人问我的时候,我该怎么回答?

这就是一个月前他被停课的原因。某个银行家的儿子问罗宾我是做什么的。罗宾回答说:他在外层空间寻找生命。这让一位名企高管的儿子问:红胸的爸爸和卫生纸有什么相同点?他环绕天王星,寻找克林贡人。[1] 罗宾气坏了,威胁要杀死那两个男孩。如今,这足以被学校开除并被要求立即接受精神科治疗。我们只受这点儿处分,运气已经很好了。

"说起来很复杂。"

他向我们上方的树林挥手。反正我们现在哪儿也不去。

"我编写程序,试图汇集一切我们已知的任何类型的行星的所有系统——岩石、火山和海洋,所有物理和化学知识——把它们放在一起,以预测行星的大气层中可能存在什么样的气体。"

为什么?

"因为大气是生命过程的一部分。混合的气体可以告诉我们这颗

---

[1] 天王星(Uranus)英文发音与"你的屁眼"(your anus)谐音;克林贡人(Klingons)英文发音与"cling-ons"(可以粘上的东西)谐音。

行星是否有生命。"

像我们这儿一样?

"对。我的程序甚至预测过历史上不同时期的地球大气。"

过去又不能被预测,爸爸。

"还不知道的时候就可以。"

那么,当你甚至看不到一颗行星时,你如何判断这个距离我们一百光年远的地方有什么样的气体呢?

我呼了口气,改变一下帐篷内的气氛。这是漫长的一天,他想知道的事情需要十年的课程才能掌握。但孩子的问题是一切的开始。"好吧。还记得原子吗?"

记得。很小。

"还有电子?"

非常非常小。

"原子中的电子只能处于某一些能量状态。它们就像在阶梯的一级级台阶上。当它们改变所处的台阶时,它们会以特定频率吸收或释放能量。这些频率取决于它们所处的原子类型。"

太疯狂了。他对着帐篷上方的树木咧嘴一笑说道。

"那就狂了?来听听这个。当你观察一颗恒星的光谱时,你可以看到许多小黑线条,在它们的阶梯的频率上。这叫作光谱学,它告诉你恒星中的原子是什么样的。"

小黑线条。来自电子,无数英里以外的距离。谁想出来的?

"我们人类是一个非常聪明的物种。"

他没有回答。我以为他又睡着了——给美好的一天画一个美丽的句号。就连那只一直叫着的鸟儿也停止鸣叫,承认了夜晚的到来。随之而来的寂静中充满了带锯昆虫的嗡嗡声和河流的汹涌水流声。

我一定也睡着了,因为切斯特正坐着发出声声呜咽,它的头靠在我的腿上，艾丽莎正在给我们读灵魂是如何回归彻底的纯真。

爸爸。爸爸！我想明白了。

我从梦网中滑出。"想明白了什么，亲爱的？"

在兴头上的他，没有怪罪我用如此亲昵的称呼。为什么我们听不到它们的声音。

半梦半醒之中，我没有任何头绪。

吃石头的人叫什么名字来着？

他仍在努力解决费米悖论——在整个宇宙的时间和空间中，似乎没有人存在。从我们到小木屋的第一个晚上开始，他就一直在考虑这个问题，通过我们的望远镜观察银河系：所有的人都在哪里？

"无机营养生物。"

他拍了拍额头。无机营养生物！呃。所以啊，假设有一个充满无机营养生物的岩质行星，生活在坚固的岩石中。你看到问题所在了吗？

"还没有。"

爸爸，你想啊！或者它们可能生活在液态甲烷里或其他什么地方。它们超慢，几乎冻结成固体。它们的一天就像我们的一个世纪。如果它们发消息花了太长时间，以至于我们甚至不知道收到了它们的消息，怎么办？就好比它们发送两个音节可能需要花上我们的五十年时间。

我们的那只咴-波儿-咴儿鸟再次啼声，从很远的地方传来。在我的脑海里，切斯特正无限地忍受着叶芝的折磨。

"这是个聪明的想法，罗比。"

也许有一个水世界，这些超级聪明、超级快的鸟鱼正在四处游荡，试图引起我们的注意。

"但它们发送的速度太快，我们无法理解。"

是的！我们应该尝试以不同的速度去聆听。

"你妈妈爱你，罗比。你知道吧？"这是我们的小密语，他也十分遵守。但这并不能平息他的兴奋。

至少告诉 SETI[1] 听众，好吗？

"我会的。"

他接下来的话再次唤醒我。一分钟，三秒，半小时后：谁知道多久？

记得她曾说过："你多富有啊，小伙子！"

"我记得。"

他向月光下的大山举起双手。树木被风吹弯，附近的河流在咆哮。在这种奇异的大气层中，电子从它们的原子阶梯上滚落下来。在黑暗中，他的脸忽隐忽现。这么富有。他就是这么富有。

---

[1] 该机构全称为：Search for Extraterrestrial Intelligence，即"搜寻地外文明计划"（SETI）。

当他终于让我睡觉时,我却睡不着了。我们两个现在过得不错,在树林里露营,有煮熟的豆子和一个素描本。但是当我们回到文明社会的那一刻,我就得埋头干活,罗宾也要回到他讨厌的学校,周围都是他不得不害怕的孩子。回到麦迪逊,伊甸园将再次消失。

早在艾丽莎冲进我在斯德林大厅的办公室大喊"准备好了吗,教授——家里要来人了!"之前,关于做父母的一切都让我恐惧。我在被逗乐的同事们热烈的鼓掌中拥抱了她。那是我最后一次以毫无疑问的成功履行了父亲的职责。

我不会抚养孩子,就像我不会说斯瓦希里语一样。养育下一代这个前景也让艾丽莎恐惧,可她是以自己欣喜若狂的方式来表达的。不知怎么的,家人、朋友、医生、护士和互联网咨询网站的集体智慧足以让我们大胆地忽略其他人,并草草根据自己的最佳猜测来育儿。数以万计的无知人类设法解决了养育孩子的问题,并让这个游戏继续进行下去。我想,作为父母,我们不会是最糟糕的。事实证明,我和艾丽莎从来没有时间保持住我们的育儿分数。从罗宾离开新生儿保温箱的那一刻起,生活就变成了一场消防演习。

事实证明,孩子们对错误的容忍度是我从未估量到的。谁会相信一个四岁的孩子可以将一个装满热木炭的烤架拉倒在自己身上,下背部被烫得像闪亮的粉红色牡蛎,这样还未有持久的伤害?

另一方面，犯错的方式总是让我自己震惊。我曾经给六岁的儿子读《绒布兔子》，然后他在八岁的时候告诉我，这本书给他带来了好几个月的噩梦。他羞于告诉我这两年来他在夜里感到的惊恐：这就是罗宾。只有上帝才会知道这个孩子十一岁时会告诉我现在的我做错了什么。但他挺过了母亲的死亡，我想他也能挺过我出于好意而犯的错误。

那天晚上我躺在我们的帐篷里，想着罗比是如何花了两天时间为一个应该充满文明生物的星系的寂静而担忧。人要怎样保护这样的男孩免受自己想象的困扰，更不用说还有几个向他发出各种责难的嗜血凶残的三年级学生？艾丽莎会按照她无尽的宽恕和推土机般的意志推动我们三个人前进。没有了她，我不知所措。

我在睡袋里抽搐了一下，尽量小心地不要吵醒罗宾。无脊椎动物们的合唱声时大时小。两只被分隔的猫头鹰交换了它们的呼唤与回应：谁为你做饭？谁为你们所有人做饭？[1] 除了我，谁会为这个男孩做饭？我无法想象罗宾会变得坚强到足以在这个骗局横生的行星中幸存下来。也许我不想让他这样做。我喜欢他的超凡脱俗。我喜欢这个天真无邪的儿子，能让他那些自鸣得意的同学们感到不安。连续三年，我儿子最喜欢的动物都是裸鼹类动物，我为有这样的儿子自豪。裸鼹类动物被严重低估了。

一位天体生物学家在深夜焦虑着。我闻到树木的呼吸，听到我和艾丽莎初次共游的河流之声，即使在黑暗中那河水也在打磨着水中的巨石。旁边的睡袋里传来声音。罗宾在睡梦中恳求。不要！求你了不要！求你了！

---

[1] 原文为"Who cooks for you? Who cooks for you-all?"，连读起来就是一连串"呼呜呜"的元音，听起来像猫头鹰的叫声。

费米悖论有一个解决方案，实在太奇特，我没敢告诉罗宾。否则，他会连做几个月的噩梦。一千万亿条神经连接躺在我身旁的充气露营枕上：两千五百个银河系中的每颗恒星都代表一个突触。它很容易过热。

这就是我从未告诉过他的解决方案：比如说生命很容易便从无到有地开始；再比如说在地球出现之前的数十亿年里，生命已经在宇宙人行道的每个裂缝中涌现。毕竟，它是在这颗行星稳定下来的那一刻，从宇宙中无处不在的同一种物质中冒出来的。

还有，在漫长的岁月中，出现过无数的文明体，其中许多文明体的持续时间长到足以能尝试进入太空。太空生物发现彼此，联系并分享知识，它们的技术随着每次新的接触而加速。它们建造了巨大的能量收集球体来囊括整个太阳，并驱动着像整个太阳系一样大小的计算机。它们利用类星体和伽马射线爆发的能量。它们以我们曾经遍布各大洲的方式充满了星系。它们学会了编织现实本身的结构。

而当这个聚合体掌握了所有的时空法则，便陷入了完成后的悲哀之中。绝对智能陷入对野营和木工的怀旧情绪中，那是它们已消亡的源起。它们创造了聊以慰藉的玩具——无数封闭的行星，生命可以在那里以原始状态再次进化。

还有，假设其中一个玻璃容器中的生命进化为突触数量是星系中恒星数量的两千五百倍的生物。即使拥有这样的大脑，这些生物也需要数千年的时间才能发现它们永远被困在模拟的荒野中，望着虚拟的苍穹，被困在童年里，孤身一人。

在费米悖论的解决方案目录中，这被称为"动物园假说"。动物园让罗宾感到难受。他无法忍受看到有感觉的生命被禁锢。

我的父母将我抚养成一个路德会教徒，可我在十六岁时就失去了全部的宗教信仰。我终此一生都相信，当一个人死去时，所有的美丽、洞察力和希望——还有所有的痛苦和恐惧——储存在她一千万亿个突触中的一切都会消散成噪声。但那天晚上在大雾山，在我们两人的帐篷里，我忍不住向全世界最了解罗宾的人请求，"艾丽莎，"我向曾与我共度十一年半光阴的妻子请求，"艾丽，告诉我该怎么做。我们一起在树林里时，万事大吉，可要带他回家，我觉得害怕。"

凌晨三点,大雨倾盆。我爬到雨中给帐篷拉好外帐。这场混乱起初吓坏了罗宾,但是,在倾盆大雨中跑来跑去,他开始像乌鸦一样咯咯笑起来。当我们因为之前愚蠢的乐观而浑身湿透地回到帐篷里时,他仍在开心地笑着。

"我想我先前应该坚持装好外帐。"

挺好玩的,爸爸。下次也别装吧!

"你想这样吗?其实你的内心是一只两栖动物吧。"

那天早上,我们在便携式炉子上煮了些燕麦粥,很晚才离开露营地。从不同的方向看,这条小径迥然不同。我们往回走,越过山脊。令罗宾惊讶的是,尽管已经快到季末,还有如此多的植物仍在生长。我向他展示了将要在一月开花的金缕梅。我给他介绍雪蝎蛉,它整个冬天都会在冰上滑行并以苔藓为食。

很快,我们又回到了小径的起点。穿过树林的道路让我心碎。汽车、柏油路、列出所有规定的标识:在树林里过夜后,小径起点处的停车场一片死寂。我尽量不让罗宾看出我的感受。他可能也在对我隐藏他的感受。

在返回租住的小木屋的路上,我们遇到了交通堵塞。我停在一辆载有高性能山地自行车的斯巴鲁傲虎后面。向前面的长队望去,一眼望不到头:半英里长的越野车,都是来享用东部最后的几片原野的。

我看着我车上的乘客。"你知道这是为什么吗?这是因为熊而发生的堵塞!"我告诉他我们可能会看到一头熊,因为这里是这块大陆上黑熊分布最密集的地方。"下车。自己走走、找找,但要沿着公路。"

他看着我。你认真的?

"当然!我不会把你丢在这里的。等我跟上你,就停下让你上车。"他没有动,"去吧,罗比。前面有各种各样的人。熊不会伤害你的。"

他的神色让我感到沮丧:他担心的不是四足动物,可他还是自己下了车,跌跌撞撞地向前走去,两边都是停着的汽车。这个小小的胜利应该让我欢呼。

车流慢慢向前挪着。人们开始按喇叭。汽车试图在狭窄的山路上掉头。有的汽车随意地停在路肩上,车里的乘客也挤入车流中。人们互相询问。熊呢?熊在哪里?一头熊妈妈和三头熊宝宝。就在那里。不在这儿。一名护林员试图让汽车继续前进。车队无视她的存在。

几分钟后,我到达了人群簇拥的地方。有一些人指着树林,而其他人则将双筒望远镜举至眼前。人们支起三脚架,上面是镜头如榴弹炮一般的相机。一群人用手机挡住了大自然。这景象看起来就像是办公楼外的人群,正围观十楼窗台上站着的一个人。

然后我注意到:黑熊一家四口小心翼翼地爬回了灌木丛中,母熊转过头看了看聚集在一起的人类。我在人群中看到了罗宾,他低着头,盯着错误的方向在看。他转过身,看到了我,小跑着朝车子走来。交通还是堵得死死的。我摇下窗户对他说:"接着在那里看吧,罗比。"

他还是跑向我的车,上车,砰地关上身后的车门。

"你看到它们了吗?"

我看到它们了。它们棒极了。他的声音有些不爽。他直视前方,看着我们面前的傲虎。我感觉到有什么不对劲。

"罗比。怎么了?发生了什么?"

他转过头喊道,你没看见它们吗?

他盯着自己放在膝盖上的手。我知道不能逼他开口说话。观景结束,车流终于开始向前移动。车开了半英里后,罗比再次开口。

它们肯定恨死我们了。你愿意被当作怪胎拿出来秀吗?

他透过侧窗盯着蜿蜒的河流。几分钟后,他说,苍鹭。他只是在描述事实。

我又开了两英里,然后说:"它们很聪明,你知道的。美洲黑熊。一些科学家说它们几乎和原始人一样聪明。"

更聪明。

"你怎么知道的?"

我们已经出了公园,开车穿过休闲经济区域。罗宾伸出双手指着证据。因为它们不会这样做!

我们经过了软糖店和汉堡摊位、橡皮艇租赁店、一元店和碰碰车场地。我们左转经过游客中心,上坡回到我们的小木屋。"它们只是很孤独,罗比。"

他看着我,就好像我放弃了身为有感觉的生命的一员。你在说什么啊?它们又不孤单。它们被恶心透了。

"别喊了好吗?我不是在说熊。"

至少,这个谜语让他稍稍缓和下来。

人们之所以孤独,是因为我们都是混蛋。我们夺走了它们的一切,爸爸。

警示无处不在，从他僵硬的手指和抽动的嘴唇，到他脖子上的紫色潮红。再过几分钟，过去几天中的一切温柔就会被抵消。我没有耐力经受两个小时的受伤尖叫。多年的经验告诉我，我现在该做的是让他分心。

"罗比，听着。假设艾伦望远镜阵列明天举行新闻发布会，宣布他们发现了无可争辩的外星智慧生命的证据——"

爸爸。

"这将是地球上最激动人心的一天。这项发现的宣布将改变一切。"

他停止了抽搐，却仍感到恶心。可好奇心战胜了罗宾的恶心，情形十有八九总会如此。所以呢？

"所以……比如说他们举行了一次新闻发布会，说在大雾山到处都发现了外星智慧，而且——"

啊，天哪！他的手在空中挥舞，但我已经成功地让他转移了注意力。我可以从他的眼神中看到他在想着这个事情。他的嘴巴生气又兴奋地抽搐着。路边那排拿着手机的人正在变回可亲之人。他现在看到了：我们人类渴望陪伴。我们这样的物种已经变得非常渴望与外星人接触，以至于为了瞥一眼聪明的野生物种，我们可以让交通停摆数英里。

"没有人喜欢孤独，罗比。"

同情心与正义感交锋，前者落败。在我们找到它们之前，它们曾经无处不在，爸爸。我们霸占了一切！我们活该孤独。

那天晚上我们去了法拉沙（Falasha），一颗如此黑暗的行星，可我们很幸运地找到了它。它在真空区里徘徊，一个没有太阳的孤儿。它一度拥有自己的行星，可在其家族系统陷入困境的青年时期被驱逐。"当我在学校的时候，甚至没有人提到它们，"我告诉他，"现在我们认为流浪行星的数量甚至可能超过所有的恒星数。"

在永恒的夜晚和比绝对零度只高几度的温度中，我们看着法拉沙在星际虚空中飘动。

我们为什么来这里，爸爸？这是宇宙中最死气沉沉的地方。

"在我像你这么大的时候，科学也是这么认为的。"

每一种信念都会随着时间的推移而过时。宇宙第一课就是永远不要仅从一个实例来进行推理，除非你只有一个实例。而在这种情况下，要再找另一个。

我给他指出厚厚的温室大气层和炽热的辐射核心。我向他展示来自一颗大卫星的潮汐摩擦力如何弯曲并挤压行星，进而使它升温。我们抵达法拉沙的表面。棒极了！我的儿子兴奋地说。

"高于水的熔点。"

在虚空之中！不过没有太阳，没有植物，没有光合作用。什么都没有。

"生命可以吞食各种各样的东西，"我提醒他，"光只是其中一种。"

我们来到法拉沙的海底,进入它们的火山接缝处。我们将头灯对准最深的壕沟,他大吃一惊。生物无处不在:白色的螃蟹和蛤蜊、紫色的管虫和活的帷幔。从热液喷口中渗出的热量和化学物质滋养着一切。

他贪婪地看着。他观察微生物、蠕虫和甲壳类动物如何学会新的技巧,自行觅食,并将它们的营养物质通过海底传播到周围的水域。以地质年代单位纪、代,甚至宙为度量的时间流过。法拉沙的海洋充满着形形色色千奇百怪的生命体,它们在海洋中游刃有余。

"我们该收工了。"我说。

但他想继续观察。通风口喷涌完毕并冷却下来,水流改变了。小的剧变和局部的灾难变幻莫测。无蒂甲壳生物变得能够自由游动,游动者则演化出了预测的能力。朝圣的冒险家们将新的地方变为殖民地。

我儿子着了迷。再过十亿年会发生什么?

"那我们得到时再回来看看。"

我们从漆黑的星球升起。它在我们身下收缩,很快又隐形。

我们到底是怎么发现这个地方的?

这就是故事变得超现实的地方。在一个更幸运的星球上,一群缓慢、虚弱、赤裸、笨拙的生物历经几次濒临灭绝之境,坚持了足够长的时间,发现宇宙中到处都是被引力弯曲的光。我们毫无缘由又不计成本地制造了一种仪器,能够从几十光年之外看到这个小天体在星光中产生的最微小的弯曲。

不是吧。我儿子说,你是瞎编的。

他说得对,关于我们地球人。我们就是一边进化一边胡编乱造,随后再证明给全宇宙看。

我们在黎明时分上路。太阳升起时，罗比处于最佳状态。这一点是他从他母亲那里学到的，她可以在早餐前的短暂时间里解决数十件无利可图的危机。那天早上，他甚至愿意把放逐当成冒险。

我们离开时，这个国家非常动荡。几天来收到的一些消息让我担心回去时等着我们的会是什么。我一直等到离开田纳西州时才开始收听新闻。两则头条听完，我就后悔了。飓风"特伦特"以每小时一百英里的风速将长岛南叉的大部分地区吹入大海。中美舰队在海南岛附近玩猫捉老鼠的核游戏。一艘名为"海洋之美"号的十八层游轮在安提瓜的圣约翰附近爆炸，造成数十名乘客死亡、数百人受伤，多个团体声称对此负责。在费城，社交媒体上带着火药味的争端引发"真正美国人"民兵袭击了HUE示威群众，造成三人死亡。

我试图换台，但罗比不让。这些事我们得知道，爸爸。这样才算好公民。

也许是。这甚至也许是很好的养育方式。又或许，让他继续听下去是一个巨大的错误。

大火烧毁了整个圣费尔南多谷的三千所房屋，总统归咎于树林。他动用行政命令要求砍伐二十万英亩的国家森林，那些森林甚至都不全位于加利福尼亚州境内。

什么垃圾玩意儿！[1] 我儿子喊道,我没有让他注意用词,他怎么可以那样做?

新闻播音员替我回答。以国家安全的名义,总统几乎可以做任何事情。

总统是一只屎壳郎。

"别这么说。"

他就是。

"罗宾,听我说。你不能这么说话。"

为什么不能?

"因为现在他们可以把你关起来了。还记得我们上个月说过的吗?"

他回到座位上,重新考虑有关好公民的问题。

不管怎么样,他就是……是个……你知道的。他在破坏所有的东西。

"我知道,但我们不能说出来。更何况,你这也太不公平了。"

他看着我,一头雾水。片刻之后,他突然笑得合不拢嘴。说得对! 屎壳郎挺酷的。

"你知道它们通过大脑中的银河系地图来导航吗?"

他看着我,张大了嘴巴。这个小科普扯到编都编不出来,他拿出了他的袖珍笔记本,做了一个记录,等我们回到家后要进行事实核查。

---

1 原文为"Holy Crap",属于家长会予以纠正的脏话。

穿过肯塔基州正逐渐缩小的山峦，我们听着《献给阿尔吉侬的花束》[1]，经过创世博物馆和"邂逅方舟"主题乐园，再穿过几乎没有任何科学内容可聊的区域。我十一岁的时候读过它，它也是我那两千卷科幻小说图书馆中最早的一本。我是在一家二手书店买的——一本大众平装版，上面有一张介于老鼠和人之间的令人毛骨悚然的脸。用自己的钱买下这本书时，我觉得仿佛破解了成年的密码。打开这本书，我像是通过虫洞进入了另一个地球。这些小巧、轻盈、便携的平行宇宙是我这辈子唯一收集过的东西。

阿尔吉侬并没有让我走上科学之路。推我上路的是"海猴子"，一种以惊人的隐生状态运给我的盐水虾。到了罗比的年龄，我已经列出了我的第一个孵化率数据集。但是阿尔吉侬点燃了我关于原始科学的想象力，让我想尝试用一些与我自己的生命尺度相当的东西来做实验。我已经几十年没有读过这个故事了，十二小时的车程似乎是与罗宾一起重温这个故事的完美理由。

这个故事吸引了他。他不停地让我暂停，好来问问题。他在变，爸爸。你听到他用的词越来越大了吗？过了一会儿，他问：这是真

---

[1] 美国作家丹尼尔·凯斯所写的科幻小说经典之作，后文提及的查理·高登、尼姆、斯特劳斯均为小说中的人物。

的吗？我是说，有朝一日这能成真吗？

我告诉他，有朝一日，在某些地方，一切都可能是真的。这么说可能是个错误。

当我们到达印第安纳州南部绵延的工厂化农场时，他已经被完全吸引住了，他的评论只剩欢呼和嘲笑。我们一口气跑了好几英里，罗宾倾身向前，一只手放在仪表板上，甚至忘记了看窗外。他产生突触的速度和查理·高登一样快，后者的智商已升到了不稳定的高度。查理被同事拒绝后，罗比皱起眉头来。实验科学家尼姆和斯特劳斯在道德上的模棱两可让他深受伤害，我不得不提醒他要记得呼吸。

到了阿尔吉侬死去的情节后，他让我停止播放。真的吗？他无法理解这个事实，老鼠死了？他的脸上带着完全要放弃这个故事的表情。但是阿尔吉侬已经终结了大部分罗宾仅存的天真。心灵之眼的困惑有两种：走出光明和走进光明。

"你知道这意味着什么？你知道即将发生的事情了吗？"可罗宾看不到查理的后果。他也不太在意。我继续播放故事。一分钟后，他又让我停下来。

但是老鼠啊，爸爸。老、老、老、老鼠！他的声音带着假装的哀伤，就像一个更小、更年幼的孩子。但在心里，这出戏是真实的。

我们在伊利诺伊州尚佩恩-厄巴纳附近的一家汽车旅馆过夜。直到听完故事，他才愿意去睡觉。他躺在床上，难过地想着查理以斯芬克斯式的坚忍走向了最后的绝笔。最后，他点点头，示意熄灯。我问他在想什么，他只是耸了耸肩。等到身处黑暗中，他才开口。

妈妈读过这个故事吗？

这个问题让我呆住了。"我不知道。我想她应该读过。大概读过吧。这是个经典作品。怎么这么问?"

你说呢?他问道,语气听起来比他自己想的还要狠。当他再次开口时,他有些懊悔。他正在进入光明,或是走出光明。我分不清是哪个。你懂的。老鼠啊,爸爸。老鼠。

在我许诺让罗宾归校那天的午后，我们回到麦迪逊。我收到学校自动发出的短信告知他无故缺席，并询问我是否知情（请回答**是**或**否**）。我应该直接带他去上课。可离放学只剩几个小时，每当我不得不把他交给那些不理解他的人时，我都会有这种感觉。我想让他和我再多待一会儿。

我带他去了我任教的大学。离开了这么久，走进去让我害怕。我们取了信件，然后联系上我的研究生助理金静，她在我缺席时替我上了本科生的课。金静对罗宾呵护备至，像是把他当成她那留在深圳的亲弟弟。她带他去看陨石陈列柜和"卡西尼"号的照片。我被我的同事兼合著者卡尔·斯特瑞克责备了一通，事关一篇关于从来自透镜显示的系外行星中检测生物特征气体的论文，我正在拖后腿。

"麻省理工会比我们先出版。"斯特瑞克说。当然是的。麻省理工学院、普林斯顿大学或欧洲天体生物学网络协会总是在和我们抢首发。如今仅仅做科学研究是不够的。每个人都在争夺优先权，寻求职业发展，在不断缩减的经费池中分一杯羹，以及抢一张去斯德哥尔摩的抽奖券。事实是，斯特瑞克和我永远都不会中大奖，不过有持续的资金支持也不赖——而我因未能完善论文中我的模型数据让这一点受到了威胁。

"又是你那儿子的事儿?"斯特瑞克问道。

我想说:他有名字,混蛋。但是,是的,我说,是儿子的事,默默地恳求我的合作伙伴能让我松口气。可斯特瑞克不让。十五年前,探测系外行星热潮使资助机构对天体生物学的资助份额很是慷慨,就像文艺复兴时期各国皇室首脑对任何有冒险精神的冒险家的态度一样。但现在地球更加动荡,资金的风向也变了。

"我们需要在星期一完成编辑稿,西奥。我是认真的。"

我告诉他我会在星期一完成。我离开斯特瑞克的办公室,想着如果我从未结婚,我这个尚处婴儿期阶段的事业可能会是什么样子的。也许会更幸运一点吧。但没有什么比艾丽莎和罗宾更让我感到幸运的了。

回顾我在曼西度过的童年时代，我的人生经历了它自己小小的冥古宙。遍地都是地狱。我庆幸那些细节都已变得模糊。我成熟得很快。粗略算一下，我妈妈的体内至少有六种不同的人格，其中有一半都能对我和我的两个姐姐造成真正的伤害。当我父亲开始用止痛药进行慢性自杀时，我已经把唱男高音的爱好换成另一个更有难度的，那就是坐在我的房间里暗自恐慌。

我十三岁时，父亲因贪污被判刑。他让我们这些孩子洗洗干净，到法庭上坐在他的身后。这个策略一定奏效了，因为他只被判了八个月。可我们失去了房子，父亲的收入也再没能超过法定最低工资。如果没有缸中之脑、戴森球、生态建筑学、鬼魅般的超距作用、非洲未来主义、复古低俗小说和PSI机器，我不可能熬过那些年月。从阿尔法光束到欧米伽点，我生活在一个与现实平行的世界中，其产生的无尽的多样性使我居住的银河系旋棒中那块狭小的石头成了笑柄。既然大家一致同意现实只是无边海洋中的一个小小环礁，那就没有什么能伤害我。

到十二年级时，我很快过上了身为酒鬼的生活。我的两个最好的朋友和其他狐朋狗友都叫我"疯狗"。令人惊讶的是，我没有进监狱，反而顺利毕了业。如果没有电子管风琴公司提供的奖学金，我可能永远没有机会去上大学，这家公司的秘书是我母亲的朋友。事实上，我去上大学只是因为它比我的暑期工作好，那工作是为一家口号是"同花顺胜过满堂红"[1]的公司清理化粪池。

我前往州南部，前往那所旗舰公立大学。在那里，我从课程目录中随机挑选了一项生物学调查，以满足通识教育的要求。任课教师是一位名叫卡佳·麦克米兰的细菌学家。她长得圆圆的，像一只鹳，一个已过时的大号版埃塞尔·马格斯[2]。每个星期一、星期三和星期五，她站在四百个本科生间，如火般燃烧着。一周又一周，努力向我们展示着，没有人知道生命可以做什么。

有些生物在生命的半途将自己改造成无法辨认的东西；有些生物可以看到红外线并感应到磁场；有些生物根据周边情况改换性别；还有单个细胞通过感知群体而进行集体行动。通过一次又一次的讲座，我突然明白：任何《惊奇故事》都与麦克米兰博士无关。

到了第十二周，一个学期都快要上完时，她讲到了她所爱的生物。一场革命正在进行中，麦克米兰博士在重重阻碍之中前行。研究人员正在寻找科学认为无法生存的生命。生命在沸点以上和冰点以下也有生机。它们逸出了麦克米兰博士自己的教授曾经坚持认为太咸、太酸、放射性太强以至于任何生物都无法生存的地方。生命体在太空的高处边缘建立了一个家园。生命也存在于坚固的岩石深处。

我坐在大礼堂的后面想：终于，就是这儿了。

麦克米兰博士雇我协助夏季的实地考察，研究休伦湖下的沉洞中的外星生命形式，这里是某人偶然发现的。它们是这颗行星上最奇异的创造性生物之一——当美味的硫耗尽时，它们像杰基尔和海

---

[1] 原文为"A Straight Flush Beats a Full House"，玩扑克游戏的术语。
[2] 美国阿奇漫画中的著名人物。

德[1]一样从不生氧光合作用转变为生氧光合作用。麦克米兰博士的双极嗜极微生物背后的疯狂生物化学观点表明,生命是如何站稳脚跟,并将一个充满敌意的星球塑造成更有利于生命的东西的。为她工作是梦想成真的好事,尤其对于我这种一年四季都喜欢泡在户外的人来说。

麦克米兰教授华丽的推荐信——她告诉我,几乎没有夸大其词,尽管有些预测的成分——让我获得了华盛顿大学的研究生助教职位。考虑到我的主要技能配置就是保持静止和观察事物,越陌生越好,西雅图是我能申请到的最好的地方。那里的微生物学项目很强大,研究"嗜极微生物"的人们如亲人般接受了我。

我加入了一个跨学科团队,模拟当地球像一颗巨大的雪球一样冻结时,冰川和海洋之间的含氧融水如何使生物体存活。根据我们的模型,那条生命之线在痛苦漫长的时间里绵延,帮助这颗雪球重新变成一个一发不可收的花园。

在我求学期间,远处正发生着不可思议的事情。数据从飞越太阳系的仪器那里传回。这些行星比任何人想象的都更匪夷所思。木星和土星的卫星在它们可疑的光滑外壳下隐藏着液态海洋。所有地球本位主义的观念都开始崩塌。我们一直在从单一样本中进行推理。生命可能不需要地表水。它可能根本不需要水。它甚至可能不需要地表。

我正经历着人类思想的一场伟大革命。几年前,大多数天文学家认为他们永远也无法在有生之年亲眼看到太阳系外的行星。但是

---

[1] 19世纪英国作家罗伯特·路易斯·史蒂文森《化身博士》一书中的主人公,是文学史上首位双重人格形象,之后"杰基尔和海德"(Jekyll and Hyde)一词便成为心理学中"双重人格"的代称。

当我研究生读到一半时，已知存在的八九颗行星变成了几十颗，然后是数百颗。起初，它们大多是气体巨星。然后，开普勒望远镜被发射，地球知道了更多世界的存在，其中有些比我们的也大不了多少。

宇宙随着每一个新学期的开始发生着改变。人们观察着极其遥远的恒星发出的光的无穷小的变化——百万分之几的亮度降低——并计算在过渡过程中使它们变暗的无形物体。大质量太阳运动中的微小摆动——一颗恒星的速度每秒变化不到一米——暴露了牵引它们的隐形行星的大小和质量。这些测量的精度令人难以置信。这就像试图用尺子测量一种距离，而这距离只有尺子因手的热量而膨胀的量的百分之一。

我们做到了。我们地球人。

到处都是新的栖息地：令人应接不暇。人们发现了热木星和迷你海王星、钻石行星和镍行星、气态矮星和冰巨星。K型和M型恒星宜居带中的"超级地球"似乎和我们这个地方一样适合生命的火花。"古迪洛克带"这一概念被大规模宣传。我们在地球环境最严酷的区域发现的生命体，如今可以轻易地在太空中的许多地区繁衍生息。

一天早上我醒来，俯视自己躺在床上的躯体。我以昔日导师麦克米兰博士对一种新的古细菌进行评估的方式看待自己。我权衡了我来自哪里，我的想法，我的失败和能力的总和，并且在这个巨大实验的一小部分结束之前我知道了自己想做什么。至少通过光谱学，我会访问土卫二、木卫二和比邻星b。我会学习如何阅读它们的大气层的历史和记录。我会梳理那些遥远的空气海洋，寻找任何呼吸的迹象。

在我博士快毕业的一天，我从为期一周的现场采样工作中返校，在学校的计算机实验室里坐下，旁边是一位激昂但友好的女士，她正在努力解决大学档案系统里我碰巧能解决的少数难题之一。她凑过来求助，这是她之前从未做过的事情。当她真诚地从嘴里说出第一句话——你知道怎么、么、么……她说不出话来，突然的口吃让她也吃了一惊。

她说出了那个词，又说完了那句话。我用我的科技小魔术解决了问题。她感谢我救了她，让她不至于在动物法课程上不及格。她说到第三句话时，口吃就缓解了。如果你需要关于什么是合法的虐待行为的任何建议，可以随时找我。

她身上的一切都让我觉得似曾相识，就好像我已提前了解了当地的风俗。她的嘴时常噘着，一副看起来马上要打断你的样子，像是被逗乐了，也像是困惑。她赤褐色的头发从中间分开。她的头顶刚好快到我的肩膀。她那娇小的身躯保持着和运动员等侍发令枪响时一样的状态：挑战无处不在。她觉察到有一个预言正在赶来的路上。小巧的行星。我最喜欢的诗人聂鲁达似乎也在我爱上她的那一刻爱上了她。

她穿着军用规格的登山靴和一件绿色背心，看上去就像来自夏尔[1]。我扑向了这根唯一能抓得住的稻草。"我刚在圣胡安待了一周才回来。"她竖起了耳朵。就在我鼓起勇气问她是否想看看我们的采样实地时,她的嘴唇摆出她标志性的表情,似笑似嘲。笑纹淹没了她淡褐色的眼睛,她说:我可以一连几天不洗澡。口吃完全消失了。

过了几个月我才知道自己的运气到底有多好。和大多数人不一样,我遇到了一个喜欢徒步旅游胜过喜欢睡觉的人。令我惊讶的是,像她这样的女士也会对拉丁命名法感兴趣。更诡异的是,即便我本人没觉得是在讲笑话,她听了也会哈哈大笑。

我们之间的默契粗糙但实用。我给了她耐力,满足了她的好奇心;她教会了我乐观并对世界充满食欲,尽管是素食。世界就是这样:你掷一下骰子,随后看着自己的人生被另一个人催化,而这个人,如果晚十分钟或坐在了三个座位之外的另一台电脑前,便仍是深空中一个不曾被发现的信号。

---

1 在托尔金的中土世界中,夏尔是霍比特人的主要居住地。

艾丽莎在我博士毕业时，也获得了她的法学博士学位。而我们的运气仍丝毫不减。我们以极低的概率在同一个城市找到了不错的工作。从华盛顿大学到位于"疯子城、芝士州"[1]的威斯康星大学，我们很快融入了这个谁也不熟悉的地方。我们喜欢这座城市，唯一的问题是要住在东边还是西边。我们在莫诺纳湖附近找到了一个地方，离校园很近。那是一栋不错的房子，尽管有点破，有点旧——中西部风格的松木框架，翻修了很多次，天窗周围有些许漏水。正好适合两个人。有了第三个人后，它变得更加温暖。再后来，当住户又一次变为两个人时，它便如洞穴般空荡。

艾丽精力充沛，每隔一周就为这个国家领衔的动物权利非政府组织之一制定经过充分研究的行动计划，同时在空闲时间匆匆忙忙地发送无数外交邮件和新闻稿。四年后，她从义务筹款人晋升为中西部协调员。从俾斯麦市到哥伦布市的州议员都既害怕她，又崇敬她。她在多彩的亵渎和讽刺的欢呼声中小步前进。最邪恶的工厂化农场让她展现了自己钢铁般的意志。除了偶尔信心彻底崩溃的瞬间，她的日子一如既往地坚定。晚上，则有红酒和给切斯特的诗。

威斯康星州给了我第一个真正的家。我找到了一个合作者。斯

---

[1] 原文为"Madtown, Cheeseland"，二者都是威斯康星州麦迪逊市的绰号。

特瑞克处理了我无法理解的天体化学专业问题，而我则贡献了生命科学方面的知识。我们一起研究遥远的大气层光谱中的吸收谱线如何揭示生命的存在。我们通过将生物特征模型应用于类地卫星数据来做出改进，精确到了用直径四米的望远镜从深空进行观测时，地球是什么样子。我们学会了阅读它波动的图像。在那散发微光的数据点中，我们探测到这颗行星的构成，计算它的循环元素，观察明亮的大陆和旋转的洋流。恶劣的撒哈拉和肥沃的亚马孙，镜面般的冰原和多变的温带森林；都显现在一些像素的波动中。在生机勃勃的地球上，像外星生物学家般透过那个狭窄的钥匙孔看向一万亿英里之外，让我无比兴奋。

我们度过了不少好日子。然后华盛顿那边发生了变化，资助金额缩了水。我们需要的高倍望远镜——能够为我们提供真实数据以运行模型的望远镜——没了，也错过了它的开发期限。可我还是一如既往地拿着薪水干着活，为了发现宇宙中的我们到底是孤独的，还是被众多疯狂的邻居包围着的而做准备。

我和艾丽的项目让我们忙个不停。然后我们的生活改变了，这要"归功于"我们所用的避孕措施那百分之一点五的失败率。出乎意料的结果让我们俩震惊。这似乎打破了我们长期的好运势，这个我们自己可能永远都不会做的选择，在最糟糕的时间点里出现了。我们已经被各自的事业推至极限。我们都没有养育一个孩子的知识或能力。

十年后，每天早上醒来的时候，我都可以看到这个事实。如果真让我和艾丽做决定，即便是在我最疯狂的建模中，我生命中最幸运的东西——当世界上所有的运气都变冷时，还能让我继续前进的东西——将永远不复存在。

回家的第一个晚上对罗宾来说很难。我们的山间度假打破了所有的常规,热力学很久以前就证明,把东西重新组合起来比把它们拆开要困难得多。他在房子里走来走去,不安且飘忽不定。晚饭后,我感觉他的年龄正在倒退:八岁,七岁,六岁……我已经准备好面对零岁的他。

我可以检查一下我的农场吗?

"你可以玩一个小时。"

欧耶!宝石呢?

"宝石不行。我还在为你上一次的小花招还债。"

那是个意外,爸爸。我不知道账户绑定了你的卡。我以为那些宝石都是免费的。

他看起来的确很难受。如果他的解释不完全是真相,那么在事件发生后的几个月里,悔恨使它变得更加真实。他玩了四十分钟,一拿到奖杯便广而告之。我批阅了讲座的课程作业,还编辑了要发给斯特瑞克的文章。

在一顿异常狂躁的点击之后,他转向我。爸爸?他弓起了肩膀以表达恳求。终于还是来了——那件自我们回家以来一直困扰他的事。我们可以看看妈妈吗?

最近几周他问得越来越频繁,境况已然越发不妙。她的一些视频我们已经看了太多次,看艾丽的视频对罗宾产生的影响并不总是好的。但无论视频对他的影响如何,禁止只会更糟。他需要好好研究他的母亲,也需要我和他一起研究。

我让罗宾搜索视频网站。两次点击后,艾丽莎的名字就出现在之前搜索的首位。我手上关于我母亲的视频只有不到十五分钟。而现在会动、会说话的死者无处不在,随时随地都可以从任何口袋中获得。过去的一周是罕见的一周,我们这两个凡夫俗子没有再将灵魂交给这些多得要溢出来的存档。即使是我年轻时代最疯狂的科幻故事,也没有预料到这一点。想象一下,有这样一颗星球,过去从未过去,反而一次又一次地循环往复。那是我九岁的孩子想要生活的星球。

"我们看看。得找一个好的。"我拿起鼠标滚动,想寻找一个对我们来说比较温和的视频片段。艾丽在我耳边低声说:老天爷呀,你在干吗?可别让他看那些!

搬出父亲的身份没有用。罗宾在转椅上晃过来,抓住鼠标。不是那些,爸爸!麦迪逊。让我来。

为了使魔法起作用,鬼魂必须就在附近。他要看他母亲在州议会大厦游说的片段,从我们的两居室小屋走到那儿要一个小时。他记得那些日子——艾丽莎在餐厅练习了一个又一个下午,一遍遍编辑她的证词,纾解她的紧张。那些时候,他看着她戴上猫头鹰挂坠、狼耳环,穿上三套战衣之一——黑色、棕褐色或海军蓝外套搭配及膝弹力裙、奶油色上衣,然后骑上她的自行车,将正装鞋放在肩包里,前往州议会作战。

这个,爸爸。他指着艾丽莎为一项禁止屠杀竞赛的法案作证的视频片段。

"那个以后再说吧,罗比。也许等你十岁时。看看这些呢?"艾丽游说反对轮掷负鼠的、艾丽为保护猪在一年一度的"先锋日"期间免受虐待而奔走的。这些视频也很粗暴,但与他想要看的那段相比,简直是小菜一碟。

爸爸!他的爆发让我俩都感到惊讶。我静静地坐着,知道他会崩溃,把夜晚变成一场尖叫的赛事。我不再是小孩子了。我们都看了农场的视频。农场的我看了不也没事?

他看了农场的视频可不叫没事。那甚至是个巨大的错误。视频里,艾丽描述小鸡在倾斜的金属丝网上长大,挤得紧紧的,还会啄死对方,这个录像让罗宾连续好几个星期都在夜间尖叫惊醒。

我们的二人小雪橇马上就要滑落山崖。我深吸了一口气。"我们再选一个吧,伙计。这些不都是妈妈的视频吗?"

爸爸。现在他听起来老成而悲伤。他指着视频的日期:那是艾丽莎去世前两个月的录像。我明白了儿子的想法。必须尽可能接近鬼魂,不仅在空间上接近,时间上也得如此。

我点击链接,她就在那里。艾丽,仍旧是那么炽热有力。我的手机相机有这种特殊效果:十字准线中的物体保持颜色饱和,而周围的一切都变成灰色。那个让我娶她的女人就是这样。她会镇住房间里所有的人,即便是一屋子的政客。

所有排练时困扰她的紧张感在最后的演说中都消失了。她非常自信地站在麦克风后,和我们身为同一物种的脸上偶尔闪过一丝苦涩的困惑。她的声音就像柏拉图式公共广播电台的播音员。她可以不带威吓地融合统计数据和故事。她能与各方共情,在不违背真相的情况下让步。她所说的一切都那么该死地合理。九十九名议会成员中没有一个人会相信她童年时有严重的口吃,并且经常把嘴唇咬到流血。

她在进行有记录的最后一次演讲,她的儿子从尘世的这一侧观看。每一个细节都让他着迷,以至于他张大了嘴巴,无数的问题都停在了嘴边。他看着艾丽谈到在北苏必利尔湖附近目睹了一场著名的活动,那是当年在该州举行的二十场狩猎比赛之一。他坐直身体,拽平自己的衣领——我曾经告诉他这让他看起来很成熟。对于一个没有自制力的孩子来说,他在尽力让自己的行为举止得体。

艾丽描述了比赛第四天,也就是最后一天的评委台:工业规格的起重机秤正等待参赛者运送来他们的战绩。装满动物尸体的皮卡车停下,把它们卸载到秤上。奖项会授予四天内战绩重量最重的那些人。奖品包括枪支、瞄准镜和诱饵,这将使明年的比赛更加一边倒。

她叙述了事实:参加人数,获奖需达到的重量级,每年在全州比赛中被杀死的动物总数,动物死亡对已被破坏的生态系统的影响。清醒犀利的演讲结束后,那晚晚些时候,她在床上哭了两个小时,而我无力安慰她。

我真想抽自己嘴巴,怎么会以为罗比能接受得了这个。但他想见他的母亲,而且说实话,目前为止他控制得不错。九岁是大转折的时段。也许人类就是一个九岁的孩子,还没完全长大,可也不再是一个小朋友了,看似对一切游刃有余,却又始终处于愤怒的边缘。

艾丽莎的发言结束。她的结论很高明。她总是牢牢抓住着陆点。她陈述这项法案将如何恢复狩猎的传统和尊严。她说从重量上讲,地球上剩下的动物中的百分之九十八不是智人就是他们工业化收获的食物,只有百分之二是野生的。这些剩下的为数不多的野生物种难道不该休息一下吗?

她的结束语再次让我浑身发冷。我记得她为这个证词所辛勤工作的数周。这个州的生物不属于我们。我们只是在托管它们。住在这里的先人明白这一点:所有的动物都是我们的亲戚。我们的祖先和后代都在注视我们的所作所为。我们应该让他们感到骄傲。

视频结束。我取消了下一个要播放的视频。令我欣慰的是,罗宾没有反对。他用三根手指抵住嘴巴。这个手势让他看起来像一个四英尺高的阿蒂克斯·芬奇[1]。

那个法案通过了吗,爸爸?

"还没有,伙计。但类似的法案早晚会通过。看看这播放量,人们还在听她的演讲。"

我揉了揉他的头发。他的卷发四处飞舞,乱蓬蓬的。除了我,他不让任何人修剪他的头发。这不太利于他的社交形象。

"要不你去准备准备睡觉吧,我们还要点灯熬油一下呢。"这是我们在他八点三十分就寝时间到了后,再读二十分钟书的代号。

我能先喝点果汁吗?

"睡觉前喝果汁不太好吧。"我可不想要一场凌晨两点的灾难。我已经撤掉了塑料床单。那对他来说太丢脸了。

你怎么知道不好?也许好呢。也许果汁是睡前的完美选择。我们应该做个双盲实验。

我给他讲这些知识真是个错误。"不了。我们要伪造数据。快点!"

---

[1] 美国作家哈珀·李代表作《杀死一只知更鸟》中的主角,一位正义的律师。

当我走进他的房间时，他看起来思绪重重。他穿着带独木舟图案的棕色格子睡衣躺在被子里，那睡衣他严禁我捐给慈善机构。睡衣袖口都小到他手腕上方两英寸的地方了，他的腹部也被勒得紧紧的，看上去像个麦芬蛋糕。他妈妈当初买给他时，睡衣还有点大。按照现在这架势，他新婚蜜月时仍会穿着它。

我拿着我的书——《大气与海洋的化学演化》，他拿着他的书——《疯狂麦基》。我上了床坐在他旁边。但他心事重重，根本读不进去。他把手放在我的胳膊上，就像艾丽经常做的那样。

当她说我们的祖先在看着我们的时候，她是什么意思？

"还有我们的后代。那只不过是一种表达。就像是在说历史会审判我们。"

是吗？

"是什么？"

历史会审判我们吗？

我不得不考虑一下。"历史就是这样吧，我觉得。"

他们也是吗？

"我们的祖先也在看着我们吗？那只是一个比喻，罗比。"

当她这么说的时候，我把他们全都想象到你讲的一颗系外行星上，那颗叫**特拉普斯特**还是什么的行星上。在那里，他们有一个巨大的望远镜。他们正在看着我们，看我们做得好不好。

"就其本身而言，这是一个非常酷的比喻。"

可他们并不是这样。

"我……不，我不这么认为。"

他点点头，翻开《疯狂麦基》，假装在读书。我对《大气与海洋的化学演化》做着同样的事情。可我知道他只是在等待一个合适的间歇后问下一个问题。事实显示，合适的间歇是两分钟。

那……上帝呢，爸爸？

我的嘴角抽了抽，就像加特林堡水族馆里的动物。"其实吧，当人们说上帝的时候……我不，我不确定他们总是……我是说，上帝不是个你可以证明或反驳的东西。但以我所见，我们不需要比进化更大的奇迹。"

我转身面对他。他耸了耸肩。这不显而易见吗，你看，我们在一块岩石上，在太空中，对吧？有数十亿颗行星和我们的一样好，充满了我们甚至无法想象的生物。就这样，上帝还该长得跟我们似的？

我又愣住了。"那你还问什么？"

确保你没有自欺欺人。

上帝保佑，这让我笑出了声。我们在那里。什么都不是。什么都是。我的儿子和我。我挠他痒痒，直到他尖叫着求饶，这大约花了三秒钟的时间。

我们安定下来接着阅读。翻到下一页——我们可以信马由缰，去到任何地方。然后，罗宾没有把目光从他的书上移开，低头问道：所以你觉得妈妈是怎么了？

有那么毛骨悚然的一刻，我以为他指的是事故当晚。在我意识到他问的问题要容易得多之前，我脑海里已经编出了各种各样的谎言。

"我不知道，罗比。她又回到了系统中吧。她变成了其他生物。她身上所有的好东西都进入了我们的身体。现在任何我们记得的，都令她得以存在。"

他低着头，有些沉默。我的儿子，离我越来越远。我觉得她可能变成蜻蜓什么的。

我翻了个身面对着他。"等会儿……什么？这你又是从哪儿学来的？"我知道了：大雾山有三十个物种。

嗯，还记得你说过爱因斯坦是如何证明任何事物都不能被创造或毁灭的吗？

"是的。但他说的是物质和能量。讲的是它们如何不断地从一种形式转变为另一种形式。"

这就是我要说的！他说这句话的时候声音很大，我不得不嘘了一声，妈妈是能量，对吧？

我无法控制我的脸。"是的。如果非要说妈妈是什么，她就是能量。"

而现在她变成了另一种形式。

当可以的时候，我问他："为什么是蜻蜓？"

很简单。因为她很快，而且她喜欢水。因为就像你总说的那样，她完全是她自己的物种。

水陆双栖，小而强大。她用皮肤呼吸。

有一种蜻蜓能活上五十年。你知道吗？他听起来很绝望。我试图拥抱他，但他推开了。这大概也只是种比喻吧。她大概什么也不是。

这些话让我愣住。像是他体内某种可怕的开关被摁开了，而我对其中的缘由一无所知。

百分之二，爸爸？他像一只走投无路的獾般龇牙低吼，只有百分之二的动物是野生的？剩下的都是饲养的奶牛、饲养的鸡和我们？

"拜托不要对我大吼大叫，罗比。"

那是真的吗？是吗？

我把我们不再读的书放在床头柜上。"如果你妈妈在州议会的演讲中说过，那就是真的。"

他的脸皱成一团，像是被打了一拳。他的眼睛紧闭，嘴巴张开，无声尖叫着。片刻之后，无声的嘶吼化为眼泪。我伸出双臂，他却摇摇头。他心中有些恨我肯定了这个数字。他回到床角，靠在墙上。他不敢置信地歪着头。

突然地，他泄了气。他躺下，背对着我，一只耳朵贴在床垫上。他躺在那里听着失败的嗡嗡声。他在他身后的空间里摸索着我的身体。当他找到它时，他在床上咕哝着，新的行星，爸爸。求你了。

行星佩拉格斯（Pelagos）的表面积是地球的数倍。它被水覆盖——其中单独一个海洋之大，会使太平洋看起来就像五大湖区的湖。一个稀疏的小火山岛链穿过这片广阔之地，像标点符号一样散布在一本数百页厚的无字书中。

无尽的海洋——有的地方很浅，有的地方很深。生命体在潮湿到冰冻的各个纬度间分散。大量生物将海底变成了水下森林。巨大的生命体从一个极地流动到另一个，从未停止，它们的大脑分成两半，轮流休眠。数百米长的智能藻用颜色拼写着信息，一路波及一整条茎叶。环节动物从事农业，甲壳类动物建造高楼林立的城市。鱼类已经进化出无异于宗教的公共仪式。可除了最简单的工具之外，没有任何生物会使用火、冶炼矿石或制造任何工具。因此，佩拉格斯星球趋向多元化并发明了各种新生命形式，每一种新形式都比上一种更奇异。

长久以来，少数分散的岛屿辐射出生命，仿佛每个岛屿都是自己的行星。它们都不足以孵化大型捕食者。每一块土地都是一个密封的玻璃容器，里面的物种数量足以撑起一个小小的地球。

这颗行星上分散的几十种智能物种会说数百万种语言，甚至连混合语也有数百种。没有比小村庄更大的城镇。每隔几英里我们就会遇到一个会说话的物种，它的形状、颜色和形式都是全新的。最普遍有效的适应性改变似乎是谦让。

我们二人沿着浅礁岩脉游到水下森林中。我们爬上岛屿，这些岛屿的复杂社群与遥远的岛屿串成了巨大的贸易网络。大篷车需要数年甚至几代人的时间才能完成交易。

没有望远镜，爸爸。没有火箭飞船。没有电脑。没有收音机。

"只有惊奇。"这看起来不像是一笔离谱的交易。

有多少颗行星是这样的？

"可能一颗都没有，也可能无处不在。"

嗯，反正我们永远收不到它们的任何消息。

我还在为我们的创作构想新的层次时,突然意识到自己已不再需要这么做。我靠过去。罗宾的呼吸变得轻盈而缓慢。他的意识流已经扩大为一英里宽的三角洲。我从床上下来,蹑手蹑脚地走到门口。可电灯开关的咔嗒声让他的身体在突如其来的黑暗中直立起来。他尖叫一声。我又重新打开灯。

我们忘了妈妈的祷文。它们都要死了。

我们一起祷告:愿一切众生免于无谓的痛苦。

但是这个重新花了两个小时才安心入睡的男孩,不再确信那段祷文真的能起作用了。

天文学和童年有很多相似的地方：两者都是跨越远距离的航行；都是在寻找它们无法掌握的事实；都非常理论化，并让可能性无限制扩充；都每隔几周便要变得谦卑；都出于无知而进行着；都被时间所困惑；都永远处于开始状态。

十几年来，我的工作让我觉得自己像个孩子。我坐在办公室的电脑后面，看着由望远镜收集的数据，摆弄着各种公式，尝试描述它们。我在大厅里闲逛，寻找可能想出来一起玩的人。我躺在床上，拿着淡黄色便笺簿和黑色细纹笔，再次描绘着前往天鹅座 A 星、穿越大麦哲伦星云或者环绕蝌蚪星系的旅程，这些旅程我曾经通过阅读通俗小说踏上过。这一次，没有一个原住民会说英语或进行心灵感应，也没有人寄生在冰冻的真空中漂浮，或者连接为蜂巢般的头脑来制订他们的总体计划。他们所做的只是代谢和呼吸。但在我那尚处于开拓期的学科中，这已经足够神奇了。

我绘制了成千上万个世界。我模拟了它们的表面和核心，以及生存的大气层。我调研了可能积聚的迹象气体的比值，这取决于行星进化中的居住者。我调整了每种模型以匹配合理的代谢场景，然后花上数小时在超级计算机上孵化参数。盖亚之声响起，于时空中展开，其结果是一份目录，包含了各种生态系统以及进一步揭示它们的生物学特征。当我的全部模型所依赖的太空望远镜终于发射时，我们已经有了光谱指纹，可以与任何可想象到的、犯下生之罪的案犯相匹配。

我的一些同事认为我在浪费时间。模拟这么多世界有什么用？甚至其中有许多可能并不存在。准备超出现有仪器检测能力的目标有什么用？我总是回答：童年有什么用？我确信我和成千上万名同事所倡导的类地行星搜寻器会在本世纪末之前出现，并为我的模型提供真实数据。这些种子最后会长出最疯狂的果。

大部分存在以三种形式之一呈现：无、一或无限。在故事的每一步，独一无二的存在随处可见。我们只了解一种生命体，它出现在一种世界之中，在一种液体介质中，使用一种能量储存形式和一种遗传密码。但我的这些世界不需要和地球一样。它们的生命版本不需要地表水或古迪洛克带，甚至不需要碳作为其核心元素。我试图让自己摆脱偏见，不预先做任何假设，就像个孩子那样，似乎我们的单一实例证明了无限的可能性。

我制作了具有大量潮湿大气的热行星，其生命体生存在气溶胶间歇泉中。我用厚厚的温室气体层覆盖了流浪星球，并填充了通过将氢和氮结合成氨而幸存下来的生物。我将岩石内石沉入裂缝深处，并让它们代谢一氧化碳。我制作了液态甲烷的世界，在那里，生物膜以硫化氢为食，那物质从有毒的天空如雨般落下。

我所有的大气层模型都在等待着酝酿已久、延迟已久的太空望远镜升空并上线的那一天，好将我们这小小的、独一无二的地球打开。那一天对我们人类来说，就如同眼科医生为我那自负的妻子配好她早就该戴上的第一副眼镜时的情形。那副眼镜让她高兴得大喊大叫，因为她能越过整个房间看见自己的孩子了。

短暂而难熬的夜导致我们第二天早上起晚了。我直到十点才送罗宾去学校；我们又都被记了过。当我最终把他送到那里时，我的工装裤里的手机触发了安全扫描仪。我们不得不去办公室，在迟到表上签字。当罗宾重新回到他那班幸灾乐祸的同学那里时，他无比难堪。

　　我从他的小学赶去大学，为节省时间而非法停车，结果得到了一张严厉的罚单。我有四十分钟时间准备我的生物起源学讲座（讲述生命体的起源），这是为本科生的天体生物学调查而设置的。我两年前才开始教这门课，可从那时到现在，已经有几十个新发现让我想重新备课。

　　在讲堂里，我感受到了能力带来的快乐和分享想法带来的温暖。当我的同事抱怨教学时，我总是感到困惑。教学就像光合作用：用空气和光生成食物。它给生命稍微带来些前景。对我来说，最好的课程是躺在阳光下，倾听蓝草的声音，或在山间溪流中游泳。

　　在八十分钟的时间里，我试图向一群智力各不相当的二十一岁年轻人传达：一切从无到有的想法是多么荒谬。使得自组装分子出现的一系列有利情况在天文学上似乎不太可能发生，但是一旦熔融的冥古宙地球冷却，原始细胞就出现了，这表明生命是普通化学过程中不可避免的副产品。

"所以，宇宙里要么到处生机勃勃，要么毫无生机。如果我能毫无疑问地告诉你是哪一种，能让你们改改学习习惯吗？"

这让少数几个仍在关注并倾听的学生发出了"好的，哈哈"的礼貌笑声，而其余的已经开始走神了。我正在失去我的听众。要想聆听宇宙交响乐并且意识到它既在演奏，又在倾听它自己的演奏，需要某种程度的陌生感。

"曾有二十多亿年地球上只生活着古细菌和细菌，别无他物。然后出现了一些像生命起源本身一样神秘的东西。二十亿年前的某一天，一种微生物没有吃下另一种微生物，而是将它带入膜内，然后它们一起做了次交易。"

我低头看着我的笔记，一下子脱离了时间的束缚。那个将成为我妻子的女人，在拥有了我的第一次之后的二十分钟里，用鼻子嗅着我的肋骨。我好喜欢你的味道，她说。

我告诉她："你不爱我了。你只爱我的微生物组织。"

她一边笑，我一边想：就让我待在这儿吧，再多一会儿。待到死应该就差不多了。我告诉她一个人如何拥有比人类细胞多十倍的细菌细胞，以及我们如何需要比人类DNA多一百倍的细菌来维持生物体的运转。

她的眼中满是爱意。所以你我只是脚手架，是吗？它们才是建筑物？她的脚手架又笑了起来，爬上了我的脚手架顶端。

"如果没有这种奇怪的合作，就不会有复杂的细胞，不会有多细胞生物，也不会有让你早上能起床的东西。这种友好的接管花了很长很长的时间才发生。可我跟你说，最诡异的是什么：它花了二十亿年才发生。但它发生了不止一次。"

我的课只讲到了这里。我的口袋里传来一阵嗡嗡声——一条短信，来自少数几个在我设定的下午拦截列表之外的号码之一。是罗宾的学校发来的。我的儿子，我的亲生骨肉，砸伤了他朋友的脸，打裂了他的颧骨。他这位昔日好友正在急诊室缝伤，罗宾则被留在校长办公室等待我的到来。

我提前十分钟下了课。我的学生必须靠他们自己弄清楚生命起源的剩余知识了。

他们不让我见儿子,除非我先坐下来领罚。利普曼博士的办公室墙上贴满了各种认证。她的办公桌并不大,但她用它发挥了巨大的作用。前两次她打电话叫我来,尝试与我共情,设身处地为我着想。可是这一次,她只跟我就事论事。她比我年轻,穿着格外精致。教育心理学的行话让她很是着迷。她以她那过于专业化的方式来关心我的儿子。她是个改革家,她通过关照这些麻烦孩子而让自己得以拯救。对她来说,我是一个猪头科学家,正因为没有循规蹈矩而摧残着一个特殊的孩子。

她陈述了事实。当时罗宾正和他唯一的真朋友杰登·阿斯特利共进午餐。他们面对面坐在长餐桌旁。午餐时间的喧闹声都高不过罗宾的叫喊声。所有目击者一致认为,他不停地尖叫:告诉我。告诉我,你这个该死的混蛋。就在午餐室管理员走到他们的桌子前准备解决争端时,罗宾猛地拿起他的金属保温杯,用力砸向杰登的脸。奇迹般地,它只打伤了男孩的脸颊。

"可是发生了什么?是什么让他爆发的?"

吉尔·利普曼盯着我看,好像我在问生命是如何开始的。"两个男孩都不肯说。"她归咎于哪一方很明显了,"我们需要谈谈为什么这种事情会在你让他离校一周后立马发生。"

"我带他离开学校是为了让他有机会冷静下来。我不认为我儿子是因为在大雾山待了一周而砸伤了他唯一的朋友的脸。"

"他缺席了一周,每门课都落后了五天。他需要稳定、专注和集体融合感。他没有得到这些,所以他压力很大。"

利普曼博士罚他停学,也会让他缺课。可我仍沉默地听着。

"罗宾需要目标感和责任感。可自他这次计划外的休假以来,他已经上学迟到了两次。"

"我是个单亲父亲。当有些事情超出我的控制范围时——"

"我不是在评判你的养育方式。"她当然是在评判,"孩子们应该有一个安全、可靠和稳定的学习环境。而我们现在却在面对他对另一个孩子的暴力袭击。"

颧骨骨折。给他点止痛药和一个冰袋,杰登就没事了。我七岁时也在儿童攀爬架上摔断了自己的颧骨,当时学校还有这东西。

愤怒使我沉默。这是一种根深蒂固的特质,它经常拯救我。利普曼博士奇特的嘴唇动了动,说出了奇怪的话:"你有一个需要特殊照料的孩子。上一次发生这样的事情时——"

"上一次没有发生这样的事。"

"我们之前遇到麻烦时,您选择忽略不止一位医生的建议。您现在有另一个选择,给予你的孩子所需要的治疗来帮助他。或者我们可以让政府介入。"

如果我不让我三年级的儿子服用精神药物,他学校的校长便威胁要调查我。

"我们需要在十二月前看到一些进展。"

当我再次开口时,我听起来非常镇定:"我可以和我儿子谈谈吗?"

利普曼博士领着我穿过行政区域走出她的办公室。整个过程中,工作人员的眼睛一直盯着我:那个让他的儿子处于痛苦之中而不听医生话的人。

罗宾被关在"冷静室"里,那是副校长办公室旁边的一个拘留室。我透过防碎玻璃板看到了他。他蜷缩在那张过大的木椅上,用手做着那件挨打时就会做的事。他会把拇指夹在食指和中指之间,然后收紧拳头,直到全部都变红。

门开了,罗宾抬起头来。看见我,他的痛苦翻了倍。他说出口的第一句话,是那所学校的男孩从来没有说过的。爸爸,都是我的错。

我坐在他身边,用手拍拍他单薄的肩膀:"发生什么了,罗比?"

我当时气得发疯,我试着让我好的部分呼吸,就像你说的那样。但是我的手犯了糊涂。

他不肯告诉我杰登·阿斯特利说了什么让他生气的话。我打电话给男孩的父母，做好了他们要起诉我的心理准备。相反，他们态度诡异得满是同情。他们儿子给了他们比我儿子给我的要多更多的信息，可他们什么也没透露。涉事的每个人都在保护我。我不知道是要保护我什么。

令罗宾惊讶的是，那晚我没有追问他，而他那晚也令我惊讶地没有尿床。第二天是星期六，我还没有编辑完给斯特瑞克的那篇文章。我和罗宾在奥尔布里希花园附近走了很长一段路。午餐我炒了豆腐，按照精确的比例使用了他喜欢的黑盐和营养酵母。我们玩了他最喜欢的关于欧洲赛车的棋盘游戏。我假装在工作，而他一边玩着显微镜，一边浏览他收藏的卡片。在他要求了解另一颗行星之前，我们一起安静地阅读了半个小时。

我的家里散落着两千本平装书，我还有三十年的阅读经验可用。科幻小说的黄金时代是什么时候？对我来说，它从九岁开始。

我给他看了　颗行星，在那里占主导地位的有知觉物种可以合并成一个复合生物，拥有其独立部分的所有力量。

他的一系列问题使故事停止下来。你认真的吗？那怎么可能？

"这是另一颗行星。就是有这种可能。"

但是，我是想问，当它们聚合在一起时，它们仍然是分开的吗，还是共享一个大脑?

"一个可以有不同想法的大脑。"

你是说,像心灵感应?

"不仅仅是心灵感应。一个超级有机体。"

大的能不能钻进小的脑袋里?它需要所有的大脑才能发挥作用吗?如果一些小的不想加入怎么办?或者它们真的只是开始的组成部分吗?

他思量着友好合并和强势吞并之间的界限。我试图将他入迷的恐惧引向恐惧的迷恋。"它们是自愿这样做的,在困难时期,它们需要一些额外的东西才能生存。之后,当情况好转,它们又会再度分开。"

他向前倾着身体,充满怀疑。等一下!像黏液霉菌?

我在大学实验室里曾向他展示过:那些独立的单细胞融合成一个具有自己聚合行为和基本智能的群体。

你这直接照搬了地球上的嘛!他以慢动作摇了我的上臂好几次。然后他躺回枕头上。我试着把他眼睛上方的刘海抚平,就像他小时候喜欢我做的那样。

"罗比?你还在心烦。我看得出来。"

他猛地坐起来。你怎么知道的?

我指着他的拳头,那拳头再次握得他的大拇指绯红。他凝视着,惊讶于他自己的肢体竟然出卖了他。他甩了甩他的手,放开他的拇指。然后他的头又躺回枕头上。

爸爸?她到底是怎么了?这一次,他是认真的。那天晚上,在车上。

我低头看着自己的手,它们正忙着出卖我。"罗宾?杰登是说了关于妈妈的事吗?"

幸运的是，周围没有他够得着的重物。但是他仅凭声音的力量就将我击倒。就告诉我吧。告诉我！他来回挥动着，我九岁了。你就……**告诉我吧！**

我抓住了他的手腕，那疼痛吓了他一跳。"你马上停下来。"我用我能装出的所有镇静的权威说道，"控制好自己。告诉我杰登说了什么。"

他猛地挣开他的手腕，揉着它。你为什么这样？

我和我猛跳的脉搏一起等待着。他揉了揉手腕，恨恨地看着我，然后哇的一声哭了出来。我一找到机会就抱住了他。他努力使自己那红色的、不会解释的嘴巴动起来。我示意他我会一直等着，时间多着呢。

他松开拳头，歇了一口气。我正在告诉杰登关于妈妈的视频。他说他父母说妈妈车祸的背后原因比人们知道的要多。杰登说他们认为妈妈是——

我按住了他的嘴唇，好像我可以把那个想法推回去。"那件事是个意外，罗比。没有人会想别的。"

我就是这么跟他说的！但他一直在说。就像他知道真相一样。这就是为什么我发了疯。

"你知道吗？要是我的话，我可能也会揍他一顿。"

半个音节刚从他的喉咙里冒出，在抽泣和大笑之间消失了。棒极了。他拍了拍我的上臂，那样我们俩就都玩完了。

"你没有玩完，罗比。拿纸巾擦擦。"

他那半成形的五官被他紧压的双手抹擦着。狂风已经吹过，他现在已经转晴，风小了，可是仍旧有风。

那他们是什么意思，杰登的父母？

什么样的人在知道自己的儿子正在用他们说过的话折磨我儿子

后，还能在我打电话给他们时不提醒我？害怕和不安，跟其他所有人一样。

我九岁了，爸爸。我应付得来。

我四十五岁了，还是应付不过来。"罗比？有目击者。每个人都同意了。是有东西跑到了她的车前。"

你什么意思？有一个人跑过去了？

"一只动物。"他听了皱着眉头，困惑不解，就像一个卡通男孩，"你记得那天很黑很冷吗？"

他对着那天晚上他制作的一个小模型点了点头，那离他有一英尺远。一月十二日，晚上九点。

"它跑到她的车前。她一定是猛打了方向盘。汽车打滑，这就是她越过中心线的原因。"

他一直盯着他的小模拟模型，然后问了一个我应该做好充分准备的问题。这么显而易见的事。什么样的动物？

我惊慌失措。"没有人确切知道。"

也许是貂，或是什么非常罕见的东西？也许是一只狼獾。

"我不知道，伙计。没有人知道。"

他的脑袋在计算：迎面而来的车，附近的行人，我们俩在等她回家。我坚持了十秒钟。说实话的愧疚感不会比我现在感到的恶心更糟糕。

"罗比？他们认为可能是一只负鼠。是一只负鼠。"

但你说……

我需要他说的是，老兄，负鼠是北美唯一的有袋动物。那是艾丽教给他的东西：负鼠的冬天多么艰难，冻伤如何惩罚它们无毛的耳朵和尾巴。但是他皱着眉头沉默地想着地球上最受鄙视的大型动物。

他把头转向我，满脸惊讶。你对我撒谎了，爸爸。你说没人知道那是什么动物。

"罗比，那就是一分钟的事。"但并不是如此：它是永远的，真真切切的永远。

他歪过头来又摇了摇头，像是在清理耳朵。他的声音平缓而低沉。每个人都在撒谎。我不知道他是在原谅我，还是在谴责全人类。

已经过了睡觉的时间，但是我们坐在他的床上，我们二人是一代航天器最后的机组成员，该航天器在到达新家之前很久就已经结束了它的可能性。

所以她选择不撞上它，尽管……

"她没有做选择。当时没有时间了。那只是一种条件反射。"

他想了一会儿。最后他似乎被安抚了，尽管他的某些部分仍在反射和选择之间绘制着不断变化的海岸线。

所以杰登的父母说的都是屁话？妈妈没想伤害自己？

我觉得没有必要谴责他的用词。"有的时候，人们对某件事了解得越少，就越想谈论它。"

他拿起他的笔记本，在上面写写画画，不让我看。他合上笔记本，把它藏在床头柜抽屉里。他身上有什么东西变得明亮了。也许他为明天可能和他的朋友和好而感到高兴。

我站起来在他额头上吻了一下。他让我亲了，因为他想起他的双手，想起它们是如何出卖他的。

爸爸，这个怎么样？这是什么意思？

他将一只手拢起，以臂为杆来回扭动。一颗小行星，在绕着它的轴旋转。

"告诉我。"

这意味着世界正在转变，而我一切都好。

我们交换了一下信号,他点点头。我告诉他我为他自豪。我再次在空中扭动自己的一只手,以此代表晚安。然后我关了灯,让他在我那更大的谎言中入睡。我一向特别擅长通过删节来撒谎。那天晚上我鲁莽地对他撒了谎,我没有告诉他车上的另一名乘客,他那个未出生的妹妹。

星期天，他亢奋地醒来。天还没亮，他就把我摇醒，在我身上爬来爬去。我有个好主意，爸爸。听听这个。

我还在半睡半醒之间，对他摇了摇头。"罗比，老天爷啊！现在才早上六点！"

他冲了出去，把自己关在他的窝里。我花了四十分钟，用蓝莓煎饼诱惑他，才把他哄出来。

等到他被碳水化合物稳定情绪后，"来，让我们听听你的这个好主意。"

他权衡了一下是不是该原谅我，然后撅着下巴说：我告诉你只是因为我需要你的帮助。

"明白。"

我要画出美国每一种濒临灭绝的物种。明年春天我会在农民集市上卖掉这些画。我们可以筹集资金，然后捐给妈妈的一个组织。

我知道最终他只能画出其中的一小部分。但我也听得出来，这的确是个好主意。我们清理好剩下的早餐，然后去往公共图书馆的平尼分馆。

我儿子十分喜爱图书馆。他喜欢在网上先选好书，然后等他来拿书的时候，就会有一摞带着他名字且捆扎好的书在等着他。他喜欢那些书所表现出来的宽厚，以及书中描绘的已知世界。他喜欢这种自助餐式的借书方式。他喜欢印在每本书正文前的借阅历史，记录了在他之前借阅这些书的陌生人。图书馆是最理想的地牢探索游戏：发现免费战利品，还搭配着升级的乐趣。

通常，他在宝库中遵循相同的路线：图画故事、剑与魔法、谜题和脑筋急转弯、小说。那天，他想要找一些艺术类图书。那书架简直就是一个品种齐全的糖果店。哇，你怎么从来都没说过这里还有这些书？我们找到了一本关于植物的绘画书和另一本关于绘制简单动物的。从那里我们又去了自然类，在那儿我们将重点放在濒危物种上。很快，他便需要从几乎齐腰高的一堆书中来进行挑选了。

我超出可以借阅的极限了，爸爸。他可以使激动的声音听起来像是不知所措。

"你借满你的，我再用我的帮你借。"

他坐在过道的地板上，缩小着选择范围。他打开其中一本较大的书，发出了苦恼的哼声。

"说吧。"

他像机器人一样读着。美国鱼类和野生动物管理局将两千多种北美物种列为受威胁或濒临灭绝的等级。

"没关系，伙计。一步一步来。一次画一张。"

他推倒了书塔，双手抱住了头。

"罗比，嘿，"我差点说，该长大了，但那是我最不希望他做的一件事，"妈妈会怎么做？"

这让他又坐了起来。

"我们去把这些书借了，然后再买些画画用的东西。"

艺术合作社的店员很喜欢他。她自己也是学艺术的，最近刚毕业。她带着罗宾在店里转了一圈。他开心极了。他们看着粉彩笔、彩色铅笔和鲜艳的小管丙烯颜料。

"你想画什么?"罗宾给她讲了自己的计划。"那太美了。你好厉害。"她不相信这个项目能坚持过一天。

罗比特别喜欢水彩笔。店员被他第一次用这套笔创造的内容所折服。

"这一套作为入门款不错。四十八种颜色。你用应该是足够了。"

为什么另一款贵那么多?

"那是给专业人士的。"

他拿了入门套装,眼神躲避着我。我直接升级了他的装备。就投资而言,这已经很赚了。我们还买了超细描线笔、一本廉价的练习用绘画纸,以及一些用于完成作品的优质纸张。店员祝他好运,出门的时候罗宾还拥抱了她。罗宾从不会拥抱陌生人。

他画了一整个下午。我这个脾气暴躁、难以控制的儿子在木质折叠椅的板条上跪了几个小时,脸凑近画纸,描摹艺术书中的例子。有时他会沮丧地哼一声,就像他小时候最喜欢的一本图画书中的卡通公牛。他将失败的画作揉成一团,可那动作中更多饱含的是艺术气息而非暴力。有一次他把一支水彩铅笔扔到了墙上,然后又因这一行为而冲自己大喊大叫。

我尝试劝他休息一下,打打乒乓球或是去街区周围散散步。可是他不肯偏离自己的轨道。

我应该从哪种生物开始,爸爸?

生物是他母亲最喜欢的词。她把它用于一切,甚至是我研究的嗜极微生物。我告诉罗宾,没有人会对魅力非凡的巨型动物不感兴趣。

不,我应该画最濒危的、最需要帮助的物种。

"慢慢来,罗比。离第一次农民集市还有几个月的时间呢。"

两栖动物已经很危险了。我要从两栖动物开始。

经过一番折腾,他选择了暗黑色的密西西比穴蛙。这是一种奇怪的、神秘的动物,它会把带蹼的手指放在脸前,以保护自己的眼睛免受威胁。它受到惊吓时会鼓起来,从背上的腺体中渗出苦涩的乳状液体。湿地开发已将其减少到只存在于密西西比州的三个小池塘里。

他充满怀疑地研究着他的画。你觉得人们会喜欢它吗?

他的生物在形状和颜色上都是拜占庭式的。在青蛙的照片中,我的眼睛只看到了灰黑色的肿块,而罗宾看到了狂野的旋涡,用掉了他光彩夺目的彩虹工具箱中一半的颜色。单调的原作和他的超现实主义副本之间的差异并没有让罗宾感到困扰,也一点没有令我妻子的鬼魂困扰。

完成后,罗比将他的画带到起居室的大落地窗前,把它放在光线下让我检查。视角很奇特,表面纹理笨拙,轮廓幼稚,颜色超然。可毫无疑问,那是一件杰作——一种生物的肖像,很少有人会为它的逝去而哀悼。

你觉得会有人买吗?这是为了做好事。

"这幅画非常棒,罗比。"

也许在某颗星球上,两栖动物生活得很好。

在入神地盯了很久之后,他满足了。他把画收进了一个文件夹,那里也存放着他的其他画作,然后他又回到了艺术书中。他上一次这么开心还是我们在星空下露营的那个晚上。

星期一早上，他从床上爬起来，穿好衣服，吃了一碗热麦片，刷好牙，一切都像往常一样。可是在他的校车到达前五分钟，他宣布：今天不上学，爸爸。

"你在说什么？当然要上学。快点！"

我的意思是，我今天不上学。他朝餐桌挥手。我让他把前一天选出的他那艺术工作室的所有材料都放到了餐桌上。要干的事情太多了。

"别傻了。你可以在今天下午和晚上接着画。你要错过校车了。"

今天不坐校车，爸爸。太多事情要做。

这一切来得太突然了，我竭力诉诸理性。"罗比，你看，学校已经在找我的麻烦，利普曼博士说我今年已经让你缺了太多的课。"

那她把我赶出去的那几天怎么说？

"这件事我已经和她谈过了。要是我们俩再拿不出好的表现，就要坏事了。"

会怎样？

"喂，快点，没跟你开玩笑。我们今晚再谈一谈。"

我不去，爸爸。

自从艾丽去世之后，我只有那么一次用武力威胁他，而他咬了我的手腕，咬破了皮。我看了一眼手表。校车已经赶不上了。我把手放在他的肩膀上。他推开了。

"因为你和杰登的事,他们已经让你留校察看。我们已经被他们列上了名单。如果再闹出更多的麻烦,利普曼博士会……眼下我们可不能给他们小题大做的机会。"

爸爸,听我说,我求你了。妈妈说一切都在消亡。你相信她吗?

"罗宾,拜托,我们走吧。我开车送你去上学。"我自己听这话都觉得已落了下风。

因为如果她是对的,那上学就没有了意义。在我读到十年级之前,一切都已经死光了。

我在想,真的要卡在这儿吗?

你相不相信她?我就问你这一句。

我相信她吗?她给出的事实毋庸置疑。她所说的一切都是世界各地的科学家认同的常识。可我相信她吗?大灭绝曾被视为是现实吗?

"你要去上学。别无选择。"

你说过,一切都是选择,爸爸。比如说,你可以在家教我。

我揉揉眼睛,直到看见了星星。在我的脑海里,我又在和一个死人说话了。艾丽总是提醒我:倾听。同情。但我们不与恐怖分子谈判!

"我相信你,罗比。我相信你正在做的事情。但是我们不能在学年中途换学校。如果你在春季学期仍有如此强烈的感觉,我们就再找解决方案。"

这就是它们全都灭绝的原因。因为大家都想之后再解决。

我在桌旁坐下,他的测试草图在我面前展开。他没说错。"好。今天,画画。画所有陷入困境的生物。尽你所能。"

他一定是感觉到了我的泄气,因为这小小的胜利让他脸色阴沉。他看着我,准备求我改变主意。爸爸?如果这样根本没有帮助呢?

在我的联系人列表中，没有一个临时保姆可以在这么急的时间内做到星期一至星期五全天看护他。幸运的是，那天我没有课要上，可以在家工作。八点四十五分，在取消并重新安排日程后，我收到了自动短信：你的孩子无故缺席，你知道吗（请回复是或否）？我按了"是"，然后给学校办公室打去电话，告诉一个生硬的、持怀疑态度的工作人员，我忘了今天得带罗宾去看医生。

我处理了电子邮件，然后完成了拖欠已久且早就该发给斯特瑞克的那篇文章的编辑工作：我们那大气失衡模型中的二甲基硫醚和二氧化硫。硫基生物取代碳基生物——我一边想象着在这样的地方午餐会是什么样子，一边用大量煮烂的洋葱和最少量的西红柿来烹制罗宾最喜欢的小扁豆。下午，罗宾敲开我工作间的门，问了几个关于他画画的小问题，我怎么回答其实都可以。他感到孤独。我猜想着，到明天早上他可能就已经准备好回学校了。

我们又停下来吃晚饭。罗宾想要吃艾丽的招牌菜——茄子砂锅。他坚持要自己来放置每一层的菜。我们完成的结果并不是很成功，可他吃起来那胃口好到就像一个人一整天都没吃饭了。晚饭后，我要求展示一下他的绘画。他在恼怒中已经撕毁了许多幅不满意的画作，只剩下寥寥几幅。他用一些可重复使用的胶带将当天的工作成果贴在餐厅一面光秃秃的墙上。我在得到他的允许前禁止入内。墙上有一只象牙喙啄木鸟、一头红狼、一只富氏熊蜂、一条巨型变色龙和一丛沙黄头菊。有些画得比其他几幅更熟练。但它们都栩栩如生,那些不同颜色的画似乎在呼喊着:救救我们。

那是鸟、哺乳动物、昆虫、爬行动物和植物。和昨天的两栖动物配套。

我仍然不明白一个九岁的孩子是如何花费那么长时间来画完它们的。仿佛有另一个创造者上了他的身。"罗宾,它们太不可思议了。"

啄木鸟和变色龙可能已经灭绝了。我应该要价多少?我想尽可能多地筹款。

"你可以问问看人们愿意花多少钱买画。"这是卖二手车时常用的把戏,放到这儿也是用对了地方。他把画从墙上取下,放进他的文件夹里。"小心!不要弄皱它们。"

还有很多要画的,爸爸。

第二天早上,早餐后,他宣布他要留在家里再工作一段时间。

"没门儿。快去上学吧。我们说好的。"

什么时候?说好什么了?你说你是相信我的!

他仿佛一下从九岁跳到了十六岁。因为被阻止做对的事,他用一种近乎仇恨的愤怒盯着我。他的嘴唇噘起,往我脚边吐口水。然后他转过身,穿过走廊跑回他的卧室,砰地关上了门。二十秒后,一声刺骨的惨叫接着家具倾倒的巨响传来。我用力推开他的门,门后顶着一堆杂物。他拉倒了一个五英尺高的书架,书籍、玩具、航天器模型和工艺品奖杯散落在他卧室的地板上。当我走进房间时,他再次尖叫起来,将艾丽的旧尤克里里抡到多层玻璃窗上,玻璃碎了,乐器也坏了。

他扑向我,号叫着。我们撕扯着。他试图挠我的脸。我扭住他的胳膊,力道用得太过了。罗宾尖叫着倒在地板上抽泣。我想死的心都有了。他的手背好似半只被压碎的蝴蝶。我和艾丽有个约定,她唯一让我发过的誓:西奥,无论发生什么,我们都不能打孩子。我环顾房间,准备乞求她的原谅,可她已经不在了。

在双子星（Geminus），我们被困在一条可怕的子午线两侧。这颗行星的太阳很小、很冷，呈红色。双子星距离很近，以至于恒星已经控制了它的自转。一侧永远留在灼热的光芒中，另一侧永远是夜晚，冰冷无边。

生命体在永恒的正午和午夜之间的暮光中发芽。在燃烧和冻结之间的地带，空气随风而动，水顺着河流流淌。生物已进化到能对能量循环加以利用，移动晨光来温暖黑暗，移动夜光来冷却无尽的火焰。

生命体深入这片被风吹过的两半风景之中。生命的卷须渗入山川与河流，从温带边界向极地蔓延。双子星上的生命体分裂成两个王国，一个是冰之国，一个是火之国，每个类别都适应了这两极行星中的一半。对于最大胆的朝圣者来说，没有回头路可走。即使是温带的边界地带也会致命。

智能出现了两次。每一次它都在看似不可能的气候中生存下来。但是白天不懂夜的黑，夜也不懂白天的白。它们只在这一点上达成共识："另一边"永远不可能有生命存在。

我和儿子来到双子星。可我们是各自单独到达的。我发现自己在永昼这侧的风馈通道中。我搜索了整个宜居地带，没有找到他。当地居民帮不上忙。我曾想象生活在无休止的白日里的人会开朗乐观,可他们的天空中充满了单一不变的光芒,遮蔽了宇宙的所有迹象。他们的生活好像除了此时、此地和此物之外别无他物。思想阻碍他们成长。他们的科学和艺术在起步阶段就停滞不前。他们甚至从未发明过望远镜。

在双子星,季节是由位置决定的。我只需要向边界带走上几英里,就能从八月走到一月。罗宾应该是在永夜区域的某个地方。他在那里会遇到什么样的人?被致命的寒冷塑造的人会是什么样,是狡黠而聪明的热矿挖掘者?或是培植地下真菌的农民?还是残忍、野蛮、抑郁的杀手,在时刻争抢着每一份无价的卡路里?

他也一直在找我。快到温带边界带时,我看到远处的他,从另一边冲过来。我跑了起来,但他举起双手阻止了我。我意识到,在黑暗的边缘:他看到了原始的夜空。他已经看过了地球上再无人能看到的星星。他看到了变化与时间、轮回与多元。数学和故事,就像那些黑色背景上的星座一样数不胜数,微妙而多样。

他在黑暗的边缘呼唤我。爸爸。爸爸!你简直无法想象。但我被困在光中,无法穿越界线。

很多人喜欢我的妻子，艾丽也喜欢很多人，就好像这样再自然不过。在我之前她就有过伴侣，并且与他们中的大多数保持着不错的关系，甚至还有一位曾令她伤透了心的女人。打情骂俏是她工作的一部分。我曾看着她在满大厅的立法者和满宴会厅的捐助者间游走，好像他们都是她的好朋友。

她经常出差，带领她的非政府组织跨越十个中西部州。在我们结婚的头两年里，这种状况实在让我糟心。她会从一家经济型州际酒店打电话给我说：我们去了市中心一家很棒的意大利小餐馆。当我故作轻松地问："我们？"她会说：哦，我没跟你说吗？迈克尔·麦克斯韦正好在，我研究生时代的前男友。那将又会给我带来八个小时没必要的胡思乱想。

她在十个州的范围内为各个具有献身精神的男男女女提供平等的机会。其中一些友谊，我是知道的；还有一些我一无所知，直到她的追悼会。我曾问她有没有过背叛我的冲动，她惊掉了下巴。我的妈呀。我可没那能耐！我要敢试的话，会四分五裂的。

我陷入了一种嫉妒和兴奋的复杂情感中。许多善良的好人想要我的妻子。我的妻子似乎想要我。正如艾丽经常向我展示的那样，大自然能非常巧妙地让人们快乐得刚刚好。

一个星期六，她在农民集市上遇到不少熟人，从一轮社交中兴致高昂地回到家时已经很晚了，而我对此毫不惊讶。我在苹果女士的摊位遇到了马蒂·柯里尔[1]。我们喝了杯咖啡。他希望我们参加一个实验！

马丁·柯里尔是威斯康星州备受瞩目的科学家之一：神经科学高级研究教授、美国国家科学院研究员、休斯研究员——都是我曾梦寐以求，但永远都不可能得到的头衔。他是镇上为数不多的，可以和艾丽一起观鸟并让她学习到一些新东西的人。他们一年四季都会一起出去，这让我很抓狂。

"哦哟，是吗？他肯定挺乐意在你身上做实验。"

她咧嘴一笑，摆出拳击手的姿势，双拳在脸前盘旋，上下摆动。当她威胁要照我后脑勺来一拳时，她总是把她的小拳头握得很紧。我爱这一点。

来嘛，臭小子。我们应该去试试。他正在做些不可思议的事。

柯里尔的实验室正在探索一种叫作解码神经反馈（Decoded Neurofeedback，DecNef）的东西。它类似于老式的生物反馈，但有实时、人工智能介导反馈的神经成像。第一组被试者——"目标"——响应外部提示进入情绪状态，研究人员则使用功能性磁共振成像扫描他们大脑的相关区域。然后，研究人员实时扫描第二组被试者——"受训者"——的相同大脑区域。人工智能监控神经活动并发送听觉和视觉提示，引导受训者转向目标预先记录的神经状态。通过这种方式，受训者学会了近似目标大脑的应激反应模式，而且值得关注的是，他们开始反馈感受到了类似的情绪。

这项技术可以追溯到二〇一一年，据称取得了一些令人印象深刻的早期成果。波士顿和日本的团队教会了受训者更快地解决视觉

---

1 马蒂（Marty），马丁（Martin）的昵称。

谜题，只需根据目标已经反复试验并掌握了谜题的视觉皮层模式来训练受训者。其他实验人员还记录了作为目标的被试者看到红色时的视野。通过反馈学会近似这种神经活动的受训者报告说，他们在脑海中看到了红色。

从那时起，该领域已经从视觉学习转变为情绪调节。大笔赠款将用于协助有创伤后应激障碍的人群脱敏。解码神经反馈疗法和连接反馈疗法（Connectivity Feedback）被吹捧上升为能治疗各种精神疾病。马丁·柯里尔致力于临床应用研究。但他也在边上搞些其他更不常见的副业。

"那就去呗。"我跟我的妻子说。我们就这样参加了她朋友的实验。

在柯里尔实验室的接待区，艾丽和我对着实验问卷笑起来。我们将成为第二波目标被试者之一，不过首先我们必须通过筛选。这些问题掩盖了隐秘的动机。**你回忆过去的频率如何？你是愿意待在拥挤的海滩上，还是空荡荡的博物馆里？** 我的妻子对这些不走心的问题摇了摇头，一只手触摸着微笑的唇边。那表示什么我一清二楚，就好像我俩是连在一起的：调查人员在她脑子里发现的任何东西他们都可以留着，只要她不会进监狱。

我早就放弃了解自己的隐藏性格了。许多怪物居住在我无光的内心深处，不过大多数都并不致命。我非常想看我妻子的答案，但一个实验室技术人员阻止了我们比较问卷。

你抽烟吗？ 好几年没抽过了。我没有提到我所有的铅笔上都布满了咬痕。

你一周喝多少酒？ 就我而言一点不喝，但我的妻子会坦白她每晚的"欢乐时光"，同时还会用诗歌逗狗。

你是否有任何过敏史？ 除非你算上鸡尾酒会。

你有没有经历过抑郁症？ 这题我不知如何回答。

你会玩乐器吗？ 科学。我说如果他们需要的话，我也许可以在钢琴上找到中央C。

两个博士后把我们带进了功能性磁共振成像室。这些人可挥霍的科研资金比任何地方的任何天体生物学团队都要多。艾丽那捉襟见肘的非政府组织对此也有同样感觉。我希望嫉妒不会影响我们的大脑扫描。

我先勇敢地接受扫描。艾丽和马丁·柯里尔坐在控制室里的一堆显示器后。这对我来说似乎很可疑,可毕竟他才是获得所有研究奖项的人。在功能性磁共振成像舱内,我戴着的耳机内传来指示,让我放松,闭上眼睛,聆听自己的呼吸。他们给了我一些刺激,用于校准。有一段《月光奏鸣曲》和一些嘈杂、现代的片段。他们叫我睁开眼睛。我脸上的屏幕依次显示了树枝上的一只蓝鸟、一个快乐的婴儿、一顿丰盛的节日大餐,以及前臂骨折时骨头穿过皮肤的特写镜头。在那之后,我被告知再闭眼一分钟,同时再次关注我自己的呼吸。

然后实验正式开始。我和艾丽二人都会从普鲁契克类型学的八种核心情绪状态中随机获得一种感觉:**恐惧**、**惊奇**、**悲伤**、**厌恶**、**愤怒**、**警惕**、**狂喜**或**钦佩**。我们有四分钟的时间来适应给定的精神状态。当我们全神贯注于任务时,软件会以我们俩大脑边缘系统的一部分绘制三维图。

他们给了我**钦佩**。我闭上眼睛,陷入关于爱因斯坦、马丁·路德·金博士和西德尼·卡顿的模糊思绪中。在外面的控制室内,我的妻子正在观察我那感觉的潮起潮落。一想到她,我就想起了四年前在上中西部的深冬季,我们共同度过的一个夜晚。

艾丽刚刚被任命为中西部协调员,而接替她担任州主管的那个人很是无能。在马里兰州,为了参加该组织为期三天的半年度全国会议,她花了几个小时在电话里帮助她的继任者处理各种危机。就在那里,她得了重感冒。冰雪暴又使她的返程航班延误了半天。晚上九点我到机场接她,小罗比在后座。她不在的这段时间,罗比耳部感染了。他一直号啕大哭到后半夜，艾丽终于疲惫不堪地躺下睡去。

凌晨一点三十分，电话吵醒了她：她那个倒霉的新任州主管晕头晕脑地打来电话。警方在莱茵兰德北部发现了一辆卡车，车上有十几条被关在笼子里的狗，在气温低于零度的沃尔玛停车场里放置了几个小时。他们追踪卡车到了一个庞大的狗宠物繁殖场，然后将之关闭。数百条狗被送入奥奈达县唯一的收容所，让这个收容所不堪重负。当地联系上了艾丽所在的非政府组织，尽管这样的问题远远超出了她这个以权利为导向的组织的职权范围。

她的继任者想知道该把危机推给谁。艾丽告诉他，你在说什么呢？去帮它们。那人说这种事不是他的分内事。他们交流了二十分钟，我那已经很困的妻子始终维持着理智，而那个男人还是拒绝了。于是，天刚亮艾丽莎便背起背包上车，独自在结冰的国道上行驶三个半小时。我一直不停地问："你确定要这么做吗？"这不是她应得的支持。

四十八小时后，她回来了。她将两百条狗带到了威斯康星州北部的收容所。她从车里下来时，那形象看上去就像一个将死于肺结核的十九世纪法国农民。她直奔到哭泣的罗宾身边，安抚了他一个小时。然后她写好第二天必须在得梅因发表的一篇演讲稿。又一个午夜后，她用滑稽的斗鸡眼看着我，宣称自己筋疲力尽，接着在睡了五个小时后起床开车去往艾奥瓦州。

我的妻子令人无比钦佩。但是钦佩根本不足以形容我的感受。我脑海中流动的情感就像几何证明般确定。我崇敬我的妻子。她是那种能在当下世界里保持自我的人，她从不担心那到底意味着什么。我永远无法效仿她。我只是希望她能从控制室里的监视器前，看到那些充斥我大脑的东西。

实验结束了，我的恍惚也终止了。技术人员通过向我展示早期图像并让我从十倒数到一来重新校准软件。然后他们再次随机给了我第二个目标：**悲伤**。

当这个词在我耳边响起时，我的脉搏开始急速跳动。说实话，我非常迷信——不在我那已被科学重新训练过的头脑中，而在我的四肢里。我很擅长原始的感觉，而悲伤一定比意识本身更原始。我的身体非常轻易地就接受了我最糟糕的想象。刚才用来钦佩我妻子的几分钟现在彻底颠倒了。我又回到了那个活生生的夜晚，到处都是灾难。我儿子的耳部感染进展为致命的败血症。屠狗杀手抓住了我妻子并折磨她。睡眠不足加上过度劳累，她的车子在结冰的道路上打滑，她在沟里躺了好几个小时。

什么是悲伤？就是世界消除了你所钦佩之物。那些向我涌来的东西是彻头彻尾不合道理的胡思乱想。可我感觉，这些事情好像真的在某颗星球上发生过。

当我回到控制室时，艾丽蹦起来抱住了我。哎哟，我可怜的小家伙！

我们调换了位置。我和柯里尔坐到一起，艾丽进入功能性磁共振成像舱。当两位技术人员用图像和音乐给艾丽校准时，我对柯里尔提出了质疑。

"你的方法论似乎没有控制得很一致。你的结果难道不会经常出现很大的偏差吗？取决于……"

"取决于被试者是一个多好的方法派演员？"他的表情很欢快，但他的语气变得很是倨傲。我真的和这个男人不合拍，不仅仅是因为艾丽这么喜欢他。

"是的。不是每个人都能让自己一下子进入某种情绪。"

"我们不需要他们这样做。我们正在研究大脑边缘系统中的特定区域。一些目标的反应会比其他人的更真实。有些人会真正感受到情绪，而另一些人只是想到而已。但是人工智能可以从数百次运行中提取常见的活动模式，以那些共同的凸显特征来构建一个三维合成图。我们正在测试八种核心情绪的平均'指纹'是否有足够的区分度，以便匹配的受训者在接受训练后能识别它们。"

"所以呢？结果怎样？"

他歪着头，就像他和我妻子一起观察的一只鸟，"假定在随机状况下提供八种选择，一个人有八分之一的概率正确识别目标情绪。可经过几次反馈后，受训者正确命名目标情绪的概率会略高于五成。"

"天哪。情感心灵感应。"

柯里尔扬起眉头:"可以这么说。"

我还是半信半疑。不过,如果我是资助委员会的人,我也会资助他。无论结果如何,这个想法都值得探索。一台共情机器:这个想法可能来自我收藏的两千部科幻小说中的某一部。

在对面的房间里,我妻子在扫描设备内显得更小了。他们给了她**警惕**。我甚至都不会把警惕称为一种情绪,更不用说作为八种核心情绪之一了。但是警惕对于艾丽莎而言,就像圣歌对于中世纪修女一样,所以当她开始三分钟后,柯里尔靠近监视器说:"哦,真是激烈。"而我一点儿也不惊讶。

"你看到的这些根本不算什么。"

但也许他真的见识过。我们看着艾丽大脑的活动像手指画式动画片一样盘旋着。也许她正和我一样回忆着那个夜晚。然而,她还有很多个其他的夜晚可供使用。我看着屏幕,学习着。艾丽用全声歌唱着所有生活中的基本曲调,但是警惕是她的国歌。她的一生都围绕着一个主题变奏:无论你能做什么,现在就去做,因为人生行至终点后便再无事可做。

图案在艾丽的大脑中跳动。一位技术人员告诉她要深呼吸并放松。放松?她在舱里面叫道,我才刚热身呢!

然后他们给了她**狂喜**。"你等会儿,"我问柯里尔,"为什么给我**悲伤**,而给她**狂喜**?"

这个男人咧嘴一笑。他的魅力毋庸置疑。"我待会儿去看看随机数字生成器。"

在普鲁契克的情感轮上,**警惕**紧挨**狂喜**。**警惕**逐渐接近轮盘边缘变成**期待**和**兴趣**。狂喜拨回至**喜悦**和**平静**。在**喜悦**和**期待**之间是

乐观。日复一日无望的工作分配曾让艾丽很是受不了。我记得她为来自艾奥瓦州饲养场的秘密视频而哭泣。她曾经在房间里一边怒摔一份关于栖息地破坏的联合国报告，一边咒骂人类下地狱。可我妻子的细胞里充满了乐观。她的灵魂向着狂喜，就像铁屑追随磁场一样。

我在控制室的一个屏幕上看着艾丽幸福的脑部波纹，身旁的这个男人，我敢确信他对她有渴望。柯里尔盯着她展开的图像。"她简直完美！"我不知道他在看什么，但即使是我也能看出这场激流与几分钟前她大脑中的模式有多么不同。

我的妻子是我这辈子最了解的人。但我不知道艾丽用什么记忆生成了这个被要求的指令。我在这记忆之中吗？她的儿子是她快乐的中心吗？还是有其他事情激发了她内心深处的幸福？我非常想知道那蔓延的颜色的来源，以至于它让我满溢着在普鲁契克情感轮之外的第九种主要情感。

柯里尔在监视器上研究了她的间脑。他参与了漫长而令人印象深刻的探索，只要社会相信科学，这种探索就会持续下去。不过，即使他与同伴最终成功解锁了另一个人的脑内空间，我们仍然永远无法知道在那处栖居是何感觉。不管我们望向何处，永远只能隔岸远观。

那两位技术人员帮助艾丽从功能性磁共振成像舱中走出来。她兴奋得脸发红，就像那天护士把她刚出生的儿子放入她手中时一样。她回到控制室，加入我们，走路有点摇晃。柯里尔吹起口哨："你把这机器驾驭得不错啊。"

我的妻子走过来，用手搂住我的脖子，好像只有我的身体才能让她那小小的船只漂浮在大海中。我们一路紧紧握着对方的手回到家，付清临时保姆的费用。我们给儿子喂了一些吃的，并试图用这小人儿最喜欢的星球大战乐高来分散他的注意力。罗宾觉得有一丝不对劲,并选择在这时变得黏人。我和他讲道理。

"我和你妈妈有几件事情要处理。你静静地玩,我们稍后一起去看帆船。"

这给了我们足够的时间让我和艾丽把自己反锁进卧室。待我悄声问出我想问的第一句狠话时,她已褪去我半身的衣服。"在那里的时候,你在想什么?我需要知道!"

除了我的脉搏,她忽略了我发出的所有声音。她的耳朵一直附在我的胸口,她的手肆意地往下伸。哦,我的小可怜。在那个糟糕的机器里,你看着简直快要哭出声来了!

随后她耸立在我上方,背挺得直直的,伟岸而灵动。起身时,她如夜行动物般呻吟。我伸手示意她别出声,那兴奋的战栗却倍增。不一会儿,敲门声响起。里面的人都还好吧?

我的妻子,这个警觉、狂喜的女人,竭尽全力不笑出声。都好,亲爱的!我们好得不能再好了。

十一月的一个星期三上午,我穿过校园来到柯里尔所在的大楼。走过去的路程可不短,可我没有提前和他沟通。我不想留下文字记录。马丁看到我似乎很困惑。用普鲁契克情感轮上最接近的情绪来描述的话,可能是**忧虑**。

"啊,西奥。最近怎么样?"他听起来好像真的想知道一样。那反应来自他对人类情感的多年研究,"我很遗憾错过了艾丽莎的追悼会。"

我耸了耸肩。两年了,都是陈年往事了。"是吗?我都不知道谁去了谁没去。我几乎什么都不记得了。"

"你找我有什么事吗?"

"我需要问一些私密的事情。"

他点点头,带我穿过大厅,走出大楼。我们坐在医学院的自助餐厅里,各自要了一杯自己并不想喝的热饮。

"这有点尴尬。我知道你不是临床医生,但我无处可去。罗宾有了麻烦。如果我不给他用药,他的小学就会用公众服务部威胁我。"

他顿了一下,确定罗宾是谁。"他被诊断出有什么问题吗?"

"目前为止,有两种阿斯伯格综合征的诊断,一个大概率是强迫障碍,一个可能是注意缺陷障碍。"

他苦笑着，充满同情："这就是我退出临床心理学的原因。"

"这个国家可能有一半的三年级学生会被强行归入这些类别中。"

"这就是问题所在。"他环顾自助餐厅，看看是否会有同事听到我们的谈话，"他们想让他接受什么治疗？"

"我不确定他的校长具体想做什么，反正大型制药公司总会得逞。"

"你知道的，大多数常见药物都非常规范化。"

"他才九岁。"我尽量保持冷静，"他的大脑还在发育。"

马丁抬起双手。"对于精神药物来说，这个年龄确实还很小。我也不会想在我九岁的孩子身上做实验。"

他是个聪明人。我明白我妻子为什么喜欢他了。他在等我说出全部情况。最后我承认："他把保温杯扔到了一个朋友的脸上。"

"嗯。我也曾经打断过朋友的鼻子。可他活该。"

"利他林会对他有帮助吗？"

"我父亲治病的首选是皮带。它把我变成了你面前这个模范成年人。"

我笑了，感觉好了一些。他在这方面真的挺厉害。"我们都是怎么长大成人的啊？"

我妻子的朋友眯着眼睛回顾过去，试图记起她的儿子："你说他的愤怒有多严重？"

"我不知道该怎么回答。"

"他确实揍了那个男孩。"

"这不完全是他的错。"没有什么事情完全是任何一人的错。他的手变得有些混乱。

"你担心他伤到别人吗？他有没有伤过你？"

"不。他永远不会。当然没有。"

他知道我在说谎。"我不是医生。没有正式诊疗，即使是医生也无法给你可靠的意见。你知道的。"

"没有医生能比我更好地诊断我的儿子。我只是想要一些除药物之外的治疗，让他平静下来，让他的校长别再盯着我。"

那个男人专注起来，就像他看着我妻子的脑部扫描时那样。他靠向塑料椅背。"如果你正在寻找非药物疗法，我们可以让他参加我们的一项临床试验。我们正在测试解码神经反馈疗法作为一种行为干预的功效。你儿子这个年龄作为被试者将会很有数据价值。他甚至能赚点零花钱。"

顺便我也可以告诉利普曼博士，我的儿子在威斯康星大学参加了一个行为矫正计划。"这么小的孩子不会有任何人类主体性疑问吗？"

"这是一个非侵入性过程。我们训练他如何注意和控制自己的情绪，就像行为疗法一样，只是有一个即时的、可见的记分卡。机构审查委员会签署通过的那些项目比我们这个要复杂得多。"

我们走回他的办公室。树木光秃秃的，雪花在空中摇摆。闻上去感觉今年早早就要结束了似的。不过，仍有穿着短裤的本科生从我们身边走过。

柯里尔解释了从我和艾丽自愿成为目标被试者以来实验发生的进展。解码神经反馈疗法正日渐成熟。在这里和整个亚洲的大学中，发现和验证团队正在探索其临床潜力。解码神经反馈疗法正在疼痛管理和强迫症治疗方面显示出前景。连接反馈疗法也在治疗抑郁症、精神分裂症甚至孤独症方面被证实很有效。

"一个表现出色的受训者——一个掌握反馈诀窍的人——可获得数周的症状改善。"

他描述了所涉及的内容。负责扫描的人工智能会将罗宾大脑内部的连接模式——他的大脑自发活动——与预先记录的模板进行比较。"然后我们会通过视觉和听觉线索塑造这种自发活动。我们将从通过多年冥想获得高度镇静者的复合模式开始。接着人工智能会用反馈来劝诱他——当他接近或远离时告知他。"

"训练持续多久？"

"有时我们在几个疗程后就会看到显著改善。"

"风险是？"

"我得说比学校食堂的风险还低。"

我忍住了怒火。可他看到了。

"西奥，对不起，我说话欠考虑了。神经反馈是一种辅助程序。他大脑中发生的任何事情都是他通过反思、专注和练习自己学着做的。"

"比如说读书，或者上课。"

"对。只是更快更有效，也可能更有趣。"

说到有趣这个词，他的脸上掠过一丝不易察觉的神色，直觉告诉我他想起了艾丽莎。他们二人曾在某处一坐就是好几个小时，肩并着肩，只是静静地观察着。在无聊导致我放弃与她一起观鸟之前，艾丽曾经教育我：你并不总能通过特定的场地标记来获得它们。你可以通过形状、大小和印象来了解它们。你得去感受它们。我们称之为找到感觉。

"马蒂，谢谢你。这真是救了我。"

他挥手和我告别："让我们看看会有什么成果。"

他送我到办公室门口。当我伸出手时，他笨拙地侧身抱了我一下。在他身后的墙上，贴着一张绿树成荫的沙滩海报，上面写着：

> 大地的表面是柔软的，人们一走过就会留下踪迹；同样，人的心路历程也会留下踪迹。

我把我这个经受创伤的儿子托付给一位野心勃勃的神经科学家兼鸟类学家，一个仍对我死去的妻子有意思、拿印着梭罗金句的俗气海报装饰他办公室的人。

你的意思是，就像打游戏？我儿子喜欢游戏，可游戏也让他害怕。快节奏的射击游戏或必须在正确的时刻跳跃的要求会让他发狂。他会急切地攻击它们，被击溃，然后愤怒地撤退。它们代表了统治着他的同龄人王国的一整套等级竞争体系。当某款赛车游戏让他把我的平板电脑扔向房间另一边时，我禁止他再玩这款游戏，而他似乎也松了口气。但他很喜欢他的农场。他可以整天点击田地获取小麦，点击磨坊磨面粉，以及点击烤箱烤面包。

"是的，"我说，"有点像游戏。你将尝试在屏幕上移动一个圆点，或者让一个音符听起来更柔和、更响亮，更高或更低。通过练习这都会变得更容易。"

全用我的大脑？那也太不可思议了吧，爸爸。

"是的，相当疯狂。"

等等。这好像是什么东西。它让我想起了别的事。他一只手在空中划动，另一只手摸着下巴——示意我让他继续思考。然后他打了个响指。就像你的一个世界——"想象一颗行星，那里的人们将他们的大脑相互连接。"

"这不太像。"

你觉得那个扫描设备可以教我画得更好吗？

这似乎是柯里尔有一天可能会尝试的事情。"你画得很完美。他们可以用你的大脑来训练其他人画得更好。"

他开心地跑去拿他的文件夹给我看他最新的杰作——一个鸟翼珍珠贝。他现在已经画了鸟、鱼和真菌,他正在研究蜗牛和双壳类动物。

爸爸,我们得买一张大桌子。

我双手捧着那幅画,心想:没有比这更好的疗法了。可后来我的男孩低头用他那双手自责地将纸抚平,我看到了那愤怒揉搓纸张的痕迹。他懊悔地用手指在这幅画上描摹。我希望我能看到它们中的某一个。我是说,亲眼见到。

我将柯里尔的信息拿给利普曼博士，另外还有三篇吹捧该研究的治疗潜力的文章。她似乎很满意。罗比对用他的大脑进行手指绘画的前景感到兴奋，他度过了两周令人感激的安静日子。这两周里，我重新拾起被我忽略的工作，处理了收件箱里的信件。

感恩节，我们开车去位于芝加哥西区的艾丽父母那里。那座战后建成的拥挤的都铎式郊区房屋里，仍旧是那些一点即燃的表亲们，全天播放但没有人观看的球赛，关于政治立场不休的争论。艾丽的大家庭中，有一半人支持一名正在为初选做准备的反对派候选人，另一半支持我们目中无人的总统倒退回半个世纪前的世界。到星期四中午，白宫的新法令要求这个国家的每个人都要随身携带身份证件或签证，这导致罗宾的血亲们越过冷战的沟壑，转而相互攻击起来。

罗宾的外婆领着大家做感恩节晚餐祈祷。整桌人都说"阿门"，然后开始向四个不同的方向传递食物。罗比说：没有人在听那个祈祷，你们知道吧。我们在太空中的一块石头上，还有成千上万和我们一样的其他石头。

阿黛尔吓坏了。她瞪着我："有这么带孩子的吗？他妈妈会怎么说？"

我没有告诉她她女儿会说什么。罗宾替我说了。我妈妈死了。

而上帝并没有帮助她。

喧嚣的桌子陷入寂静。每个人都等着我纠正我的儿子。在我还没来得及说什么之前,阿黛尔就已经开始教训他了。"你需要向我道歉,年轻人。"她转向我。我转向罗宾。

对不起,外婆。他说。桌子又恢复了喧闹。只有坐在他两侧的他最喜欢的阿姨和我,听到他像伽利略一样低语道,但你是错的。

整个用餐过程中,罗宾都啄食着他的豆子、蔓越莓和不含肉汁的土豆。他的外公克里夫坐在桌子对面一直和他开着玩笑。"来吃一点火鸡,小伙子。今天是感恩节!"

当罗宾终于爆炸时,便如同地热爆发一样剧烈。他开始尖叫,我不吃动物。我不吃动物!不要让我吃动物!

我不得不把他带出去。我们绕着街区走了三圈。他一直在说,爸爸,我们回家吧。我们回家吧。在那里更容易感恩。

我们回到麦迪逊,独自过完了假期。他在接下来的星期一下午开始治疗。他滑进了他母亲曾待过的同一个功能性磁共振成像舱。技术人员让他保持不动,闭上眼睛,什么也别说。可当他们给他放起《月光奏鸣曲》时,我儿子笑着喊道:我知道那首歌!

"注意屏幕中间的圆点。"罗宾小小一只躺在扫描设备里,盯着上方监视器里的图像。他的头被垫子固定住。马丁·柯里尔坐在控制室的操作板前。我坐在他旁边。他通过耳机指导着罗宾。"现在让圆点向右移动。"

我儿子坐立不安。他想点击鼠标或向上滑动屏幕。怎么移动啊?

"记住,罗比。不要说话。放松并保持不动。当你情绪对的时候,圆点就会知道并开始移动。就这么和它待在一起,让它旅行。尽量让它保持在中等高度。不要让它向上或向下走得太远。"

罗宾保持不动。我们在控制室的监视器里观看他的结果。那个圆点像池塘表面的水黾一样上下跳动。

柯里尔又一次帮我理解状况。"基本上,他是在练习正念。就像做冥想一样,可有一种即时、有力的线索引导他走向理想的情绪状态。他越了解如何进入那种状态,就越容易进入那种状态。熟练进入它之后,我们就可以拿走辅助轮。他会有自主能力。"

我看着我儿子用他自己的思维玩着捉迷藏:更冷,更冷,更暖……

柯里尔指着那个猛地朝左上方移动的圆点说:"看到了吗?他很沮丧。现在他开始生气了。或许还夹杂着些许悲伤。"

我指着右手边的中心,罗宾正试图到达的地方。"这代表什么?"

柯里尔给了我一个让我恼火的玩味表情。"启蒙的第一步。"半分钟过去了。又一个半分钟。圆点稳定下来,向屏幕中心飘去。"他已经掌握了这个窍门,"马蒂低声说,"他会没事的。"这让我以全新且具有创造性的方式开始了焦虑。

我从不知道我儿子奇异的脑袋在某一刻里经历了些什么。他不带给我惊讶的日子屈指可数。我对他所生活的这个星球的了解比我对格利泽667Cc星球[1]的了解要少得多。但我确实知道,当罗宾陷入困境时,几乎没有什么能改变他。圆点在阴沉而谨慎的圆圈中摆动。他把圆点往右轻推,正如圆点也在把他往回推。当你试图观察那个圆点时,这个点像一个飘浮物般在你的眼睛里移动,既笨重又不情愿。它慢慢向后摇晃,就像一辆汽车在雪坡上被推动一样地缓缓移动。

胜利的前景让罗宾兴奋不已。到了终点线,他笑了,圆点转向左下方。在舱里,罗宾低声说了句脏话,那个圆点便在屏幕上疯狂地四处发射。他立即就后悔了。对不起,我骂人了,爸爸。我会洗一周的碗。

我和马丁开始大笑。技术人员也都笑了。每个人都花了一分钟时间才恢复理智,继续实验。而罗宾已经找到了窍门,经过几次错误的开始和更快的恢复之后,我儿子和他的小圆点实现了他们合二为一的目标。

一位名叫金妮的技术人员调整了罗宾在扫描设备中的位置。"哇,"金妮告诉他,"你是做这个的天才。"

柯甲尔调整软件并开始了新一回合。"这次让圆点和背景阴影一样大,然后让它就待在那儿。"

这个新圆点位于屏幕中央。在它的后面是一个淡色的圆盘,就

---

[1] 2011年发现的超级类地行星,位于天蝎座,距离地球约22光年。

是柯里尔让他瞄准的目标。这个圆点在罗宾脑内不同区域中一阵阵地收缩和增大。"我们现在正在训练感情强度。"柯里尔说。这个圆点就像示波器波纹或旧立体音响上弹跳的音量标识灯一样上下波动。罗比陷入恍惚。波动的圆点平静下来。渐渐地，它从十美分硬币大小增大到五十美分硬币大小。他将它带入目标区域，然后射出。那个圆点消失了，这让他心烦意乱。他重新开始，仅靠他情绪波动的力量就可以举起它。

每次圆点与模板大小对齐时，它都会变成烟熏玫瑰色。当圆点填充背景阴影的时间长到重新开始发光时，扫描设备会响起一声短暂的胜利钟声，接着圆点会被重置。

"现在看看你能不能让它变绿。"新影响参数的新反馈。我以为罗宾可能会反抗，因为他已经在扫描设备里待了将近一个小时。可他却高兴得咯咯笑，又一次进入状态。很快，他就学会了如何将圆点变幻出彩虹般的颜色。柯里尔露出他那神秘莫测的笑容。

"现在让我们把这一切放到一起。让一个像背景阴影大小的绿圆点一直待在中心靠右的位置，怎么样？尽可能地让它保持在那儿。"

罗比很快就完成了当天最后的任务，给每个人都留下了深刻印象。金妮把他从扫描设备中放出来，他的脸红扑扑的，带着成功的喜悦。他小跑进控制室，将手举过头顶，让我和他击掌庆祝。他脸上的表情和我每晚在银河系的大家庭中为他旋转模拟出一颗行星时一样。

那是世界上最酷的事情。你应该试试，爸爸。

"给我讲讲。"

这就像你必须学会读懂圆点的想法。你得学会知道它想让你怎么想。

我们安排了下周的随访。直到我们两人离开大楼后，我才开始盘问他。柯里尔可以进行他的扫描、获得数据集和人工智能分析。我想听罗宾亲口跟我说。我自己想知道。

"感觉如何?"我想递给他一张普鲁契克情感轮的照片,让他指出确切的位置。

他仍得意扬扬,用头顶我的肋骨。奇怪。不错。就好像我可以学会做任何事情。

这些话让我的皮肤发紧。"你是怎么让圆点来做所有这些事情的?"

他停止顶我的游戏,变得严肃起来。我假装自己在画它。不,等等。它好像是在画我。

第二次他们想让罗宾独自去参加。柯里尔认为我可能会分散他的注意力。作为为人父母的痛苦反馈训练的一部分，我同意暂时把罗宾留在别人那里。

当我到实验室接他时，我可以看出一切进展顺利。尽管柯里尔守口如瓶，但他看起来很高兴。罗宾正飘飘然，也没有了往常的狂躁。他被一种新的、奇怪的敬畏所占据。

这次他们给了我音乐。爸爸，这简直太疯狂了。只要我想，我就可以提高和降低音符，让它们演奏得越来越快，还可以把单簧管换成小提琴！

我挑眉看了眼柯里尔。他的笑容如此亲切，让我感到不自在。"他在音乐反馈方面做得很好，对吧，罗宾？我们正在学习将他大脑相关区域诱导连接起来。一起发射的神经元都会连接在一起。"

令人惊讶的是，罗比竟然让另一个男人在他肋骨最敏感的部位挠痒痒。柯里尔说："'后天习得几乎可以改变先天本能。'"

你这又是什么呀？罗宾说，是诗，还是什么？

"你真是厉害。"柯里尔说。然后他为我们预约了第三次去的时间。

我和罗宾从神经科学大楼走到我停车的地方。他拽着我的胳膊喋喋不休。自他八岁起，他就再没在公共场合如此拽着我。解码神经反馈正在改变他，就像利他林一样。可是那时候，地球上的一切都在改变着他。午餐时朋友说的每一句冒犯的话、他在虚拟农场的每一次点击、他画的每一个物种、每个在线视频片段的每一分钟，他晚上读到的以及我给他讲的所有故事：里面没有"罗宾"，在这个自我的游行队伍中，没有一个朝圣者永远保持一成不变。他们那一整个万花筒盛会，列着队穿越时空，本身就是一项正在进行中的工作。

罗宾拉着我的胳膊。你觉得那个人是谁？

"哪个人？"

我模仿的是谁的大脑？

"不是一个人。那是几个不同的人汇总后再平均的产物。"

他从下面拍了拍我的手，就像在向空中拍球。他抬起下巴，跳了几步，像他小时候习惯的那样，然后他等着我赶上来。我儿子看起来很高兴，这让我后背冷飕飕的。

"怎么这么问，罗比？"

我觉得他们像是要来家里陪我玩儿或是怎么样，就好像我们一起在我的脑海里做事情。

当我今晚写下这些话时，支配着我后院那些萤火虫发出光芒的法则也同样支配着十亿光年外一颗爆炸的恒星发出光芒。地点改变不了什么。时间也是。一套固定的法则在所有时间和地点运行着游戏。这个法则，与我们地球人在短暂的旅程中已经发现或将要发现的，一样重要。

但是空间很广大，我试着告诉我儿子："你无法想象有多大。想想最不可能的地方……"

一个由铁构成的行星？

"可以。"

纯钻石的？

"有。"

一个海洋有数百英里深的行星？一个有四个太阳的行星？

"两个都可以有。在我们这儿和宇宙尽头之间，我们甚至会发现更奇特的地方。"

好吧。我在想象我的完美行星。我的百万里挑一处。

"如果只是百万分之一的话，仅银河系，这种地方就有约一千万个。"

我们的日子在改善，不仅仅是因为我在寻找证据。十二月的学校评估是他有史以来第二好的。他的老师凯拉·毕晓普在他的报告底部写道：罗宾的创造力和自控力都在提升。他下午放学后哼着曲子走下校车。他甚至在一个星期六和一群他几乎不认识的邻居小孩出去玩了雪橇。我都不记得他上一次离开家，和我以外的其他任何人一起是什么时候了。

寒假前的星期五他放学回家，腰带后绑着一段黄麻绳。我用手指碰了碰问他："这是什么？"

他耸了耸肩，将一杯姜汁榛子牛奶放入微波炉。我的尾巴。

"你最近在忙科学领域的基因工程实验吗？"

他的笑容就像十二月严寒里突现了五月暖阳一样。有些孩子把它夹在上面奚落我。你知道的，说我是"动物爱好者"什么的。我懒得摘。

他把他的热牛奶拿到桌子上——那桌子上他的艺术用品已经摊开好几周了——开始仔细研究他下一幅素描的内容。

"哎哟，罗宾。是哪个混蛋？凯拉知道吗？"

他又耸了耸肩。没什么大不了的。孩子们笑了。还挺好玩的。他从工作中抬起头，看着我身后墙上突出的东西。他的眼睛清澈，脸上充满好奇，就像他母亲还活着的好日子里的样子。你猜猜有一条尾巴是什么感觉?

他自己笑了笑。画画的过程中,他的呼吸发出丛林之声。在他心里,他倒挂在一根树枝上,双手在空中挥舞。

我为他们感到难过,爸爸。真的。他们被困在自己的世界里,对吧?所有人都一样。他想了一分钟,除了我。我有我的人。

他说话的样子让我毛骨悚然。"什么人,罗比?"

你懂的。他皱眉,我的团队。我脑子里的那些家伙。

圣诞节时,我们开车回芝加哥,去艾丽的父母家。克里夫和阿黛尔有点僵硬地欢迎我们。他们还没有原谅我的小无神论者感恩节时对他们心中信仰的攻击。可罗比把耳朵贴在他们每个人的肚子上,他的拥抱让他们热情起来。他继续拥抱每一个看似勉强的表亲。几分钟内,他已经成功地震惊了艾丽全家人。

两天的时间里,他坐在那儿看完了所有的足球和宗教节目,拿着乒乓球拍去神殿,观察他的表亲们对他的礼物——濒危物种的小画——做出的反应,他们都带着不同程度的鄙夷表情。他做到了这一切而没有崩溃。当他终于表现出爆发的迹象时,我们就要返程回家了。这是艾丽去世后第一个风平浪静的假期,在任何状况出现之前,我已把他塞进车里逃走了。

"怎么样?"我在回麦迪逊的路上问他。

他耸了耸肩。不错。但是人嘛,总是有点敏感,不是吗?

行星斯塔西斯（Stasis）看起来很像地球。我们所到之处有青山流水、花草树木，蜗牛、蠕虫和飞甲虫，甚至连骨生物都是我们所熟悉的。

怎么会这样？他问。

我告诉他现下一些天文学家的想法：仅银河系中就有至少十亿或更多的行星和我们的一样幸运。在九百三十亿光年的宇宙中，稀有的地球们像杂草一样到处丛生。

不过在行星斯塔西斯的几天里，这个地方变得和其他地方一样奇怪。这个行星的轴几乎没有倾斜，这意味着每个纬度都有一个单调的季节。浓密的大气使温度的波动变得平缓。较大的构造板块在几乎没有灾难的情况下就回收了其大陆。很少有流星挑战穿过附近的巨大行星。因此，在它存在的大部分时间里，行星斯塔西斯上的气候一直保持稳定。

我们穿过层层叠叠的行星冷冻带步行到赤道。每个区域带的物种数量都非常多，且满足特殊的物种。每个捕食者捕猎一种猎物。每朵花都有自己的传粉者。没有生物迁徙。许多植物吃动物。植物和动物生活在各种共生关系中。更大的生物实体根本就不是有机体，它们采纳的是联盟、协会和议会体制。

我们走到其中一个极点。生物群落之间的界限就像财产分界一样。没有季节的变化模糊或削弱。一步之隔，落叶乔木停止，针叶树开始生长。行星斯塔西斯上的一切存在都是为了解决自己的问题。一切的存在都知道一个无限深刻的内容：世界由所处的纬度决定。任何活着的生物都无法在其他任何地方茁壮成长。即使只向北或向南移动几千米也会致命。

有智慧生物吗？我儿子问，有什么是有意识的吗？

我告诉他没有。在行星斯塔西斯上，没有什么比当下更需要记住或预测的了。在如此稳定的情况下，没有必要对任何事物进行调整、即兴创作、二次猜测或建模。

他思考了一下。困难是智慧之母吗？

我说是的。危机、变化和剧变。

他的声音变得悲伤而奇妙。那我们就再也找不到比我们更聪明的人了。

技术人员和罗宾相处融洽。他们喜欢取笑他，而且令人惊讶的是，他喜欢被取笑。他对此的喜欢程度几乎就像他喜欢指挥自己的个人交响乐，进行自己的个人动画训练一样。金妮告诉他："你真的很不一般，天才男孩。"

"绝对是一个高能解码者。"柯里尔赞同地附和。我们两个坐在他的办公室里，周围是玩具、拼图、视错觉图片和积极向上的海报。

"是因为他还小吗？就像儿童不用尝试就能学会一门新语言？"

马丁·柯里尔歪着头说："可塑性在生命的每个阶段都有记录可证。随着年龄的增长，习惯对我们的阻碍与先天能力的任何变化一样多。如今，我们喜欢说的'成熟'其实只是'懒惰'的另一个名字。"

"那是什么让他如此擅长训练呢？"

"他是一个与众不同的男孩，否则他一开始就不会参加训练。"他从办公桌上拿起一个十二面体魔方玩弄起来。他的眼睛变得茫然，我知道他在做关于谁的白日梦。他说的话，更多是对他自己说而不是对我说的。"艾丽是最不可思议的观鸟者。我从未见过如此专注的人。她也是个很特立独行的人。"

我怨怒地迅速转过了头。正当我想告诉他，他是一个对我妻子一无所知的变态时，门开了，罗宾跑了进来。

有史以来最好的游戏。

"天才男孩今天的得分真的很高。"金妮说,像教练给获奖拳击手按摩一样从背后按压他的肩膀。

当每个人都开始做这些事情时,那就会非常酷。

"这正是我们的想法。"马丁·柯里尔放下他手中的魔方,双手举至半空中。罗宾走到他的办公桌前,和他来了一个对击。我带着儿子回家,感觉自己是个未来的守护者。

我能够看到他每周的变化。他现在更容易笑了，也不那么爱发脾气。开心的时间多于沮丧的。他静静地坐着，在黄昏中倾听鸟鸣。我不确定哪些品质是他的，哪些是他的团队提供的。每天的细微变化都融入他体内，变成了他原生的内容。

一天晚上，我为他创造了一颗行星，在那里，几种智能生命可以交换性情、记忆、行为和经验，就像地球上的细菌交换基因片段一样容易。在我补充细节之前，他笑着抓住我的手臂。我知道你从哪里偷来的想法！

"你真知道？谁告诉你的？"

他张开手指，将它们贴在我的头骨上，发出吮吸声，我们各自的特质相互之间来回飞舞。如果每个人都开始进行这种训练，那不是很酷吗？

我将手指放在他的头骨上作为互换，通过我的指尖吸取一些他的私人情感进入我体内，还伴随着适当的声效。我们都笑了。然后他拍了拍我的肩膀，就像是在送我上床睡觉之前要先让我平静下来。这个手势是如此出人意料地成人化。上周他还不可能这样。

"所以你怎么看？"我试图随意地逗趣道，"那只小白鼠。它在变化？"

他的眼睛抓住了问题。他一下子想起来了，解决方案在他的眼中闪耀。小白鼠还是那只小白鼠，爸爸。只不过我现在有盟友帮助了。

"给我讲讲，罗比。"

你知道当你和一个愚蠢的人交谈，你也会变得愚蠢吗？

"我知道那种感觉，非常清楚。"

但是当你和一个聪明的人玩游戏时，你也开始做出更好的反馈？

我努力回想他一个月前是否这样说过话。

嗯，就是这样。就像走在游乐场里一样。不过，有三个非常聪明、有趣和强壮的家伙正和你一起走着。

"他们……有名字吗？"

谁？

"这三个家伙？"

他露出婴儿般纯真的笑脸。它们不是真正的人。它们只是……我的盟友。

"但……有三个？"

他耸了耸肩，更像我那个更具防御性的儿子。三个或四个。谁知道呢，这不是重点。就好像它们在帮我划船什么的。它们是我的船员。

我告诉他，他是我独一无二的小白鼠。我告诉他，他妈妈爱他。我跟他说他可以随时告诉我在乘船过程中发现的任何趣事。

也许我在离开房间时抱他抱得太紧了，他挣脱开，并晃着我的前臂。

爸爸！这没什么大不了的。只是……他每只手伸出两根手指，相互交叉，话题标签：生活技能，对吧？

罗宾过去的那种不耐烦偶尔会让他激动,他在等待春季的第一次农民集市。他萌生了将画作带到学校寻找买家的想法。当他向我提出这个计划时,他胳膊下夹着一个邮寄用的卷筒,一只脚正要踏出门去坐校车。

"哎,罗比,这不是个好主意。"

为什么?他的声音摇摆不定,你觉得这些画太糟糕了吗?

这段时间的放松把我惯坏了。我以为我们安全了。我以为他的团队已经把我们的船划到了安全的地方。

"是这些画太好了。你的同学付不起它们应有的价值。"

他泄气地驼下背来。只要有帮助就好。每年都有数以千计的生物灭绝。到目前为止,我还没筹集到一美元,甚或一美分来帮助它们。

从各个方面来说,他都是对的。他将卷筒举起,征询我的同意。我的下巴抬起,还没点头,他已经出了门。

我的早晨在紧张而无法专注的状态中度过。到下午一点半时,我实在太过劳神,给学校打去电话,让他们告诉罗宾,那天放学后我会去接他。当他自己上车时,我正在停车场等待,演练着如何表示不在乎,并为最坏的情况做准备。

"进展如何?"

他举起卷筒,仿佛要展示里面还卷着的画。仍然是零美元和零美分。

"给我讲讲。"

车开了一英里,他一直不说话。他以一定的频率敲击着仪表板。我不得不碰碰他的肩膀示意他停下。他呼吸的样子就像是戴上了呼吸机。

他们觉得我是在犯病。他们开始叫我"奇异博士"。就这些,行了吧?然后他们开始取笑我的这些画。

"怎么取笑?"

如果没有其他人在场的话,乔塞特·瓦卡罗可能会买一幅。最后我说我会给他们想要的任何一幅画,他们可以想付多少付多少。杰登说他会给我二十五美分买阿穆尔豹。所以我把画卖给了他。

"哦,罗比。"

伊森·韦尔德觉得很有趣,所以他用五美分的价格买了东部大猩猩。他说他想让这画帮助他在我灭绝后记着我。其他孩子开始给我零钱,我想:总比没有好,对吧?至少我可以募集一些捐款。然后凯拉让我把钱都退给大家,把画拿回来。

我仍然不习惯学生直呼老师的名字。"她是来救你的。"

她给我记了一个过。她说在校园里卖东西是违规的,我应该从班级手册上知道这一点。我问她是否知道当我们到了她这个年纪时,地球上一半的大型动物物种都会消失。她说我们是在讲社会科学,不是生物学,不要顶嘴,否则我会被再记过一次。

我开着车。我不知道该说什么。我已经对人类绝望。我们把车开进家里的车道上。他把手放在我的前臂上。

我们是有问题的,爸爸。

他又对了。我们两个的确有问题。全部七十多亿人也都有问题,并且需要比解码神经反馈疗法更快、更强、更有效的方法来拯救他们。

三月初，总统依据一九七六年《美国全国紧急状态法》逮捕了一名记者。她一直在公布一些来自白宫泄密者的秘密文件，并拒绝透露其消息来源。因此，总统命令司法部指令财政部发布有关她的任何可疑活动的报告。根据这些报告以及总统所说的"来自境外势力的支持"，他将她抓进了军事拘留所。

媒体大喊这是血腥谋杀。至少，有一半的媒体这样做了。明年秋季大选的前三名反对党候选人表示总统谴责之事"助长了美国的敌人"。参议院少数党领袖称这次行动是我们一生中最严重的宪法危机。可宪法危机已经司空见惯。

每个人都在等待国会采取行动。可是没有任何动静。总统一派的党内参议员——手持民意调查的大佬们——坚称没有任何违反宪法的内容。他们对违反第一修正案的想法嗤之以鼻。暴力冲突席卷西雅图、波士顿和奥克兰。但是包括我在内的普通大众再次证明了人类大脑适应任何事物的能力有多么强。

一切都发生在光天化日之下，面对这种无耻行径，愤怒无济于事。两天后，这场危机又被另一种疯狂取代。可是这两天，我被新闻困扰着。我会在夜晚坐看即将到来的厄运，而罗比在餐桌上描画着濒危物种。

有时我担心解码神经反馈训练让他变得太过冷静。对他这个年纪的男孩来说，如此专注似乎并不自然。但是，困扰于国家紧急状态的我，也不是他谈话交流的对象。

　　一天晚上，我最不会质疑的新闻频道，从宪法危机转到了对全球知名的十四岁少女的采访。这位积极分子英嘉·艾尔德发起了一个新运动，她从位于苏黎世附近的家里骑行来到布鲁塞尔。一路上，她不停招募一些青少年骑手加入她的行列，并羞辱欧盟委员会好让他们实现很久以前就承诺的减排。

　　记者问她有多少骑行者加入了她的大篷车队伍。艾尔德小姐皱着眉头，寻找一种她无法给出的精确度。"这个数字每天都在变化。但今天我们有超过一万人。"

　　记者问："他们不是在上学吗？他们没有课吗？"

　　扎紧辫子的瓜子脸少女噘起嘴。她看起来不太像是十四岁，她看上去几乎不到十一岁。可她的英语说得比罗宾的大多数同学都要好。"我家的房子着火了，是不是要我等到下课铃响再赶回家灭火？"

　　记者紧跟上去。"说到学校，当美国总统说你应该先学习经济学，然后再告诉当今的领导人们该做什么时，你如何回答他？"

　　"经济学是教你在窝里拉屎，扔掉窝里所有的蛋吗？"

　　我那苍白、古怪的儿子从餐厅里飘了出来，站到我身边。那是谁？他听起来像是被催眠了。

　　采访者问："你认为这次抗议有可能成功吗？"

　　她和我一样，爸爸。

　　我的头皮发麻。我想起了为什么英嘉·艾尔德听起来有点超凡脱俗。她曾经把孤独症称为她的特殊资产——"我的显微镜、望远镜和激光，合在一起。"她曾患有严重的抑郁症，甚至试图结束自己的生命。然后她在这个充满生命的星球上找到了意义。

她斜眼看着那位困惑的记者说道:"我知道,如果我们什么都不做的话,我们是一定会失败的。"

这不就是我常说的吗!对吧?

罗宾如此激动以至于我要伸出手来让他平静。他摆脱了。他没有必要冷静。我不知道为什么在我儿子第一次坠入爱河的那一刻,坐在三英尺之外的我却感觉如此痛苦,深不见底。

他像以前恳求看他母亲的视频那样，要求看英嘉·艾尔德的视频。我们看着那女孩举着横幅游行。我们关注了她。我们坐在一起看她的纪录片，看她把司空见惯的情况描述得像是迫在眉睫的紧急时刻。我们看到她接管了G7峰会的托斯卡纳小山城。我们看着她向联合国大会讲述，如果有历史的话，历史将如何记住他们。

罗宾深陷情网，就像一个九岁的孩子爱上一个年长的女人那样。可他的爱是那种罕见的爱——纯粹的感激，不受需要或欲望的困扰。英嘉·艾尔德一下子给我儿子那以反馈为基础的头脑展现了一个我自己从未完全理解的真相：世界就是一个创造合理性的实验，信念是它唯一的证据。

四月下旬，本年度第一次户外农民集市开始了。我们来到州议会大厦对面的大广场上。那感觉就像他的母亲和我们在一起，就在街对面。没有多少摊位，可挑选的东西也很少。不过，这儿有柠檬山羊奶酪，去年秋天的苹果和土豆。有胡萝卜、羽衣甘蓝、菠菜、青蒜，人们很高兴这片土地又恢复了生机。阿米什人带来了各种颜色和信仰的蛋糕和饼干。食品卡车上是来自各大洲的美食。有手工制作的陶瓷、废金属制成的首饰、曼陀铃-萨克斯组合、用被大风吹倒的橡树制成的车削碗、大理石纹玻璃酒杯和绘有当地风景的手锯。还有悬挂着的常春藤、火焰花和吊兰。在那个中心处的外围是筹款人、社区广播人员和公共服务人员。除此之外，还有一个已经付了全款的摊位，顾客可以从一百三十六幅即将被遗忘的生物的水彩画中进行挑选。

在五个小时的售卖过程中，罗宾像是变了一个人。也许是每年如雨后春笋般涌现的数万亿美元广告，教会了孩子们如何被物质左右。每个九岁的地球人早就学会了如何推销。但我从没想过罗宾在这方面能有多狡猾，或者能有多好。太厉害了，整个星期六，他通过测试成功跻身地球人之列。

他将旅行推销员书中的每一个技巧都进行了重新改造。你认为它值多少钱？我花了几个小时画的那幅画！金冠冕狐猴和您的眼睛很配。没有人想要大唇鳑，我不知道为什么。他同二十码外的白发女士们搭话，想帮助一个美丽的生物活着吗，女士？这将是您花得最值得的几美元。

人们掏钱是因为他让他们发笑。有些人是想体验一下推销流程，或者是想奖励一个刚崭露头角的企业家。有些人是怜悯他，其他人只是想减轻自己的罪恶感。也许一百个购买者中会有某一个是真的喜欢这件艺术品，以至于把它挂在自家的墙上。不过，大多数停下来购买的人只是为了光顾一个孩子的摊位，因为他花了几个月时间带着不合时宜的希望创作了没有多少价值的东西。

六个小时内，他卖得九百八十八美元。收我们摊位费的那个人花了十二美元买下阿关栎尾蜥（不是罗宾最棒的画），这使销售总额达到了一千美元。罗宾高兴坏了。数月一心一意的工作取得了胜利。任何数目里带有那么多零的钱款都是一笔财富。谁知道这笔钱会发挥什么作用呢？

爸爸，爸爸，爸爸，我们今晚就可以寄出去吗？

他已经为此花了很长时间，以至于我无法与他争论最后一棒不用这么着急。我们将钱带到银行。我写了张支票寄给一个环保组织，那是他纠结了好几个小时才最终选出的。那天晚上，在吃完素食汉堡并看了几个英嘉的视频之后，我们分别躺在沙发的两端阅读，我们的脚为我俩之间的空间发起了小小的边界保卫战。他合上书本，研究起了天花板上的珠饰。

我感觉很好，爸爸。就好像我现在死也瞑目了。

"别这么说。"

哦，好的。他用滑稽的声音说。

两周后，他收到了他选择的那个非营利组织的来信。我把它放在前桌上，让他放学回家时立马能看到。他兴奋地撕开信封。信中感谢他的贡献，并吹嘘这样一个事实：每一美元中的近七十美分将直接或间接地用于减缓十个不同国家栖息地的受破坏速度。还暗示如果他想再捐两千五百美元，现在正是个好时机，因为配套的资金和有利的汇率使他们能够达到季度筹款目标。

配套资金？

"那是大捐助者为别人捐出的每一美元再捐一美元的意思。"

他们有钱……但他们不会给出去，除非……

"这是一种激励。就像你在农民集市上采取的买二送一策略。"

那不一样。他的头脑里闪出不好的想法。他们有钱，可他们不捐？而我的捐款里只有七百美元用于动物？物种正在消亡，爸爸。成千上万！

他对我大喊大叫，双手乱挥。我提议吃饭，可他拒绝了。他回到自己的房间，砰的一声关上门，连最喜欢的棋盘游戏都不出来玩了。我听着是否有撞击声传来，但沉默更可怕。我溜到房子外面，透过他的窗户偷看。他躺在床上，在笔记本上乱写乱画。到处都是他的计划。

十四个月前，因为我不小心扔掉了他的一张交易卡，他一拳打在卧室门上，导致手上两根骨头骨折。现在，面对这封狠狠打击了他的感谢信，他正在集中精神，写下一些秘密的行动要点。对于这种非凡的蜕变，我要感谢马丁·柯里尔的神经反馈训练。然而，不知何故，站在室外寒冷的春风中，枫树为我落下红色的花朵，我不确定我感受到的是否能同马蒂那模棱两可的色彩轮上的感恩相契合。

就在睡前，罗宾从他的房间走出来。他手里拿着一叠手绘纸条朝我挥了挥。我们可以申请抗议许可证吗？

我的脑海里全是一个个小小的黄色三角警示牌。"我们抗议什么？"

他看了我一眼，充满了不屑，我觉得自己就像是令他失望的孩子。作为回答，他拿出一张 11 英寸乘 17 英寸大小的画纸，这是他为更大的标语牌画的草图。在矩形景观的中间写着这样的话：

帮帮我
我快死了

在这些字周围是一圈即将消失的植物和动物的卡通图片。我对他技能的自豪抵消了我对口号的不满意。

"只有你……一个人抗议？"

你是说这样不好？

"不，我不是这个意思。只是如果你和其他人一起联合起来，抗议通常会更有效。"

你知道任何我可以参加的抗议活动吗？我低下了头。他抓住我的手腕。我需要从某个地方开始，爸爸。也许它会激励其他人。

"你想在哪里抗议?"

他抿了一下嘴唇,然后摇了摇头。那个和他一起看了所有英嘉·艾尔德视频的男人——那个和他母亲结了婚的男人——竟然问这样露怯的问题。

当然是在州议会大厦。

人民有权和平集会。

我儿子如是对我说。尽管如此，我们还是通读了市政法规的相关内容。我们了解到宪法是一回事，而地方执法又是另一回事。仅此一项就足以让人明白为什么合法的公众示威永远不会威胁现状。

哇，这被他们搞得真麻烦，是吧？如果发生了非常糟糕的事情，并且一群人想要抗议，比如就在当晚，该怎么办？

"问得好，罗比。"一个又一个月过去，他更会问问题了。我想告诉他，民主是有办法解决的，不管事情变得多么丑陋。可我儿子很在意诚实。

他花了三天时间制作海报。他完成了一件美丽的作品，介于一份用鲜明图案装饰的手稿和《丁丁历险记》画页之间的风格。他使用的色调很简单，线条干净，充满活力的动物大到很远也能看清。对于一个要努力理解他人想法的孩子来说，这个设计已经很不错了。他还准备了一份带插图的传单，介绍了威斯康星州受威胁或濒临灭绝的二十三种物种，包括加拿大猞猁、灰狼、笛鸻和卡纳蓝蝴蝶。还有什么，爸爸？还有什么？

"你想给立法者再补充一点信息吗？"

你是什么意思？

"说说你希望他们采取什么行动?"

他疑惑的神色变成了苦恼。如果他自己的父亲都那么盲目愚蠢,那这个世界还有什么希望?我只想终止杀戮。

我知道这是自找麻烦,但我让他保持自己的口号。**帮帮我。我快死了**。谁知道什么会打动一个陌生人?经过几个月的神经反馈训练,他的同理心已经超过了我的。他和我将一起学习如何进入一个世界,一个他母亲曾生活得如同本地人一般的世界。

爸爸?大家什么时候到?

"谁?"

州长、参议员和众议员。也许还有那些最高法院的人?我希望尽可能多的人看到我。

"可能要在工作日的早晨。但你不能再缺席任何学校的课程了。"

英嘉甚至不再上学了。她说为什么要费周折研究如何在未来生活——

"我很了解英嘉关于教育的想法。"

我们与利普曼博士以及他的老师凯拉·毕晓普达成协议。罗宾会继续做他的家庭作业,第二天回到学校时,他会口头报告他在州议会大厦的经历。

他盛装打扮。他想穿他在母亲葬礼上穿的西装外套,不过,两年后再穿上它就像把一只蝴蝶挤回蛹里。我让他穿了好几层的衣服,每年的那个时候,任何天气都可能吹过湖面。他穿着牛津衬衫、夹式领带、有折痕的休闲裤、毛线背心、风衣和经过长时间抛光而锃光发亮的男孩正装鞋。

我看起来怎么样?

他看起来像一尊小神。"很威严。"

我希望他们认真对待我。

我开车送他到市中心湖泊之间狭窄的陆地区域，州议会大厦就像罗盘的中心一样坐落在那儿。罗宾坐在后座，扶着膝盖上的海报泡沫板把手。这一行为需要他全神贯注。在州议会大厦，一名警卫向他展示了可供他站立的地方，在通往参议院的南翼楼梯一侧。降级到外围的台阶让他不开心。

我不能站在门旁边，让人们在进门的路上就看到我吗？

守卫的拒绝让他表情严峻而坚决。我们前往禁止区。罗宾环顾四周，对平静的上午感到惊讶。政府雇员三三两两地走上楼梯。一群小学生在参观权力走廊前听着讲解员的讲解。在一个街区之外的缅因和卡罗尔，行人们焦急地在商店里四处寻找咖啡因和卡路里，在各种肤色的无家可归者间择路而行。一些看起来像民选官员，但也可能是说客的人走过，专注于他们耳边听到的声音。

寂静让罗宾感到困惑。没有其他人抗议吗？本州的每个人对一切都完全满意吗？

他对这个地方的期望基于他母亲的视频片段。他想要的是戏剧性事件和对峙，还有公民们对正义的呼吁。相反的是，他见到的是现在这个美国。

我站到他旁边。他发火了。他空闲的那只手在空中划过。爸爸！你觉得你在做什么？

"将你那抗议团体的规模扩大一倍。"

不。可。能。你去那边站着。

我沿着人行道走开了三十英尺。他挥手让我走得更远。

到那边。远到没有人会认为你和我是一起的。

他是对的。我们俩站在一起会让事情看起来不过是一个成年人的圈套。可一个九岁的孩子独自站着，拿着一块写着"**帮帮我，我快死了**"的牌子可能会让你想要停下来谈一谈。

我走到了我觉得还可以的距离。我们可不需要一个善意的路人给幼儿保护协会打电话。罗宾满意地拿起他画好的标语牌，举至半空。然后我们二人进入了世俗政治的战壕。

我在那些楼梯下等待的次数已经多到我自己都记不清了。在艾丽莎为那些在本州并不为人所知的法案作证后,我会在那里等着接她。通常她会对自己一天的工作感到欣慰,也有兴高采烈的时候,可她从未完全满意过。走下台阶,她会疲惫不堪地抱住我。她会紧紧搂住我的腰说,这只是一个开始。

最终她的工作范围扩大到包括另外九个州的议会大厦。她出差多了,游说得少了,更多的是培训其他人作证。可是当我看着她的儿子走上艾丽莎曾经常与现状抗争的台阶时,我感到时光在倒流。我庞大的科幻图书馆里的那些书都同意:时间旅行不仅仅是可能的,而且是必然的。

在我们的婚礼上,在我先前不知情的誓言环节中,我的未婚妻给了我一个椭圆形的夏巴塔面包。这不是一个象征,这不是隐喻。这只是一块面包。我做的。我烤的。它是食物。今晚我们可以一起吃。人都各尽所能,不是吗?留在我身边,从春到冬。一无所有时,陪在我身边。我会和你在一起。总会有足够的食物。

我没有明白其中的意思,像个傻子一样。我甚至不喜欢面包。不过并非我一人是这样的感觉。在我俩都停顿了一下之后,艾丽叹了口气说道:好吧。也许这的确是个隐喻。所有流着泪的人都笑了,包括我的母亲。之后,我们办了一个很棒的派对。

一开始她警告我说她会做噩梦。我接触的是一些严峻的事情，西奥。很多时候，它会走进我的梦中。你确定要与一个半夜会歇斯底里尖叫的人睡在一起一辈子吗？

我告诉她，如果半夜需要有人陪，就叫醒我。

哦，我绝对会叫醒你的。这就是问题所在。

第一次，我以为她因有人闯进房间而尖叫。我跳起来，我的心脏都快蹦出来了。我的紧张惊醒了她。她仍然处于迷糊之中，却突然哭起来。

"亲爱的，"我说，"没关系。我在这。"

有关系！

她否定得如此猛烈，我差点起身去另一个房间睡觉。凌晨三点，我爱的女人在黑暗中哭泣，而我想告诉她我刚刚被伤害得多深。这是这颗行星上普遍的故事。我们生活在爱和自我之间。也许在其他星系中情况会有所不同。但我对此表示怀疑。

"怎么了，艾丽？告诉我，它便会消失。"我们喜欢说，告诉我一切。一切。不过总是有一个默认的附带条件，那就是没有什么真正可怕的事要说。

我**不能**告诉你。它**不会**消失。

当她醒来时，她的抽泣声平息了。我又试着问了一次："我能做什么？"

她向我展示：闭嘴，抱住她。这似乎太过容易，任何人都能做到。她在我怀里睡着了。

她醒得很早。到了吃早饭时，好像昨晚什么都没发生过。她如同一个强壮的绿色的东西沐浴在阳光中，处理着邮件。我想她现在可能会告诉我，描述让她惊醒尖叫的恐怖。可她没有主动提及。

"你昨晚很紧张。做噩梦了？"

她打了个寒战。哦，甜心。别问。

她的眼神恳求我放下这一整件事。她不信任我；我并不是一个真正的信徒。我隐藏了这个想法，但她读懂我就像读一本初级入门书一样。

是我做过的最糟的噩梦。她环顾房间，寻找一种既能安抚我又不用深入细节的方法。

"在我最糟的噩梦中，警笛开始响起，你迷失在一个陌生的城市。我找不到你。"

她握住我的手，可她的笑容在动摇。当我们生活在一场更大的灾难中时，我正在浪费我的精力担心这么小的一件事。

他们认为我们神经质，西奥。他们觉得我们是一群疯子。

我没有被包括在那群被贬低为我们的人中。她指的是她的同类，那些能够穿越物种界线的人。

为什么人们很难看到正在发生的事情？

她夜间的尖叫声变得如此熟悉，以至于已经不会完全唤醒我。随着时间的推移，她让我了解了这些梦。在她的梦里，其他种类的生物会说话，而她理解它们。它们告诉她这颗星球上真正在发生的事情，那些不可见的系统正遭受着规模难以想象的痛苦。一切最终取决于人类的食欲。

在阳光下，她全力以赴。在她游说的日子里，我会开车送她去州议会大厦，晚上我会在大厦南面的楼梯下接她。一般来说，白天的战绩基本能让她满意。可到了晚上，喝了两杯红酒、与她的救援犬进行了一场诗会后，她可能会再次变得惊慌不安。

当它们离开时会发生什么？只剩下我们会是何时？这将如何结束？

我没有答案。我们会尽量舒服地依偎而睡。每隔几个晚上,她就会再次尖叫惊醒。

可直到最后,她都在反抗。她就是为此而生的。一天下午,我看着她在浴室的镜子前收拾妥当,准备上战场:腮红、睫毛膏、发胶、口红。她帮助起草了一项非人权倡议,计划在整个上中西部推行。这意味着要在十个不同州激发不同性别的立法者的动物情感。

不收俘虏。对吧,伙计?

那天晚上,在威斯康星州的议会大厦南翼的主场上,巡回游说活动即将开始。她装扮的时候哼着一首歌。布谷鸟是一只好鸟,她飞翔时歌唱。当她布谷布谷唱着时,夏天就快到了。她支持的法案超出当下时代好几十年,根本没有机会通过,她也知道这一点。不过艾丽愿意打持久战——只要时间还允许她接着来。

她从浴室出来,光彩照人。她腼腆地看着我。嘿!你就是那个让我童年口吃再现的家伙!为此,她挑逗了我一把作为奖励。

她需要车,以备事后反应。那证实了在市中心停车的争论完全合理。我陪她一起走到车道上。她一只手放在驾驶座的车门上,身体前倾,假装指向空中。来吧。复仇者们,集合!她亲吻我,咬了我的嘴唇。然后她便向州议会大厦进发。除开去辨认她的尸体,那是我最后一次在这颗星球上见她。

走过来的人越来越多。人们开始注意到罗宾。几位女士走近以确保他没事。男人们从他身边走过。一位精心梳理了灰白头发、身穿黑色套裙看起来像艾丽母亲的女士走过来,她似乎准备拨打911。我正要起身去干涉,罗宾劝服了她。她打开手包,掏出一把钞票,试图给他。他恳切地瞥了我一眼,可他知道规则,抗议许可严禁集资。

他设法分发了一些传单,主要是发给那些没反应过来的困惑者。很少有传单能越过园景公园角落的垃圾桶。我原以为他对参与式民主的探索可能会持续一个小时,然后第二天在学校做一个非常简短的口头报告。可是神圣事业和多次神经反馈训练的某种组合使我的男孩变成了一只禅宗式斗牛犬。他深入挖掘,开发了一套俏皮的模式,他用这种方式在由混凝土和切割石块构成的广阔场地上与人们搭话。

我拿着笔记本电脑坐在无靠背的长凳上,微调着可能在三十光年外刚发现的超级地球上演化的模拟大气层。我比他先感觉到饿意。我走到他跟前,拿着装有凉果汁的保温杯,以及他前一晚为我们俩准备的袋装午餐。他狼吞虎咽地吃了半个鹰嘴豆牛油果三明治,然后命令我回到我的观察点,他摇晃着海报牌以弥补他刚走开的几分钟时间。

午饭后，时间像一些相对论想法实验般变慢了。我把连着手机的笔记本电脑放在膝盖上假装在工作，同时密切关注着我的那个准活动家。

我的收件箱里堆满了未解决的紧急情况。系里的中国研究生已被吊销学生签证。就连金静，我的助手，"包装工"球队的铁杆粉丝，对这个国家的了解甚至比我还多的人，在总统与外国势力以及支持他们的科学精英的两线对峙中，成为又一个附带的受害者。显然，上帝只在一颗星球上创造了生命，而该星球上只有一个主要物种的国家可以管理它。系里通知，当天下午晚些时候，召开教职工紧急会议。

当我抬头看向罗宾时，他正拉着一个穿着清爽灰色西装的白发黑人男子交流。我儿子正在摇晃他的手绘传单，罗列事实和数字。男人充满疑惑地听着。他开始盘问罗宾。

我关上电脑走了过去。"这里一切都好吗？"

那人转过身来打量我。"这是你儿子？"

"抱歉。你对他做的事有意见吗？"

"我对你有意见。"他的声音坚定，不容置疑，"是你怂恿他这么干的？他为什么没在学校？这是你操纵陌生人的方法吗？你到底想做什么？"

这是我的抗议，罗宾说，我已经告诉过你了。他与此无关。

"你把他放在这里无人看管。"

"我没有那么做。我就坐在那边。"

男人转向罗宾。"你为什么不告诉我这些？"

我们所做的一切都是合法的。我只是想让人们相信真相。

那人转过身来看着我。他指了指那块牌子。"**帮帮我，我快死了。你**不觉得有点问题吗，让一个年幼的孩子独自站在公共场所，举着这个——"

"不好意思,"我将颤抖的手背在身后,我不记得上次打断别人是什么时候了,"你有什么资格教我如何抚养我的孩子?"

"我是议会少数党领袖的幕僚长,也是四个成功孩子的父亲。你教了这小子什么,让他一个人站在这里,拿着这个?你应该将他与现有团体联系起来。他可以帮助组织其他孩子。写信。干一些具体而有用的项目。"他看着我的眼睛,摇摇头,"我应该举报你的恶行。"

然后他转身拾级而上,消失在政府大楼中。我想跟在他后面喊,你什么意思,什么是"成功的孩子"?

我看着罗宾。他正在搓揉海报一角。他的第一次立法尝试失败,他的法案甚至还没有被起草。

我告诉过你不要过来。他喊道,我在处理了。

"罗宾,你已经在这里很久了。我们回家吧。"

他没有抬头。他甚至没有摇头。我要留下。我明天还要来。

"罗宾,我要去开个会。我们现在得走了。"

他眼中升起了对同类的仇恨,就像他那牌子上的字一样。他的大脑正在努力提高或降低自己的音调,移动圆点,在他自己的脑内舞台中扩大或缩小它们。他垂肩转身。他似乎准备逃跑或大喊,或者将他的标牌砸向地上。当他再开口时,声音很小、很失落。

妈妈是怎么做到的?每天,坚持那么多年。

我找不到行星伊索拉（Isola）。多年来，我一直在大片区域里寻找。我儿子过来陪我，见证我的困惑。

"应该就在这附近。所有的数据都是这么说的。"

他不再过多地关注数据。我儿子对其他行星失去了信心。

奇怪的是，我们可以从很远的地方看到它。凌日法、径向速度法和微引力透镜效应都认同其确切存在。我们知道它的质量和半径。我们计算了它的自转和公转，误差已控制在极小的范围内。可当我和我的儿子离它仅有几千千米时，它就消失了。它本该存在的地方在各个方向上都变得空空如也。

他很同情我在本该清楚明了的事情上遇到的麻烦。它们躲起来了，爸爸。行星伊索拉上的生物正进入我们的脑海并伪装了自己。

"什么？怎么会？"

它们已经存在了十亿年。它们学到了一些东西。

他现在累了，对我看不出这一点很是不耐烦。任何接触可以友好结束的概率是多少？整个人类历史已经回答了这个问题。

这就是宇宙沉默的原因，爸爸。每个人都在躲避。至少聪明的人都在这么做。

"可我们已经看到了真正的进步。"马丁·柯里尔坚持说,"你不能否认这一点。这超出了任何人的预期。"

我们坐在一家因亚洲学生签证危机而几乎关门的广式点心店的午餐位上。整个校园——整个美国学术界——都在摇摇欲坠。那些没有被限制签证的外国学生都躲在室内。拥挤的、国际化的夏季会议已经缩减至只有零星几个安全的白人参加。

柯里尔坦率直言:"没有人允诺你会完全治愈。"

当他把咖啡杯举至脸旁时,我真想抬手打翻它。"他不愿起床。让他起床穿衣服就像打仗一样。他不想出去。我们一吃完午饭,他就又准备睡觉了。谢天谢地,现在是暑假,否则他的学校又要找我了。"

"这样……多久了?"

"好几天了。"

柯里尔用筷子夹起一个饺子,放入嘴中咀嚼。一些不溶于茶水的块状麸质,还有傲娇堵在他的喉咙口。"也许是时候考虑一些非常低剂量的抗抑郁药了。"

这个词让我本能地感到恐慌。他看出来了。

"这个国家有八百万儿童在服用精神药物。药物并不完全理想,可它们能发挥些作用。"

"如果有八百万儿童正在服用精神药物,那就说明有什么是不对劲的。"

这位资深研究教授耸了耸肩。是同意还是反对——我说不清。我在寻找一条出路。"罗比会不会……我不知道。开始耐受或习惯训练了?疗效会更快消退吗?"

"我无法想象。在大多数实验被试者中,我们看得到每次训练后持续数周的改善。"

"那他怎么又往下滑了?"

柯里尔抬眼看着我们桌子对面墙上的电视屏幕。在创纪录的高温下,致命的细菌群在佛罗里达海岸四处蔓延。总统告诉记者,也许这完全是自然的。也许不是。人们在说……

"也许他的反应是完全可以理解的。"

"你这是什么意思?"我问,虽然我很清楚。

他皱眉的样子和他微笑时非常相似。"临床医生和理论家很少能就什么是心理健康达成一致。是在艰难条件下高效运作的能力吗?或者它更多是一种关于恰当反馈的问题?持续、开朗的乐观情绪可能不是最健康的反应……"他对着电视点了点头。

我突然有一个可怕的想法:也许最近几个月的神经反馈训练伤害了罗比。面对世界根本的破碎,更多的同理心意味着更深的痛苦。问题不在于为什么罗宾又恶化了,问题是为什么我们其他人都保持着如此疯狂的乐观。

柯里尔的手在空中挥了挥。"他在自我控制和适应力方面的得分高了很多。他比第一次来看我们时更善于应对不确定性了。你看啊,他是还在生气,他是还很郁闷。要我说实话吗,西奥?这些天,如果他不心烦意乱,我反倒会担心。"

我们吃好了。马丁和我争着付账,不过争得并不激烈。我们穿过校园回返。我犯了一个错误,没有涂防晒霜就出了门。这才六月,可我无法呼吸。柯里尔也很不舒服。他脸上戴着外科口罩。"对不起。我知道这看起来多么可笑。可我的过敏症跟疯了似的。"至少我们不在南加州,野火引发的空气红色警报已将那儿的数百万人封闭在室内长达数周。

解码神经反馈疗法的保护似乎即将结束。有一段时间,不用吃药让罗宾很开心,我也很是安心。如今甚至连柯里尔也提出了吃药的建议。罗宾在学校如果再出什么小状况,事情便不是我能做主的了。

"他一直问我,艾丽多年来是如何打一场必败的仗,却没有被打倒的。"柯里尔口罩下的表情难辨。我一味地接下去:"我也想知道。她曾经会很生气。她会郁闷。屡见不鲜。"我并不介意告诉她的这位观鸟老友,她有夜惊的问题,"但她都克服了。"

即使是戴着口罩,他的笑意也能清晰地从声音里感觉出来。"他母亲有相当棒的脑-体化学物。"

我们在探索中心附近的学校大道上停下,接下来我们要去往不同的方向。我做好了接收另一建议的准备,即是时候试错针对儿童大脑的鸡尾酒疗法了。可柯里尔摘下了他的口罩,露出一种我无法解读的神情。

"我们可以了解她的秘密。罗宾也可以亲自告诉我们。"

"你这是在说什么?"

"我这里还有艾丽的实验记录。"

愤怒全方位涌入我的脑海,可没有一个是有用的。"你什么?你保存了我们的记录?"

"其中一个。"

我不用问就知道。他扔掉了我的**钦佩**和**悲伤**以及她的**警惕**。但他一直留着她的**狂喜**。

"你是说你可以用艾丽之前的脑部扫描训练罗宾?"

柯里尔看着他脚下的人行道,思考着由此产生的奇迹。"你的儿子可以学习如何让自己进入他母亲曾产生的情绪状态中。这可能是一种激励。这也可以回答他的问题。"

普鲁契克情感轮的颜色在我周围旋转。橙色的兴趣让位于绿色的恐惧。过去变得像未来一样充满漏洞而又模棱两可。我们就是在编造,编造此地的生命的故事,就像我编造的那些我儿子还没有听厌的有关外星生命的睡前故事一样。

我低头看着人行道交叉口那两条长长的对角线:看不到一个亚洲学生。在三十多年的阅读史和两千本科幻小说中,我错过了一些显而易见的事情:没有比这里更陌生的地方了。

这个问题让他起了床。他看着我,满脸放光。他们有妈妈的大脑数据?她参加了实验?

我像所有成年人一样,有所保留地回答了他的问题,不过这并不重要。他几乎扑向了我。

天啊。爸爸!你为什么没告诉我?

他用手捧着我的脸,让我郑重发誓我没有说谎。就好像我们两个偶然发现了一个原先没人知道的视频片段,记录了一直被封存的一天。平静席卷了他,仿佛现在无论结果如何,一切都会好起来。他转过头,透过他的卧室窗户看着夏天的雨。他的眼神里有一种冷静的决心,生活抛给他的一切他都将听之任之。他再也不会低落。

当他首次训练完出来时,我正在实验室的门厅踱步。他已经训练了九十分钟。彩色圆点、音调和其他反馈帮助他找到并匹配母亲的大脑模式。我笑了,强装镇定。罗宾一定知道我急于知道他能告诉我的任何事情。

金妮把他带出测试间。她的手臂搭在他的肩膀上,而他的手抓着她的实验服袖子。金妮看起来很随意,我也想像她这样。她俯身问道:"你还好吗,天才少年?需要在我办公室坐一会儿吗?"

他喜欢坐在金妮的办公桌前阅读她的那些流行漫画。通常他会迅速接受这个提议。他摇了摇头。*我不用*。然后,正如他母亲生前曾无数次提醒他的那样,他补充道,*谢谢*。

一个半小时的时间里,他一直在摸索着艾丽的大脑边缘系统。每次他提高和降低音调或指引图标转向屏幕上的目标时,他都在引导自己进入艾丽莎几年前曾经拥有的幸福——那个我们一时心血来潮,在某个不起眼的日子里参与的尝试。在罗宾的脑海里,如果没有别的地方,他又在和他妈妈说话了。我需要知道她在说什么。

他从实验室套房对面看到了我。他的脸上充满了兴奋和犹豫。我看出他有多么想告诉我他刚刚去过哪里。可他对那颗星球无从说起。

他松开金妮的袖子,从她的胳膊下滑出。她那职业面孔上露出一丝被遗弃的刺痛。罗宾走近我,他的脚步有些新意。他的步伐更轻松,更具尝试性。十英尺外,他摇头晃脑地向我走来。他抓住我的上臂,把耳朵贴在我的胸前。

"训练得不错?"音节从我这里毫无生气地发出。

是她,爸爸。

我腿肚子发颤。太晚了,我突然意识到,像罗宾这样过度活跃的想象力可能会从如此丰富的墨迹中解读到什么。

"感觉……不同?"

他摇摇头,不是针对这个问题,而是针对我的伪装。我们又预约了下周的训练。我和金妮,以及另外两个博士后聊了聊。这感觉就像我那经典的噩梦——我正在公共场合演讲,却慢半拍地发现我的皮肤是绿色的。罗宾拍拍我的背,拽着我往走廊去,走出这情感孵化器,进入现实世界。

我们走到停车场。我不断向他提出问题,除了太成人化的问题之外,我问了一切。他用单音节词汇回答着,与其说是不耐烦,更像是被我打断了思绪。直到我把我的卡放进停车场的门禁设备里,挡杆抬起时,他才打开话匣子。

爸爸?你还记得我们在山上小木屋里的第一个晚上吗?用望远镜看星空?

"我记得。记得很清楚。"

就是那种感觉。

他双手捂着脸,然后摊开,有些记忆让他吃惊,无论是黑暗还是星星。

我在校园路转弯朝家的方向驶去,眼睛一直盯着路。然后,坐在我旁边副驾驶座上的这个外星人,用我几乎辨识不出来的声音说:你的妻子爱你。你知道的,对吧?

我观察到一些不同之处。也许我是在暗示自己，因为我知道他在学习模仿谁的感受。可似乎只需要两次训练，州议会大厦的灾难性经历后他所置身的黑云就分解成一缕缕卷云。

六月下旬的一个星期六，我叫他起床。他因为被突然叫醒加之突如其来的阳光而呻吟着。但至少，现在他会从枕头上抬起头来，嘟囔的同时笑吟吟地咧开了嘴。

爸爸！我今天有训练吗？

"是的。"

耶！他用有点怪异的声音细声说，因为，哎，我真得练练了。

"你之后想上船小划一圈吗？"

真的可以吗？在湖上？

"我想着是在后院。"

他从喉咙深处发出一声咆哮，对我龇牙咧嘴。你该庆幸我不是个食肉动物。

挑选当天的衣服让他有些惆怅。哎，这件衬衫。我都忘了它。这件衬衫不错！我怎么从没穿过啊？他穿着半身衣服来到客厅，还记得妈妈给我的那双每个脚趾上都有小爪子的毛茸茸的五指袜吗？哪儿去了？

这个问题让我畏惧。我已经被他的旧大脑训练了很久，所以我满以为一场暴风雨即将来临。"哦，罗比，那是很久之前的尺寸了。"

哎呀，我知道。我只是好奇而已。我是说：它们还在吗？是不是哪儿还有个孩子正穿着，觉得自己是半人半熊？

"你怎么想到这些的？"

他耸了耸肩，但没有逃避。妈妈。我有了一种奇怪的感觉。不过还没等我开口问他，他已经发问了。早餐吃什么？我饿了！

他把我放在他面前的食物都吃了。他想知道燕麦片有什么不同（没有），以及为什么橙汁那么爽口（没有理由）。在我清理完桌子后，他坐在桌子旁，哼着一些我无法辨认的曲调。很久之前的那天，我对艾丽**狂喜**的来源的那份强烈好奇再次席卷我。我的儿子——她的儿子——已经瞥见了它，可他不会告诉我。

我把罗比带到神经实验室，用他母亲的大脑印记进行又一轮训练。他和金妮进入他们熟悉的程序。当他通过心灵感应在屏幕上移动形状时，我看了他几分钟。然后我走到大厅，拜访柯里尔。

"西奥！很高兴见到你！"他说这话的意思一定与其他人不同。这个人说的每一个音节都让我恼火。我需要去他的同理心机器上待个一两次。"那小子怎么样？"

我谨慎乐观地描述了情形。马丁听着，一脸矜持。

"他可能正在产生大量的自我暗示。"

罗宾当然在自我暗示。我也在自我暗示。这些变化可能完全是想象出来的。不过脑科学知道，即使是想象也能真的改变我们的细胞。

"这轮训练有什么新鲜事吗？人工智能反馈变化了吗？艾丽莎记录了不同的神经区域吗？"

"不同的？"柯里尔抬起肩膀，他的嘴角似带着笑意，"当然。我们提高了扫描分辨率。人工智能不断地了解罗宾，并且罗宾与之互动越多,它的分辨率就越高。是的,艾丽的扫描比我们早期实验使用的目标模板在大脑进化上更早一些。"

"所以,换句话说……就是没什么相同之处了。"我已经问完了我要来问的。除了我最想知道的事外,都问了。而我很确定,柯里尔无法告诉我艾丽本人拒绝说的内容。

可我转念一想:也许他可以。这个想法在我湿冷且导电的皮肤上蔓延。也许罗比不是第一个访问艾丽大脑印记的人。但我担心这个问题会让我看起来有病。又或者我因为太害怕答案而没敢问出来。

罗宾甚至能开心地给船充气了。通常他只会随意地踩几脚充气泵就放弃了。那天，他甚至都没有寻求帮助。船只从软软的 PVC 水塘中升起，我儿子没有任何抱怨。

　　我们在附近放置了一块标牌，上面用西班牙语、汉语和苗语写出了捕鱼限制。罗宾从码头上船时滑落水中。当他的鞋子陷入泥泞，湖水浸透他的膝盖时，他哭嚷起来。可在他爬回船上的那一刻，他疑惑地看着自己的腿。咦，奇怪，怎么就被水搞得这么激动了？

　　我们划着平底小船出发，划了很长的时间才行进了一百码。他边划边在岸边搜寻。我应该知道他在找什么——鸟，那些让他母亲遭遇的所有恶魔都望而却步的生物。他一直对它们很感兴趣。不过现在经过了她的大脑印记训练，这种兴趣已经变成了爱，存在于他的脊椎深处。

　　一个光滑的灰色物体掠过我们的船头。他挥手让我停止划桨。这些天来，我儿子的声音中第一次带了一丝苦恼。他是谁，爸爸？他是谁？我没看到！

　　一个常见到连我都知道它名字的居民。"我想是灯芯草雀。"

　　黑眼睛还是蓝眼睛？他转向我，确信我可以告诉他答案。我不能。他的母亲靠近我的耳边说话，罗宾鸟是我最喜欢的鸟。

　　我们又划了一会儿船，这个人类已知最慢的交通工具。在更深的水中，他举起他的桨。你能接着划吗，爸爸？我有点事情要想。

我在船尾划起船，将桨从一侧递到另一侧以防我们原地打转。一只比任何彩色玻璃窗的色彩都更惊艳的蝴蝶，落在罗宾那搁在船上的长着绒毛的前臂上。罗宾屏住呼吸，让这位来访者扑棱、飞翔，再次落在他的脸上。它掠过他闭着的眼睛，飞走了。

罗比靠在船舷上，打量天空。他的眼睛寻找着我们在大雾山那晚看到的成千上万的所有光点，每一个都还在那里，不过被白天的光线抹去了。我们两个在看不见的星星下滑行，坐着充气船穿过平静的湖面。

我曾以为这里只有我们。但我越看罗宾，就越觉得自己是加入了一场派对。空中飞的生物，水里游的生物，湖面滑过的生物。岸边分出的枝条，用活体组织吸纳雨水灌入湖水。每个罗盘指针都在喋喋不休，就像随机电台合唱的一些前卫作品。船头有一个巨型生命体，既是我又不是我。他说话时，我吓了一跳，差点把我们的船划翻。

你还记得那一天吗？

他已把我远远甩在了后面。"哪天，罗比？"

你们俩记录情感的那一天？

对于那天，我的记忆诡异地清晰。记得之后我和艾丽是如何渴望彼此。记得我们是如何把自己锁在房间里。记得她怎么不肯告诉我她狂喜的来源。记得她是如何透过关上的门告诉我们的儿子，保证一切都好得不能再好了。

那天你们俩都奇奇怪怪的。你们都表现得不太对劲。

他怎么可能记得这些。他当时还那么小，那个下午的一切都不足以让他印象深刻。

就好像你们俩有个大秘密。

然后我的妻子在我旁边悄声说:你记得是什么秘密,对吧,西奥?

我划着船,放慢了我的呼吸。"罗比,你怎么想到了这个?"

他没有回答。艾丽莎一直在开玩笑。他当然记得。他爸妈那天奇奇怪怪的。

"是柯里尔博士提到那天的一些事儿了?他问你了?"

罗宾翻身趴着,让船摇晃起来。他眯着眼睛看着远处的岸,试图看清过去。妈妈身上有文身什么的吗?

他不可能知道这件事。我不敢问他是怎么知道的。在我们认识之前,她已经有文身了。她需要一个超自然的激励来支持她度过法学院灾难般的第一年。为了反击L1考试令人沮丧的碾压,她想到了在身上播种下世上最温顺的野燕麦。四个扇形花瓣围绕着由雄蕊和花药组成的小小中心,渗入她的皮肤。

"本来应该是一朵小花。和她同名的植物。"

香雪球[1]。

"是的。"

但出了些问题?

"她不喜欢文出来的结果。有人告诉她,那看起来像一张畸形的笑脸。所以她让文身师把它改成一只蜜蜂。"

而蜜蜂最终看起来也很滑稽。

他令我震惊。"是的。可她还是决定留着蜜蜂。她不想最终文在自己身上的是一匹看起来很滑稽的马。"

他把脸转向水面。他没有笑。

"罗比,你为什么问这个?"

---

[1] 该植物英文名是 Sweet alyssum。

他的肩胛骨像被截掉的翅膀一样从 Polo 衫中伸出来。爸爸,你觉得那天她在想什么呀?这感觉太诡异了,就……就像走进了一个有一百万岁的森林。

我想乞求,给我点信息——哪怕只是一件幸存下来的小事,只要是关于她的。我已经失去了她的轮廓,对她的那种感觉。罗比无法告诉我。或者他不想告诉我。

他下巴搁在船舷上,凝视着湖水。波动的水面是另一个世界的海洋,我比他大不了多少时曾在一个故事里读到过。他此刻正在深绿色的水中寻找呼吸空气者所看不到的数千条鱼。

爸爸,大海是什么样的?

大海是什么样的?我没法告诉他。大海太大了,我经验的水桶却太小了。此外,这水桶还破了个洞。我把手放在他的小腿肚上。这似乎是我能给出的最好的答案了。

你知道这世界上的珊瑚将在六年内消亡吗?

他的声音很轻,嘴角带着悲伤。世界上最壮观的合作即将结束,而他却从未见过。他抬头看着我,艾丽的灵魂植入了他的大脑。所以我们该做些什么呢?

行星泰迪亚（Tedia）第一次消亡时，一颗彗星撞掉了它的三分之一，并将其变成了一颗卫星。泰迪亚上的一切都未幸存下来。

几千万年之后，大气回来了，水又开始了流动，生命又一次迸发。细胞学会了如何结合的共生技巧。大型生物再次扩散到行球的每一个角落。然后遥远的伽马射线爆发，溶解了泰迪亚的臭氧层，紫外线辐射几乎杀死了所有东西。

生命的碎片在海洋的最深处得以幸存，所以这一次它卷土重来的速度更快。森林再次巧妙地蔓延大陆。一亿年后，就在某种鲸类开始制造工具和艺术品时，一个邻近的恒星系超新星爆发，行星泰迪亚不得不再度重新开始。

问题是这颗行星离银河系中心太近，与其他恒星的灾难也离得过近了。灭绝总是离得不远。不过，毁灭之间也有宽限期。四十次重置后，平静的状态持续了很久，长到足以让文明站稳脚跟。智熊人建起村庄，掌握了农业。他们能够利用蒸汽，引导电力，学习和制造简单的机器。但是，当他们的考古学家揭示世界末日的频率，且他们的天文学家找出了原因时，社会在下一个超新星爆发前的数千年就崩溃并自我毁灭了。

这种情况，也，一再发生。

但是我们去看看吧，我儿子说，就看一下。

我们到达时，这颗星球已经死而复生了第一千零一次。它的太阳能几乎耗尽，很快就会扩散吞没整个世界。但生命继续组装无穷无尽的新平台。它不知道如何更好，也别无他法。

我们在泰迪亚年轻的锯齿状山脉高处发现了生物。它们呈管状和多枝状，且它们静止不动的时间如此之长，以至于我们误以为它们是植物。可它们和我们打了招呼，把欢迎这个词直接放进我们的脑海。

它们试探我的儿子。我能感觉到它们的想法进入了他的头脑。你想知道你是否应该警告我们。

我那恐惧的儿子点了点头。

你希望我们有所防备。可你不希望我们痛苦。

我儿子又点点头。他已经在流泪了。

别担心，注定要消亡的管状生物告诉我们，世上有两种"无穷"。我们的是更好的那一种。

肆虐整个海湾区的夏季洪水污染了三千万人的饮用水源，还在南部传播着肝炎和沙门氏菌。平原和西部的热气压正在威胁老年人的生命。圣贝纳迪诺着了火，然后是卡森城。信奉某种 X 理论的民兵们在平原各州的城市街道上巡逻，寻找不具名的外国侵入者。与此同时，一种新的秆锈病令中国黄土高原的小麦歉收。七月下旬，达拉斯的一场"真正的美国"示威活动演变成种族骚乱。

总统再次宣布国家进入紧急状态。他动员了六个州的国民警卫队，派军队到边境打击非法移民：

对每个美国人安全的最大威胁！！

席卷东南部的恶劣天气引发了美洲钝眼蜱的爆发。罗比喜欢这故事。他让我把我看到的任何相关内容都读给他听。爸爸，这可能不是坏事。它甚至可能拯救我们。

这些日子他会说些奇怪的话。我并不总是质疑他，但这次我提了出来。"罗比！这话太可怕了！"

我认真的。这种传染使人们对肉类过敏。不再有肉食者可能是一件很棒的事情。我们的食物会扩充数百倍！

这些话让我不安。我想让艾丽干预一下这个男孩。可这就是问题所在：她已经介入了。

他第四次以母亲的狂喜为模板进行训练。然后是第五次。每次训练都让他更高兴地困惑着。尽管他看得更多、听得更多，他却说得越来越少。他以植物生长的速度不断地在笔记本上画着。

晚饭后他来到我的书房，我正坐着写代码。昨天的我比今天的好吗？

"你为什么这么问？"

昨天，我觉得好像没有什么可以打倒我。而今天？嗷呜！

他吼叫的样子就像他妈妈面对愚蠢的官僚主义时总会发出的那种不耐烦的怒吼。可即使他把爪子伸进我体内，并因无法名状的沮丧而颤抖着，他的气场也只让人感到广阔而宽松。在新的状态下，他变得轻松了。

日子晴朗了起来。他可以在他的数码显微镜前连续坐上几个小时。他可以花几乎一下午的时间盯着简单形状的东西并素描下来。后院的鸟舍、猫头鹰吐出的食丸，甚至橙子上的霉菌都让他着迷。他仍然会陷入旧的恐惧和愤怒中，但它们从他身上走开的速度更快了，退潮后，裸露而宁静的水池中留下了各种各样的宝物。

那个站在州议会大厦台阶上挥舞着手工标语牌的男孩不见了。我应该松了口气。可我晚上睡觉时会对我这个曾焦虑无比的孩子产生某种感觉，那似乎可怕得像哀悼。

我做了一件糟糕的事。我偷看了他的笔记本。几千年来，数以百万计的父母做过更糟的事，尽管他们通常出于更好的理由。我不能假装他需要监视。我没有理由偷听他的想法。我只是想听听他与艾丽正在进行的降神会。

事情发生在八月一日，当时他询问自己是否可以在院子里露营。

我喜欢晚上在那儿。生机盎然。大自然中的一切都在对话!

你在房子里也可以清楚地听到各种声音:树蛙的合唱、群蝉的鸣叫,以及猎杀它们的夜鸟的独奏。可他想身处那声音之中。我这胆小的儿子要求自己在户外过夜,这让我惊讶。我很愿意鼓励他。世界可能正在瓦解,可在我们的后院仍可以感受到安全。

我帮他搭了帐篷。"你确定不想要陪伴吗?"我不是真心想提供帮助。我脑子里已经在计划我晚上偷偷读点什么。

我一直等到他的帐篷灯熄灭。他的笔记本放在他的学生桌上,在晶石书挡之间。他信任我。他知道我永远不会监视他。我找到了他现在用的那个,封面上写着**罗宾·拜恩的私人观察**字样。我仔细地翻阅着,在看到它们所包含的内容之前毫无内疚感。里面没有一个字眼与他母亲有关,或者与我有关。本子中也没有记录他个人的希望或恐惧。整本都专注于对其他生命例证的描画、注释、描述、提问、思考和欣赏。

> 下雨的时候雀儿们去哪儿了?
> 一头鹿一年能走多远?
> 一只蟋蟀能记住如何走出迷宫吗?
> 如果青蛙吃了那只蟋蟀,它会更快地了解迷宫吗?
> 我用我的呼吸温暖了一只蝴蝶。

一个几乎空白的页面宣称:

> 我爱草。它从底部生长,而不是顶部。如果有什么东西吃掉了顶端,它杀不死这种植物,只会让它成长得更快。真是天才!!!

在宣言下面，他画了一根草，上面标注着草的各个部分：叶片、叶鞘、节、领、分蘖、穗、芒、颖片……他从某处抄来的名字，不过所有的观察都是他自己做的。他在打开的草叶片上圈了一个点，并在旁边打了一个问号：中间的折叠叫什么？

有两点让我的脸羞得通红：一是，我正在窥视我儿子的笔记本；二是，我这是第一次好好观看一片草叶。一种特别奇怪的感觉涌上心头：每一页都是从冥界口述而来。我把笔记本放回原处。第二天早上他回到房子里，进入他的房间时，我担心他会在他的书页上闻到我手指印的味道。

出去探探险怎么样？他问，然后他带我在街区附近散步。我从来没有见过他走得这么慢，或是这样左看右看。**狂喜**并不准确。艾丽莎的热情在罗宾身上柔化，变成更顺畅和随意的东西。这世界上有一半的物种正在死亡。可他脸上的表情却仿佛在说，这个世界会保持绿色，甚至变得更绿。尽管各种灾难都将来临，只要他能到户外去，就一切都好。

他跟一对从人行道上向我们走来的年轻夫妇打招呼，让我大为震惊。你们今天走了多远？

这个问题让他们笑了。不远，他们说。

我们也不会走得太远，大概也就在街区附近。不过，谁知道呢？

那年轻的女人看着我，眼神里称赞着我这父亲做得不错。我不敢居功。

在人行道上，他抓住了我的胳膊肘。听到了吗？两只绒啄木鸟，它们正在聊天。

我努力去听。"你怎么知道的？"

很简单。"绒啄木鸟往下跑。"听，这首歌的调子最后是如何降下去的？

"嗯，没错。但我的意思是，你怎么知道绒啄木鸟的歌声是往下走的？"

还有一只家鹡鸰。卜——唧——喔!

我想摇晃他的肩膀。"罗比,这些是谁教你的?"

妈妈听得懂所有的鸟鸣。

他一定知道他吓着我了。也许他是在责备我的无知。恋爱时,我一直同艾丽一起观鸟。可我们结婚后,我把这个任务留给了其他人。

"确实如此。她是知道,但她可是研究了那么多年啊。"

我也不全都知道。我只知道我知道的那些。

"你是在什么地方学的这些?在网上?"

不算学习。我只是去听,并且喜欢它们。

在他进行所有这些倾听的过程中,我又在哪里?在其他行星上。

我们走着,罗比倾听着,而我心中甚是不安。我正在运行一个我不知道如何完成的计算。他和几个月前有多少不同啊?他总是在素描,总是很好奇,总是喜欢生物。可现在我右手边的男孩,与不到一年前在我们租住的林中小屋里玩生日显微镜的男孩相比,是完全不同的物种。专注让他所向无敌。

又走了两步,他驻足不动。他朝我招手,打着手势,指向人行道。附近的混凝土路面上,一棵铁木的影子与沙色阳光下的田野相映成趣。它们看起来像是糙纸上绘成的日式水墨画的图层,在幽灵般的动画中彼此飘浮流动着。他的脸上洋溢着极具感染力的喜悦。不过,罗比和我感受到的快乐是不同的,那不同就如热气流中的一只燕鸥和一架橡皮筋控制的螺旋桨飞机般千差万别。早在他之前很久我就开始焦躁不安。如果我没有把他拽走,他可能整个下午都会待在那里看着光影的轮廓。

我们走到了一个离我们家三个街区远的小邻里公园。他指着操场一角靠近秋千的树干喷泉。

那是我最喜欢的。我管它叫我的红发树。

"你的什么?为什么这么叫?"

因为它长着红头发。说真的!你从来没见过吗?

他带我走近低垂的树枝。当我们碰到那棵树时,他扭拽一片叶子。在叶子背面,侧脉和中脉的交界处,有一小片红毛。

猩红栎。酷吧?

"我还真不知道!"

他拍拍我的背。没关系,爸爸。又不止你一人不知道。

街上传来叫喊声。三个比罗比大一点的男孩试图移开一个停车标志。罗宾的脸上充满了担忧。人真是奇怪。

他松开树叶,树枝又弹回原处。我抬头看着那根树干,那儿的每一片叶子现在都带有红毛了。"罗比,你什么时候学会这些东西的?"

他转过身来呆呆地看着我,这个当时唯一让他感到困惑的生物。什么叫"什么时候",一直都会啊!

"可你是自学的吗?"

他全身心都在表示异议。这里的每个生命都想让我认识它们。又过了一会儿,他完全忘记了我曾经问过他什么。他给我看了一座小亭子墙下的一个蚁丘和一个洞穴。我还不知道那是谁的洞穴。他蹲下身子,看了很长时间,都让我有些不耐烦了。不管是谁住在里面,都太了不起了。

他走在枫树和白蜡树的隧道下,仿佛置身于马里亚纳海沟底部的潜水器中。我跟随着他转动的目光四处看。可我仍然没有真正在看。我无法摆脱一个已困扰我好几个星期的问题。甚至在我想一些新的方法来压制它的时候,它依旧冒出头来。"罗比,你做训练的时候,就好像妈妈在那里吗?"

他停了下来，抓着一段铁丝网围栏。妈妈无处不在。

"是的。但是——"

还记得柯里尔博士告诉我们的吗？每当我训练自己去匹配模式时，我感受到的……

就是她的感受。那柠檬色的一角，普鲁契克命运轮上的大奖。他拥有**狂喜**，而我则困在**忧虑**、**嫉妒**，甚至更糟的状态之中。

他又开始向前走，我跟上。他的手沿着郊区街道的方向摆来摆去。爸爸？这就像我们去过的那颗行星。那里所有独立的生物都共享同一份记忆。

他指着街区下方正破坏路标的男孩们，让我们看看他们在做什么。

这不是罗比。真正的罗比还在家躲避着人类，玩着他的单机农场游戏，看他最喜欢的两个女人的视频。但是现在这个男孩拽着我的胳膊，扯了扯。

我们就打个招呼，行吧？

这是艾丽这辈子无数次用来哄骗我的话术。我默默质疑着卷入这种雄性激素满溢的行为是否明智。随后我顿悟：这个实验的很大一部分就是在训练我的儿子能够忘掉他从我这里学到的一些最糟糕的特质。这处太阳系三号行星上的没有固定法则的小荒野让我心惊胆战，而我的儿子不知不觉已在这里抓住自信之冕。

当我们靠近时，三个即将步入青春期的孩子从他们的破坏活动中抬起头来嘲讽地看着我们。其中两人穿着带跑鞋广告的衣服。第三个穿着迷彩裤和一件衬衫，上面写着：**这些颜色不会跑，它们会重新上膛**。他们停止踢打路标，可某种程度上却暗示着，只待我们离开他们会接着干完他们的事。我在一周前看过一次选举前的民意调查。百分之二十一的美国人认为社会需要被夷为平地。停车标志似乎是一个容易开始的地方。

还没等我假装权威告诫他们回家，罗比就喊了出来。嘿！你们在干什么?

那个穿着"重新上膛"的男孩哼了一声。"埋我们的金鱼。"

罗宾睁大了眼睛。真的吗?三个男孩都窃笑起来。我看着我的儿子有一瞬的退缩,随后也笑了一下。我们曾不得不把家里的狗给埋了。你们了解猫头鹰吗?

男孩们直直盯着他看,试图确认他是不是脑子有问题。最后,三人中最小的那个,那个戴着写有**我真的没这么丑**的棒球帽的孩子说:"你在说什么?"

大角鸮。在天主教堂旁边的北美乔松树上。可大了!他将双手举至半人高,来!我带你们去看。

两个小一点的孩子跟大孩子合计着,后者在**厌恶**和**兴趣**间摇摆不定。罗宾转身示意他们跟上。令人惊讶的是,他们真的跟着来了。

罗宾带我们绕过街区,来到一棵高大的北美乔松树下,地上棕色针叶堆积成一块垫子。他指了指,我们四人抬头看去。嘘。它在那儿。

"哪里?"我一个暴徒同伴吼道。

罗宾恼火地又嘘了一声。他咬紧牙关低声说,啊呀!不就——在——那儿!

我搜索了半分钟,才意识到我正看着那只美丽大鸟的眼睛。它肯定有两英尺高,可它的羽毛神奇地伪装了起来,消失在松树裂开的树皮中。只有下面树干上的涂料和它无情凝视的眼睛四周的金色外环出卖了它。如果他们知道的话,整个街区的人都会到树下来看。

重新上膛男孩立刻掏出手机拍照。戴**没这么丑**帽子的小孩也掏出手机开始发消息。第三个孩子大喊:"天哪!"而那巨大的生物弓腰,上下摆动了两次,径直飞向空中。它巨大的、锥形的翅膀张开后的宽度和我的身高一样。它们拍打着沉重的空气,这只鸟消失在街对面房子的屋顶之上。

他们把鸟吓跑了,罗宾看起来像是准备为此教训他们一顿。结果他却只是为泄露了这么宝贵的秘密而叹了口气。他和我对视了一下,朝我们要离开的路撇了撇头。我们走出很远后,他才再说话。

大角鸮的保护等级是"**无危**"。是不是很傻?就好像在说:只要没死光,我们就不必挂心。

就连他的愤怒似乎也丰富了。我把手搭在他的肩膀上。"你是怎么找到它的?"

简单。我就是看到了。

白天变得越来越短,夏天就这样过去了。八月中旬的一个晚上,他在睡觉前要求来上一颗行星。我给了他行星克罗马特(Chromat)。它有九颗卫星和两颗恒星,一颗恒星很小,是红色的;另一颗很大,是蓝色的。这就形成了该星球三种长短不一的白天,四种日落和日出,几十种不同的日食,以及无数种口味的黄昏和夜晚。大气层中的尘埃将两种阳光变成了旋转的水彩画。那个世界的语言中有多达两百个表示悲伤、三百个表示喜悦的词,取决于所在纬度和半球。

对于这个故事的结尾,他思考良久。他靠在枕头上,双手抱在脑后,抬头看着卧室天花板上的行星克罗马特的意象。

爸爸?我觉得我没法再上学了。

他的话让我崩溃。"罗比,我们不能再来一次了。"

在家上学不行吗?他似乎在和屋顶上的某个人推理。

"我有一份全职工作。"

当老师,不是吗?

他平静得像无风池塘里的一艘小艇,而我的却翻了。我想大喊:给我一个好理由,为什么你不能像你这个年龄的其他孩子一样坐在教室里。可我已经知道了其中的几个原因。

埃迪·特雷什就在家上学,他的父母也工作。很简单,爸爸。我们只需填写一份表格并告诉威斯康星州你将要这样做。如果需要,我们可以在线获取一些课程包和资料。你根本不需要在我身上花任何时间。

"罗比,这不是问题所在。"

他转过头看着我,等着我的反对理由。什么都还没来时,他用一个手肘支撑着翻了个身,从床边的学生小书桌上取出一本破旧的平装书。他把书递给我:艾丽的旧版美国东部鸟类野外指南。

"你从哪里拿的?"我的语气甚至让我自己畏缩。我似乎想将我的儿子定罪。他是从我卧室的书架上拿下来的——还有别的地方吗?

爸爸,我可以自己学。给我一种鸟的名字,我会告诉你它长什么样。

我翻了翻书,他在知道的物种旁边画满了小标记。他的一位家长已经在家里给他上课了。

我想成为一名鸟类学家。可他们不会在四年级教你这些。

这本野外指南给我带来的感觉如此沉重,就像身处木星感受到的重力一样。"学校不仅仅是为你未来的工作做准备。"他关切地看着我,我的话听起来是多么蹩脚和令人生厌。我用手指笨拙地做着他教我的话题标签手势。"生活技能,罗比。比如学习如何与其他孩子相处。"

如果它真能教会孩子这些,我也不介意去上学。他在床上挪了挪,按着我的肩膀以示抚慰,我是这么想的,爸爸。我快十岁了。你想让我学会成为一个成年人所需的一切。这么说,学校应该能教会我如何在十年后生存。所以……你觉得十年后的世界会是什么样子?

束缚收紧了,我挣脱不了。他一定是从英嘉·艾尔德的所有视频中学到了这个论点。

真的，我需要知道。

地球上有两种人：一种是会看数字、遵循科学的人，另一种是对自己的真理更满意的人。但在我们内心的每日修行中，无论我们上过什么学校，我们都活得好像明天就只会是今天的克隆体。

告诉我你是怎么想的，爸爸。因为那才是我应该学习的。

我不需要大声说什么。凭借他新学到的能力，罗比只需要看着我的眼睛，移动并扩大他的内在圆点，就可以读懂我的想法。

还记得爷爷是如何病得越来越严重，不去看医生，然后去世了吗？

"我记得。"

那就是每个人都在做的事情。

我并不太想回忆我的父亲。我也不想和我九岁的孩子讨论无底的灾难。屋子里很安静，夜很平静。我摸了摸艾丽的书，上面有几十个新的标记。

"巴赫曼莺。"

巴赫曼莺，他重复了一遍，就像在玩拼字游戏，雄性？头部黑色，逐渐变成灰色。绿色身子，黄色腹部，尾巴之下是白色。

我真是让他上错了学校。他一个夏天自学到的东西比他在学校教室里学上一年学到的还多。他自行发现了正规教育试图否认的东西：生命想从我们这里得到些什么。而且时间已经不多了。

极度濒危，他总结道，可能已经灭绝。

"你赢了，"我说，就好像我们进行了一场有输赢的比赛，"并且我们的第一课就是要弄清楚在家上学到底是怎么一回事。"

我们向公共教育部提交了意向申请书。我创建了一个小型课程表：阅读、数学、科学、社会研究和健康。我的课表比他正学着的要好。我们让他退学的那天，他在房子里跑来跑去，唱着《圣徒进行曲》。他模仿了所有乐器，还知道全部的歌词。

这种改变需要时间、汗水和更多的保姆。我的时间安排还比较灵活，他喜欢和我一起到校园去。必要时，他会被我安排在图书馆里。不过，那个学期我的教学状态欠佳。我自己的作品刊发进度也停滞不前。我不得不取消参加贝尔维尤、蒙特利尔和佛罗伦萨的会议。

令我惊讶的是，我们一年只需要八百七十五个小时的教学时长。由于罗比现在甚至周末也想学习，平均下来每天不到两个半小时。他可以毫不费力地跟上公共课程。他兴高采烈地完成了在线自测。我们根据阅读、数学、科学、社会研究和健康课程的需要到处旅行。我们在家里、在车上、在饭间、在穿过树林的远途漫步中学习。在公园互相射门点球甚至也成了一节物理和统计学课。

我给他做了一个行星探索应答器——基于我那台老旧的平板电脑，用搪瓷漆加以装饰，看起来很有未来感且炫酷。我为他创建了一个特殊的登录系统，浏览器锁定在小学范畴内，他只能接触少数面向儿童的网站和零星几个教育游戏。他不介意这些限制。近地轨道仍然是轨道。

我忙碌于尝试指导他完成课程、准备两门本科课程和一门研究生的生物标志物研讨课、继续对抗亚洲研究生签证危机，以及给同事们写一大堆因错过最后期限而道歉的电子邮件，觉得自己就像"挑战者"号失事后的美国国家航空航天局。斯特瑞克放弃了我，并解除了和我的研究伙伴关系。自来到威斯康星州，我第一次不得不提交一份没有重要刊发成果的年度总结报告。

在一个星期六，太阳升起前半个小时，罗宾叫醒我，结束了我几天来头一次持续几个小时的深度睡眠。至少他是带着喜悦而不是发着脾气来唤醒我的。我今天要去哪里，爸爸？来吧，给我一个新的寻宝游戏。

我搜寻能让他忙碌足够长时间的事情，这样我可以清理一下自己积压的工作。

"给我画一下西非八个国家的轮廓。然后再各画四种当地的植物和动物以填满它们。"

没问题，他宣称道，冲出房间去找他信任的行星探索应答器。下午三点，任务完成。按照他现在的速度，很可能他在夏天结束前就会完成四年级的八百七十五小时学时了。

我有一个好主意，罗比说，柯里尔博士的实验室可以拿一条狗做实验。一条好狗。也可以是一只猫或一头熊，甚至一只鸟。你知道鸟类比任何人想象中的都要聪明吗？我是说，有些鸟可是能感知磁性的。这主意酷不酷？

那天下午我带他去了我的办公室，我同时在为新学年做准备。他正在玩一个可编程的天平，那天平可以显示你在木星、土星、月球或太阳系任何地方的体重。

"用一条狗来做什么实验，罗比？"这些天他的想法往往比他说的要更丰富。

拿来扫描。在它非常兴奋的时候扫描它的大脑。然后人们拿它的模式来训练，这样我们就会了解成为一条狗的感觉。

我未能收住成年人的傲慢。"这主意不错，你应该告诉柯里尔博士。"

我这傲慢的回应本应引起他的愤怒，可他的反应却很温和。他才不会听我的呢。这很让人难过，不是吗？你想啊，爸爸。它可以成为学校的常设部分。每个人都必须了解成为另一个东西的感觉。想想这能解决的问题！

我不记得我是怎么回答他的。三周后，我了解到多伦多大学一位杰出的生态学家以我的大气模型的一部分绘制出一张图，展示地球自身生态系统在温度稳步上升的情况下是如何演变的。艾伦·库特勒博士和她的研究生目睹了数以千计相互关联的物种在一系列层叠波中的失败。不是逐渐下降，而是悬崖式消亡。

罗比是对的：我们需要有关神经反馈训练的通用必修课程，就像通过宪法测试或考取驾驶执照一样。模板动物可以是一条狗、一只猫或一头熊，甚至是我儿子最喜欢的一只鸟。任何可以让我们体会他者感受的东西。

他将一个玻璃碗跌落在厨房的瓷砖上,碗碎成片。在他向后跳开时,一块碎片割伤了他裸露的脚后跟。要是一年前发生这样的情况,他会流泪或愤怒地转身离开。而现在他只是抓住了自己受伤的脚,将它举至半空中。哎哟!对不起,对不起!我们给他清洗包扎好伤口后,他执意要自己收拾烂摊子。一年前,他都不知道在哪里能找到扫帚。

"不错呀,罗比。你好像是带着完全不同的计划来参与这生命的全过程。"

他用慢动作将一个拳头戳进我柔软的小腹,笑了起来。说真的?有点那意思。以前的罗宾就会哇哇大叫!他指着天花板,崭新的罗宾在那儿,俯视着实验。

他把手放在嘴唇前。这是最有趣的手势,他像在模仿福尔摩斯。就像他和我都成了老家伙,坐在辅助生活区公共休息室的壁炉前,回想着把我们引到此处的那条漫长而曲折的路。还记得切斯特是如何撕毁一本书或在地毯上撒尿的吗?你是不会真的生它气的,因为,它只不过是一条狗,对吧?

我等着他补完这个想法。可事实证明,他的这个想法已然完整。

我带罗比来参加他夏季的最后一次训练。那时,整个实验室都对他肃然起敬。金妮给了罗比一些漫画书,然后领着我去了走廊,他听不见的地方。她站在那里摇着头,不知道该怎么说她要说的内容。"你的儿子啊,我简直,我太爱你儿子了。"

我咧嘴一笑。"我也是。"

"他越来越让人惊讶。当他在周围,我就觉得,怎么说呢……"她看着我,眼神有些茫然,"就像我更能感觉到自己的存在了?他很有感染力,像是病毒载体。当他在这里时,我们都感觉更快乐一点。在他到来的前两天,我们全都已经期待起他来。"金妮尴尬但高兴地说完,后退着回到了训练中。

我在控制室观看了训练过程。罗宾已经成为一个艺术大师。他的乐趣与他仅凭思想便调动屏幕动起来的轻松程度成正比。他和人工智能即兴来了一次二重唱,彼此十分和谐。我在外面看着,听不到正展开的交响乐的音符。罗宾的脸上带着各种表情:眯眼、皱眉和得意。他似乎在与某人用一种只有他们俩懂的语言聊天。

我曾见过这种场景。那是罗宾快七岁时。他和艾丽莎在一盏黄铜台灯下的折叠牌桌上玩拼图游戏。那些拼图块头很大,数量很少。艾丽自己可以在两分钟内完成整个游戏。可她忍住了,有意放慢速度,让他整晚都处于游戏之中。他回报她以一个孩子全然的喜悦。

他们俩互相捉弄，用愚蠢的解剖学术语描述他们正寻找的拼图片来逗自己开心，于不断缩小的候选队伍中互相竞争。四个月后，艾丽去世。那个晚上和她一起消失了，直到此时我再次看着罗宾和她一同玩耍，那晚的场景不由自主地浮现在我的脑海中。

柯里尔让我和他一起去办公室。我坐在他的办公桌对面，中间隔着一堆螺旋装订的文件。"西奥，我需要你卖我个人情。"

这个人给了我无价的免费治疗。他改变了罗宾，避开了谁知道会有多大的灾难。准确来说，可能是我欠他一个大人情。

柯里尔玩弄着一个精致的日本木质拼图盒，打开它需要漫长的记忆步骤。"我们认为可能找到了一个可行的、重要的治疗方式。"我点点头，保持不动，就像切斯特在艾丽给它读诗时一样，"而你的儿子是我们最有力的论据。他一直是一个高性能的解码者。不过现在……"柯里尔放下了解到一半的拼图盒，"我们想着手公布这个消息。"

"你一直在发表论文，不是吗？"

他对我笑了笑，就像我艰难挥杆打出球时，我父亲会露出的那种表情。"当然我们是有的。"

"还有会议？论坛？"

"当然。可眼下我们正在努力保住我们的资金。"

"你讲讲。"经过十几年的辉煌岁月，天体生物学正要开始去乞讨了。可当我听到即便是柯里尔这样的实践科学也手头拮据时，感到十分惊讶。我从没想过一切研究都必须有利润可图。不过，那时我也从未想过教育部长会削减小学教授进化论的经费。

柯里尔的眼神在提前请求谅解。"我们需要尽可能考虑技术转让。这是一项非常值得转让的技术。"

"你想为它申请许可。"

"整个过程。一种针对多种心理障碍的高适应性治疗模式。"

我儿子没有病。"你就告诉我你要什么人情。"

"我们在专业会议上展示我们的工作,给记者和私营企业人士看。我们可以剪辑他的相关片段吗?"

我对私营企业很抗拒。我不知道为什么。这颗星球上的一切都已商品化了,远早于我的时代。柯里尔不敢直视我的眼睛。他的全部注意力都在日本拼图盒上。"我们想用打一开始就录制的培训视频。"

我不记得他向我提到过视频。我一定在什么表单里表示了同意。

"当然,会对他做匿名处理。可我们想提一下是什么让他的进步如此突出。"

男孩从他死去的母亲那儿学到了幸福。

我的大脑运转太慢了,无法迅速考量。我信仰科学。我希望罗宾成为一些更大的有用之物的一部分。我想让人们看看他身上发生了什么。他可能会成为一种幸福的病毒,就像金妮说的那样。可马丁的这个计划敲响了一个警钟。

"这听起来不太安全。"

"我们将向研究人员和卫生专业人员展示经打码和变声处理后的两分钟视频。"

我感到自己很小气和迷信。更糟的是:自私。就像我吃了饭,现在却拒绝支付我该付的费用。"能给我几天考虑的时间吗?"

"当然。"与自认为正当相比,他更像是松了口气。或许是为了讨好我,他问道:"他在家里也和在实验室一样闪闪发光吗?"

"几个星期以来,他一直很幸福。我都不记得他上次发病是什么时候了。"

"你听起来很困惑。"

"我不应该吗?"

"想象一下他正栖居于何处。"

"我想做的不只是想象。"

柯里尔皱了皱眉,没明白我的意思。

"我也需要训练。"每次罗宾的训练结束后,我的这一想法都会越来越强烈。我需要进入我那去世的妻子的脑中。

柯里尔的皱眉变成了尴尬的笑容。"对不起,西奥。恐怕我无法将这样的开销合理化。现下我们还在努力支付正经实验的费用。"

我不安地转换了话题,"我还想问……罗宾训练得越多,他就越像艾丽莎。他敲击太阳穴的样子,说真的这个词的方式……这太诡异了。艾丽了解的鸟类他已经认识了一半。"

这个想法让他觉得很有趣。"我向你保证,他不可能从训练中得到那种能力。除了对他正在学习模仿的她的某种情绪状态的一份感觉外,他根本无法从她的大脑印记中得到任何其他东西。"

然而她正在以某种方式教导他。我没有坚持。我觉得自己就像一个迷信的狩猎采集者,处在一种神奇的船货崇拜中。于是我说道:"说实话,我不确定那个情绪状态真的是她的。"

"狂喜?不是艾丽?"

马丁和我之间擦出了一丝火花。我在没有接受任何反馈培训的情况下就读懂了它。他的目光避开我时,我便知道了。我有意保持无知的整盘计划都崩溃了,在我一直以来的怀疑下,真相显现。这不仅仅是我自己的无尽的不安感;我从来都没有真正认识过与我相伴十多年的结发妻子。她是一颗属于她自己的行星。

那天晚上，世界各地的天文学家搜集到的关于宇宙的信息，比我研究生阶段的头两年里，世界上所有天文学家搜集到的信息总和还要多。比我当年使用的型号先进五百多倍的镜头呈弧形扫过天空。星际意识正在唤醒和进化观察之眼。

我坐在书房弧形的大显示器前，畅游在共享的行星数据海洋里，而我儿子趴在另一个房间的地毯上，在他的行星探索应答器上浏览他最喜欢的自然景点。在全国各地，我那些焦急的同事们都在备战。我也被招募了。

八年来，我精心创造各种世界，并生成宜居的大气层，逐渐形成了被我那些天体生物学家同行称为**拜恩外星际指南**的东西。它本质上是一个分类目录，将各种光谱特征整理对应到可能形成它们的外星生命的阶段和类型。为了测试我的模型，我曾经从远处望向地球。我看到我们的大气层是月球反射出来的苍白、模糊的光的像素点。我将这些像素点输入我的模拟中，写入光谱的黑线帮助核对我不断发展的模型的有效性，并协助我调整它们。

可我毕生的工作进入了停滞状态。和其他数百名研究同行一样，我在等待数据——来自真实世界的真实数据，就在那儿。人类已经迈出了探索宇宙是否在呼吸的第一步，可这一步却悬停在了半空中。

开普勒太空望远镜的成功超出了我们所有人的梦想。它的视线所及之处都是新行星。数以千计的候选世界正在等待被确认,可没有足够的研究人员来确认它们。我们现在知道类地行星很常见,但这样的星球数量超出了我最大胆的预期数,且距离更近。

然而开普勒从未直接看到一颗行星。它撒下一张宽阔的网,观察几个秒差距[1]之外恒星最微弱的光芒,并以百万分之几十的精度收集那些光。恒星亮度无限下降,凸显了从它们面前经过的隐形行星。它仍然让我震惊,就像看到一只飞蛾在三万英里外的路灯上爬行一样。

不过开普勒无法给我想要的东西——毫无疑问地确信,外面还有另一个有生命的世界。我不知道为什么这对我来说意义重大,而同时也让这么多人感到漠然。甚至连我的妻子也不太关心这个问题。但罗比关心。

为了确定一颗行星是否有呼吸,我们需要足够精细的直接红外图像,以显现它们的大气层的详细光谱指纹。我们有能力得到这些。早在罗宾出生之前——在我和艾丽走到一起之前——我就和诸多研究人员一起计划建造一个基于太空的望远镜,它可以帮助完善我的每一个模型,并最终决定宇宙到底是贫瘠的还是有生命的。我们所支持的这个飞行物比哈勃望远镜强大一百倍。它让我们现有的最好的望远镜看起来像个戴着墨镜、牵着导盲犬的老人。

这也是一件需要巨额资金和不懈努力的事情,且对世界没有任何实质影响。它不能让未来更富足,不能治愈某种疾病,也不能保护任何人免受我们自己那泛滥的疯狂的折磨。它只不过简单地回答

---

[1] 秒差距是一种宇宙距离尺度,是测量太阳系以外天体的长度单位。1秒差距约为3.26光年。

了我们人类从树上爬下之后一直在问的问题：是上天之意本就倾向于生命，还是我们地球人本就不该在这里存在？

那天晚上，从波士顿到旧金山湾，整个大陆聚集在一起举行了一次集体会议。国会威胁要削减对我们"类地行星探索者"号的资助。我的同事们仓促地召集了一些人——蜂拥而至以对我们毕生的事业进行临时辩护。我们举行了电话会议——二十多个视频窗口和同样多的音频通道，一会儿同步，一会儿不同步。每个发言者说话时，我的屏幕上显现的是那脆弱的飞行物的面容在发声。一个衬衫上都是食品污渍的男人，眼睛连网络摄像头都不敢看。还有每个句子都以"事实上"开头的人。有位女士，她在成为这个世界上最伟大的行星猎人前，已经做了多年的护士。还有一位男士在阿富汗因简易爆炸装置而失去了自己的孩子。还有一位像我一样，从十四岁就开始酗酒，不过，与我不同的是，他到现在还无法控制它。

——别忘了。国会曾两次威胁要关闭"新一代"。

——"新一代"是问题的关键！几十年来，它一直在掏空预算。

"新一代"太空望远镜对我们这帮人来说是一个痛处。主仪器现在已经延迟了十几年，超出预算四十亿美元。当然，我们都想要它。可它更多是关于宇宙学的而不是行星狩猎。它占用了其他所有项目的资金。

——再没有比继续追寻"探索者"号更糟糕的时候了。你看到总统的推文了吗？

当然，我们都看过了。但这位恰巧也对酒精上瘾的聪明的观察者觉得有必要把它贴到对话窗口：

> 为什么我们要向一个永远不会有**一分钱**投资回报的**无底洞**里投入更多的钱？？？所谓的"科学"应该停止编造事实，并且美国人民应该找他们算笔账！！

——他在迎合仇外者和孤立主义者。所有"圈内人"。
——华盛顿现在就只听圈内人的。这个国家对天文学感到厌烦。
——那么我们这些圈外人需要去华盛顿再重申态度。

当我的同行制定作战计划时，我的心沉了下去。眼下我所有的时间都已被占满，没有空余可用于其他任何事情。我不清楚去一趟华盛顿会有什么影响。"探索者"号只是无休止的美国内战中的另一场代理人战争。我方声称对类地行星的发现将有助于增加人类的集体智慧和共情能力。总统的手下说，智慧和共情是破坏我们生活水平的集体主义阴谋。

我从屏幕前转头，瞥了一眼客厅。艾丽正坐在她心爱的蛋形椅上，晃动着她的双腿，仿佛是时候喝杯酒并为切斯特找一首十四行诗了。她看着我，闪过那令人吃惊的微笑——洁白的小牙齿，宽阔的粉红色牙龈线。她摇了摇头，不明白我怎么会因为一场没有意义的谈话而如此痛苦。我想问她是否像爱她的狗一样爱我。我想问她那只负鼠是否值得她抛弃自己的丈夫和孩子。可我脑海中出现了一个问题——对鬼魂来说，这算不算已经问了？——甚或更糟。艾丽，他是我的吗？

突然，我那经过训练的、能读心的儿子出现在我办公室门口，挥舞着他的行星探索应答器。

爸爸，你可能不相信，一半的美国人认为其他世界的生物已造访过我们。

我屏幕上的那些与会人员哄然大笑。那个因石油巨头而失去儿子的人从国家的另一端呼唤道：你想不想和华盛顿的一些人聊聊？

隔壁邻居打来电话，罗宾在房子后面。"他很安静。他一动不动。我担心他是不是有什么问题。"

我想说：他当然有问题。他在看这个世界上的东西。可我感谢了她的提醒。她只是在邻里守望中尽自己的一份力，确保没有人出事。

我走了出去，来到黄昏的院子里寻找当事人。他在下午晚些时候，带着一盒粉笔出去画桦树的素描图，这棵桦树仍在夏末时分摇曳着绿意。他拿了一个帆布小凳子。我发现他坐在寒冷的草地上，我在他旁边坐下。我的牛仔裤几秒钟内就湿了。我忘记了露水形成于夜晚。我们只在早上发现它。

"看看吧。"他递给我他的粉彩画。到了这个点儿，这棵树已经是灰色的了，就像他的画一样。"这张我就得相信你了，伙计。我什么也看不见。"

他低低的笑声消失在树叶的咆哮声中。很奇怪，爸爸，不是吗？为什么颜色会在黑暗中消失？

我告诉他问题在于我们的眼睛，而不在于光。他点了点头，好像他已经得出了这个结论。他的头正对着呼气的树。在他脸的两侧，他的手轻拍着空气寻找秘密隔间。

那这就更奇怪了。天越黑，我从眼睛的两侧反而看得越清楚。

我试了一下，他是对的。我依稀记得原因——视网膜边缘有更多的杆状细胞。"这可能是一次很好的寻宝活动。"除了这种体验本身，他似乎对任何其他相关的事情都不感兴趣。

"罗比？柯里尔博士想知道他是否可以向其他人展示你的训练视频。"

我已经回避这个问题两天了。我不愿意去想会有其他人就罗宾的变化指指点点。我讨厌柯里尔破坏了我对艾丽的记忆。现在他又拥有了我的儿子。

我在湿漉漉的草地上躺下。我对柯里尔只有敌意。可尽管如此，我仍感到某种无法言表的责任感。没有一个好父母会把他的孩子变成商品。但是一万个拥有罗宾新视角的孩子或许可以教会我们如何在地球上生活。

他面向树，仍在实验中，用眼角余光看着我。什么其他人？

"记者。医疗工作者。可能在全国设立神经反馈训练中心的人。"

你的意思是一个生意？还是他想帮助别人？

这也正是我的问题。

因为，你也知道，爸爸。他帮了我，帮了很多，而且是他把妈妈带回来了。

泥土中的某种大型无脊椎动物将其利齿埋入我的小腿肚。罗宾用他的手指头挖土，他那小手将包裹在三十英里长的真菌菌丝中的一万种细菌拉了起来。他抖掉了那捧泥土，来到草地上，躺在我身边。他把头枕在我的胳膊上。很长一段时间，我们只是抬头仰望星星——我们能看到的所有星星，还有那一半我们看不到的星星。

爸爸，我感觉我好像正在醒来，就像我活在万物之中。看看我们在哪里！那棵树。这棵草！

艾丽曾经——对我，对州立法者，对她的同事和博客关注者，对任何愿意倾听的人——声称，如果一些少数但关键的人恢复了亲缘感，经济学将成为生态学。我们会想要不同的东西。我们会在那里找到我们的意义。

我指了指我最喜欢的夏末星座。我还没来得及说出它的名字，罗宾就说，莱拉——是个竖琴似的东西？

点头很艰难，因为我仰躺在地上。罗宾指了指远处天空，月亮正在升起。

你说光几乎瞬间就从那里到达了这里，对吧？这意味着每个看着月球的人都在同一时间看到了同样的东西。如果我们分开，我们可以用它的光来沟通，把它当成一个巨型电话。

他又一次走在我前面。"听起来你同意柯里尔博士给别人看你的视频了？"

他耸动的肩头拱了拱我的二头肌。这也并不真的算我的视频。它应该是属于每个人的。

艾丽在那里，头靠在我的另一只胳膊上。我没有躲开她。聪明的男孩，她说。

还记得妈妈有多爱这棵树吗？两年来，他一直在问我艾丽是什么样子的。现在是他在提醒我。她称它为寄宿公寓。她说从来没有人算过里面到底生活了多少种生物。

我向他母亲寻求肯定，可她已经走了。当今年最后一批萤火虫中的第一只在离我们几英尺远的地方闪亮时，罗宾倒抽了一口气。我们保持不动，看着它们一闪一闪。它们在夏天的黑暗中缓慢地飘浮着，就像来自我们曾访问过的所有行星的星际登陆艇的灯光，它们聚集着，大肆侵占我们的后院。

我打电话给马丁·柯里尔。"剪辑你可以用，可你最好把他的脸给完全遮住。"

"这一点我保证。"

"如果这事儿以任何形式和我们扯上关系，唯你是问。"

"我明白，西奥，谢谢。"

我挂了。至少我等到完全挂断后才开始骂人。

这个世界的故事走到了现在，一切都变成了营销。大学必须建立自己的品牌。每一个慈善行为都被迫要大肆宣传。友谊如今在分享、喜欢和链接中被衡量。诗人、牧师、哲学家和小孩的父亲：我们都在无休止地忙碌。科学当然得广而告之，就当是我迟来的天真大学毕业礼了。

柯里尔至少是一个有尊严的推销员。他在没有扭曲数据的情况下向感兴趣的各方推销他的结果。他清楚该技术的临床局限性，同时仍暗示其可能的前景。在一个沉迷于升级的世界里，记者们喜欢他对即将到来的黄金时代的谨慎暗示。

到十月，大众媒体上开始出现关于柯里尔实验室的广告。罗宾和我在《技术摘要》节目中看到了他。我也看到了《新科学》《每周突破》和《当代心理学》中的文章。在每个场景里，他都给人一种略有不同的感觉，他正在适应不同的需求。

然后是《泰晤士报》半页的专题报道。它将柯里尔描绘成乐观谨慎的人。配有一张他坐在机器旁边的照片（就是那台经常实时扫描罗宾感受的机器），标题是"大脑是一个错综复杂的网络，我们永远无法完全绘制出它的形状"。照片中的男人一只手托着下巴。

整篇文章中，柯里尔将解码神经反馈定位为主流心理治疗的继承者，"只会更快，更有效"。可靠的数字支持了他关于稳健性的主张。他淡化了情感心灵感应这一方面。"最好的比较可能是与一件强大的艺术作品的效果一较高下。"但他对这项技术的介绍指导之旅恰到好处，足以让人们感觉到解码神经反馈是下一件重要事情：

> 幸福就像一种病毒。在这个世界上，一个在家中感到自信的人可以感染许多人。您不想看到这种幸福传染病的流行吗？

在记者的追问下，柯里尔声称："这件事的临界阈值可能比你想象的要低。"

除了标准偏差、p值以及治疗效果的声明外，柯里尔还笼统地提到在曲线末端诱人的数据显示：一个九岁男孩在参加实验时充满愤怒，但是结束时已经平静得如同一尊小佛。在柯里尔的演讲中，有时，这是一个失去了母亲的男孩，有时是一个在与情绪问题抗争的男孩，有时他只是一个遭受不明"挑战"的男孩。然后是视频：前三十秒是打码的罗宾在第一次实验当天与实验者的交谈；还有四十五秒是他在舱内的屏幕上训练；还有另外的一分钟，是他与最喜欢的金妮在一年后的交谈。第一次看到拼接在一起的剪辑，我倒吸了一口凉气。我儿子的姿势和举止，还有他声音的节奏——就像其他一些实验性免疫疗法的前后对比一样，他完全不像是同一个人。他几乎都不是同一个物种。

不管柯里尔在哪里展示这个视频,它都引起了轰动。他在美国公共卫生协会的年度会议上向六百人展示了这段影像。在演讲结束后的招待会上,他向一群治疗师透露了这段非凡视频背后更非凡的故事。就在那时,罗宾的未来开始与我渐行渐远。

我给了他一个关于密西西比河的寻宝游戏。想象一下，你是一滴水，从明尼苏达州的冰川湖直下至路易斯安那州和湾区。你会经过哪些州？你会看到哪些鱼和植物？沿途你会看到什么景象？听到什么声音？这似乎很天真——一个三十年前我自己也会做的功课。可三十年前，这是一条不同的河流。

正如那些日子里经常做的那样，罗比会做得更多。寻宝变成了为期一周的远足。他画了地图和表格，以及汽艇、驳船和桥梁的草图，还有充满了奇异水生生物的整体水下全景。几天后，他出现在我办公室的办公桌旁，手里拿着他用来做研究的刷了搪瓷漆的平板电脑。请求升级应答器。

"它出什么问题了？"

得了吧，爸爸。你说它叫行星款，可它只是一个儿童浏览器。它哪儿也不让我去。

"你想去哪里？"

他告诉我他正在寻找的东西以及他将如何找到它们。

"行吧，你今天就用'西奥'的账号登录。不过，用完之后记得登回你自己的。"

哦耶，你最棒了，我一直都这么说来着。密码是什么？

"你妈妈最喜欢的鸟，不过是倒着飞。"

他的眼神流露出对我的同情——我竟然选择了一个如此明显的秘密。可他还是欣喜若狂地回去工作了。

一天该结束时,他到了晚餐时间点还没动静。我不得不把他拉出来。"密西西比河的生态怎么样?"

他从离他很远处舀了一些西红柿汤。说真的,不怎么样。

"讲讲。"

真挺糟糕的,爸爸。你确定想知道?

"我受得住。"

我都不知道从哪说起。比如,我们有一半以上的候鸟需要使用这条河,可它们没法用了,因为它们正在失去栖息地。你知道吗?农民喷洒在他们那些农作物上的化学物质进入河流,两栖动物都变异了。还有人们通过马桶大小便排泄掉的所有药物。鱼都被药倒了。你再也不能在里面游泳了!还有它出来的地方吗,河口那儿?数千平方英里的死亡区。

他的表情让我后悔给了他密码。真正的老师是如何处理这种情况的?他们是如何在不伪造数据或忽略现实的情况下带着学生沿着那条河进行实地考察的?世界已经变成了任何小学生都不被允许去发现的东西。

他的手臂放在桌子上,下巴搁在手臂上。先说明,这一点我还没查验。可其他的河流应该也同样糟糕。

我绕过桌子站在他的椅后。我的手放在他的肩膀上。他没有抬头。

这些事大家都知道吗?

"我想他们大多数人都知道。"

而他们不解决,因为?

标准答案——经济原因——是不合理的。我在学校里错过了某些必不可少的东西。我现在仍然缺少一些东西。我抚摸着他的头顶。在我移动的手指下方的某处，是那些经训练重塑的大脑细胞。"我不知道能说什么，罗宾。我真希望我知道。"

他摸索着伸出手来，握住了我的手。没关系，爸爸。这不是你的问题。

我很肯定他是错的。

我们的存在只是一个实验，对吧？你总是说，一个有负面结果的实验并不见得是一个失败的实验。

"不见得，"我附和，"你可以从负面结果中学到很多东西。"

他站起身来，重启了精神，准备去完成他的项目。别担心，爸爸。我们可能弄不明白，可地球会的。

我给他讲了行星米奥斯（Mios），在我们出现之前它是如何繁荣了十亿年。米奥斯人建造了一艘飞船用于远距离和长时间的探索，船上装满了智能机器。那艘船行驶了数百个秒差距的距离，直到它找到了一个装满原材料的星球，便在此着陆、扎根、修理和复制自己以及全体船员。然后两艘完全相同的船向不同的方向进发，再行驶数百个秒差距，直到它们发现新的行星，在那里它们再次重复整个过程。

持续了多久？我儿子问。

我耸了耸肩。"又没有什么阻止它们的。"

它们是在寻找入侵的地方还是什么？

"也许是。"

它们一直在分裂？它们一定有一百万个那么多！

"是啊，"我告诉他，"然后是两百万，四百万。"

我的天哪！然后它们会到处都是！

"太空很大。"我说。

飞船有没有向米奥斯汇报？

"有的，尽管消息需要越来越长的时间传回。即使米奥斯停止了响应，飞船仍在继续报告。"

米奥斯怎么了？

"那些船直到最后也不知道。"

它们仍继续前进,即使米奥斯没了?

"它们的程序设定就是如此。"

这让我儿子停顿了一下。真是难过。他在床上坐起来,手在空气中向前推,不过对它们来说应该也没什么关系,爸爸。想想它们看到了什么啊。

"它们看到了氢行星和氧行星、氖行星、氮行星、水世界、硅酸盐行星、铁行星和包裹着万亿克拉钻石的液氦星球。总是有更多的行星。总是不同的。长达十亿年。"

那真的是很多,我儿子说,也许这就够了。即使米奥斯不在了。

"它们分裂,它们复制,它们在银河系中传播,好像它们仍有理由这样做。原来那艘飞船的曾曾曾曾曾曾孙之一降落在一颗拥有浅海的岩石星球上,位于一个围绕 G 型恒星旋转的小而奇怪的恒星系统中。"

你就直说吧,爸爸。地球?

"这艘飞船降落在一片平坦的平原上,落在各种野生的、起伏的高耸结构之中,比船员们见过的任何东西都更复杂。这些精致的、颤动的结构反射着各种频率的光。它们中的许多结构顶端都展示着惊人的形式,以一种较低的频率共振着——"

等等。植物?花朵。你的意思是船很小?

我没有否认。他似乎既怀疑又着迷。

然后呢?

"船员们长时间研究着巨大的四处挥舞的绿色、红色、黄色花朵。可他们无法弄清楚这些东西是什么或它们是如何工作的。他们看到蜜蜂飞入花丛,花朵跟随着太阳。他们看到花朵枯萎并变成种子。他们看到种子落地又发芽。"

我儿子举手阻止了这个故事的发展。爸爸，等他们想明白了，这会要了他们的命的。他们会打开通信器并告诉银河系中来自米奥斯的其他所有飞船，可以停止了。

他的话让我起了鸡皮疙瘩。这不是我想象中的结局。"你为什么这么说？"我问。

因为他们会看到，花朵有属于自己的出路，而飞船没有。

我有课要上时，会把他带去大学。他把他的书摊在我办公室的桌子上，在我讲课或参加委员会会议时，罗宾自学长除法，解决单词问题，解读诗歌，并了解为什么办公室窗外的树会变成胡萝卜色和金色。他不再是学习，而是在和各种事物游戏，并享受逐步展露的过程。

研究生们喜欢辅导他。十月的一天，在一上午漫长的研讨会后，我发现薇芙·布里顿正用手撑着头坐在我儿子的桌子对面，研究宇宙学的 Λ-冷暗物质模型中固有的小规模危机。

"老板，你有没有想过一片叶子的内里在发生什么？我是说真的认真考虑过？真他妈惊人啊。"

罗宾坐在那里笑嘻嘻地面对他所造成的后果。嘿！说脏话啦！

"哪有？"薇芙说，"我说的是震惊。你刚跟我说的这些，真是惊人啊。"

就是这样，而且还有更多呢。绿色的地球在滚动，组装大气，为自己制造出比以往所需要的多得多的形状。罗宾正在做笔记。

午饭时，我们在湖岸边观鱼。罗比发现偏光太阳镜可以让他看到镜面下一个全新的外星世界。我们观察着，在这所三英寸智能学校，我们几乎被催眠了。这时候，距离我四英尺远的地方，有人在叫我。

"西奥多·拜恩?"

一位和我年纪相仿的女士站在那儿,手臂下夹着一台银色笔记本电脑。她身上有相当多的绿松石配饰,上身是灰色束腰外衣,罩着下身的紧身牛仔裤。她平缓的女低音似乎被她自己的大胆所困惑着。

"抱歉。我们见过吗?"

她的笑容处在尴尬和取悦之间。她转向我的儿子,他正以一种自己最喜欢的万物有灵论仪式轻拍着正要吃的杏仁黄油三明治。"你一定是罗宾!"

一种预感让我后脖颈发热。在我问她有何贵干之前,罗宾说,你让我想起了我妈妈。

女人侧头看着罗宾笑了。艾丽莎和我的祖先都来自非洲,只是距离远近不同。她又转向我。"我很抱歉这样打扰您。您现在有空吗?"

我想问:有空干什么?但是我那受过狂喜训练的儿子说,我们有一百万个空当。现在是我们的观鱼时间。

她递给我一张写满文字、颜色鲜艳的名片。"我叫迪·拉米,《奥瓦新星》的制作人。"

该频道拥有数十万名订阅者,单个视频的观看量高达一百万次。我从未看过一分钟,但我仍然知道它是做什么的。

迪·拉米转向罗宾。"我在柯里尔教授的训练视频中看到了你。你太棒了。"

"谁告诉你那是我们的?"我无法抑制声音中的愤怒。

"我们做了些功课。"

我瞬间被点醒了。对于一个在科幻小说中长大的人来说,我过于天真地低估了人工智能、面部识别、交叉过滤、常识,以及稍微读取一下这个星球上所有大脑的信息到底能做成多少事。我终于摆脱了愚蠢的斯文。"你想干什么?"

罗宾震惊于我对陌生人的粗鲁,他不停地又重又快地拍打着他的三明治。《奥瓦新星》,爸爸。他们不是制作了那个让胃蝇在自己肩膀的皮肤下孵化的人的故事吗?

迪·拉米喊道:"哇,你看我们的节目!"

就是那些关于世界有多酷的节目。

"嗯!我们觉得发生在你身上的事情是我们见过的最酷的事情之一。"

罗宾向我寻求解释。我回头看了一眼。他的面容表露出来他在逐渐理解。网红希望邀他拍出完美的三分钟视频节目,从全球的陌生人那里获得一百万个赞:男孩获得新生,重生于他过世母亲的大脑中。或者反过来。

生活是在累积错误的基础上组装起来的。当迪·拉米出现并计划将我的儿子变成一档节目时，我已经数不清自己在养育上犯过多少错。

罗宾认为像地球上所有奇怪的其他居民一样，成为一集放送会很有趣。在我打发走迪·拉米几个小时后，他在吃冰激凌时和我说起此事。老实说，爸爸，考虑一下。我曾有很长一段时间都超级痛苦，但现在不一样了。人们可能想知道这个，而且会很有教育意义。你就是搞教育的，爸爸。更何况，这节目挺酷的。

两天后，迪·拉米给我打电话。"你不了解我的儿子，"我告诉她，"他是……与众不同。我不能让他变成一个公众奇观。"

"他不会变成一个奇观。他是个真正值得被关注的个体，会受到应得的尊重。我们拍摄时你可以在场。我们会避免任何让您感到不舒服的事情。"

"抱歉。他是个特殊的孩子。他需要保护。"

"我明白。但是你要知道，我们一定要制作这一期，无论你是否愿意参与。我们可以自由使用目前所有可用的素材，以任何我们认为合适的方式。或者，你可以参与其中，并在这件事情上享有发言权。"

智能手机是奇迹，它把我们变成了神。可在一个小小的方面，它们却无比原始：你没法啪地挂掉电话。

严格来说，我儿子现在还算是匿名的。不过，既然《奥瓦新星》的研究人员可以找到他，那么其他人很快也会找到他。我犯了一个错误，而现在如果什么都不做，只会让事情变得更糟。至少我仍然可以尝试决定故事的公开方式。两天后，当我的愤怒平息，我给迪·拉米打了一个电话。

"我需要在最终编辑中有发言权。"

"我们可以向你保证这个。"

"你不能使用他的真名，也不能说任何能让他更容易被认出来的事。"

"没问题。"

我的儿子是一个身处困境的男孩，因他看得到这个梦游的世界无法看到的事情而哀伤。一种另类的疗法让他更快乐了一些。也许让他在镜头前展现自己，可以抗击《奥瓦新星》打算通过柯里尔的剪辑和销售谈话而制造出的任何耸人听闻的东西。

一个我们决定待在地球上的家中的晚上，在客厅沙发上，罗比蜷缩在我胳膊下向我解释着。就像柯里尔博士说的那样，也许它可能有用呢。

直到我看到节目初剪之后,我才明白罗宾身上将要发生什么。视频里,他的名字叫杰伊。他进入画面,镜头开始呼吸。他转身看着湖边的鸭子、灰松鼠和椴树,他的目光把它们变成了外星人。然后相机重新定格。

接下来,他躺在柯里尔实验室的功能性磁共振成像舱中,用意念在屏幕上移动形状。他的脸圆圆的,开朗但有点顽皮,对自己的技能很满意。迪·拉米在画外音中解释了杰伊是如何学会匹配尘封多年的情感记录的。她的解释并不是重点。他是一个孩子,沉浸于创造之中。

然后,在柳树下的长凳上,他和迪·拉米相对而坐。她问:"可那是什么样的感觉呢?"

他的鼻子和嘴巴有点抽搐。他兴奋地扭动着手解释道:你知道那种,就好像你在和很多你喜欢的人一起唱歌,大家都唱着不同的音,可合起来很是好听?

记者脸上难过了半晌。也许她在想自己有多久没有和朋友一起唱歌了。"感觉像是在和你妈妈说话吗?"

他的眉头紧皱,他不太喜欢这个问题。没有人会真的张嘴说话,如果你是想问这个。

"但你能感觉到她?能感觉得出来是她?"

他耸了耸肩。老派的罗宾。是我们。

"感觉就好像她在你身边吗?训练的时候?"

罗宾的头在他的脖子上转动。他看到的东西大到无法向她形容。他伸出一只手举过头顶,抓住最低的柳枝,让它从指缝间滑走。她现在就在这里。

视频闪动然后停止。

他们沿着湖岸散步。杰伊将一只手覆在她娇小的背上,仿佛他是一位医生,要告诉她一个微妙却并非灾难性的消息。她说:"你一定很痛苦。"

我每每想冲她咆哮。可他关注的是这个世界,而不是她的问题。

"那种痛苦什么时候开始的?是你妈妈离去的时候,还是之前?"

他对离去这个词皱起了眉头。但他很快就想通了。我妈妈没有离去。她是死了。

迪·拉米顿住脚步,停了下来。也许他的话让她震惊。也许这些话让她兴奋,它们的古怪会给她带来更多的点赞。也许我现在的想法很是恶毒。

"但是你已经学会了匹配她的大脑活动模式。所以现在有一部分的她在你体内,对吧?"

他微笑着摇摇头,却并没有反对。他现在知道了没有大人能读懂他。他向草地、天空、湖边的橡树和椴树伸出双手。在清新的空气中伸出手,张开五指,他挥舞着它们,向我们遥远的隐形邻里、大学、朋友之家、州议会大厦和我们州以外的那些州挥手。每个人都在每个人之中。

视频也剪辑了他训练初期的片段。那是一个不同的男孩,蜷缩在一把勺形塑料椅子上,用怯生生的语调回避着提问者。他咬着嘴唇，对小挫折发火咆哮。全世界都在惩罚他。然后是他画画的连续镜头，大放异彩的线条和颜色。我已经数不清看了多少次这段视频。我自己就为这个片段至少贡献了一千的点击量。不过，同时看到两个不同状态的男孩，仍让我震惊。

然后他和迪·拉米又到了湖边。"你看起来很受伤，很生气。"

有很多人都很受伤，很生气。

"可你现在不是了？"

他咯咯地笑着，与柯里尔剪辑中的男孩形成鲜明对比。不是。现在不是了。

在树下的长凳上，迪·拉米把他的一本笔记本放在腿上，翻着页。他在解释那些图画。那是环节动物。难以置信，你必须承认。那是一颗脆弱的星星。这些东西？它们是水熊，也称为缓步动物。它们可以在外层空间生存。说真的，它们可以一路飘浮至火星。

镜头剪辑到中景，他带她走在人行道上，向她展示一些东西。镜头拉近特写：一片植物，其圆齿状的叶子上布满了晨雨留下的小水珠。他指着挂在树枝上的果荚。像这样碰着它。小心！别碰到！

他像在讲一个笑话，马上就要憋不住笑点了。当她的手接触豆荚并使其弹开时，迪惊讶地尖叫起来。她打开一看：奇怪的绿色圆圈已经在她的手掌上炸开。"哇！那是什么？"

很神奇，是吧？卡佩凤仙花。你可以吃它的种子！

他从爆开的卷曲物中挑出一粒淡绿色的核。迪·拉米对着相机做了个鬼脸——"我希望你是对的"——然后把种子放进嘴里。她看起来很惊讶。"嗯……很好吃！"

我不记得自己曾经教过儿子关于那种植物的知识。但是我确实记得某天我从那位后来成为他母亲的女人那里学到过这个知识点。

从那以后的岁月就像散开的弹片一样躺在我张开的手中。

在视频中,我儿子从未提及那植物的另一个名字:勿碰我(touch-me-not)。他只说,如果你知道去哪里找的话,这里其实有很多好吃的。

每个人都是破碎的。他告诉她。他们坐在岸边一条倒扣的皮划艇上,看着太阳落山投下的颜色。两艘全帆航行的船并排掠过,在光线消失之前返回码头。

这就是为什么我们在破坏整颗星球。

"我们在破坏它?"

然后还假装我们没有,就像你刚才那样。她脸上的羞愧只有定格后才看得出。每个人都知道在发生什么。但我们都移开了目光。

她等着他详细说明。告诉她人们的问题出在哪里,告诉她用什么可以拯救他们。

他说,要是我的墨镜在就好了。

她笑了。"为什么?"

他指着湖边。里面有鱼!如果戴着墨镜,我们可以看到它们。你见过北方梭鱼吗?

"我不知道。"

他的脸因不理解而乌云密布。你会知道的。如果你见过梭鱼,你会知道的。

一对夫妇带着两个小孩在他们附近的堤岸散步。杰伊与他们热情地打招呼。他忘记了摄制组。他的手臂愉快地绕着罗盘点旋转。他指出三种不同的鸭子并模仿它们的叫声,那对父母笑着聆听着。

他给他们介绍水蚤和其他甲壳类水生动物。他向他们展示如何找到沙蚤。小男孩和小女孩听得津津有味。

黄昏在延时摄影中降临。节目的主题音乐在远处响起。杰伊和他新结交的好朋友坐在倒扣的船上。城市的灯光在他们周围闪烁。他说：我爸爸是天体生物学家。他在那里寻找生命。生命要么什么地方都没有，要么到处都是。你希望是哪个？

她抬起头，沿着他手指的方向看去，望着漆黑的天空。她的表情飘忽不定，就好像她正在接受训练，以找到恰当方式来表达她的嘴巴和眼睛拒绝识别的情感模式。也许她正在考虑如何把他刚才说的话保留在视频成品中，违背她对我的承诺。这些话说得太好了，不能因职业操守这样的小事而被删去。

迪·拉米向上凝视着天空说："我们大多数人都认为我们是宇宙中唯一的存在。但杰伊不这样认为。"

镜头倒转回罗比，在那短短的几天里，他用他对每个人都能感受到的那种无差别的爱凝视着她。他的脸似乎从里向外地发着光。她低下头看他，在黄昏里露出一个尴尬的微笑。后来她自己继续说起话来，而屏幕上的那个人则保持着沉默。

"与杰伊共度的时光里，可以到处遇到亲缘，参与一项不会终结于你这里的巨型实验，并感受到来自死亡以外的爱。就我本人而言，很愿意听到那种反馈。"

但罗宾说了最后的话。说真的，他说，用真诚的微笑鼓励着她，你觉得其中哪一件更酷？

柯里尔在《奥瓦新星》的视频发布一周后打来电话。他的声音在情感轮上打滑。"你儿子火了。"

"你在说什么？发生了什么？"我以为罗比的大脑扫描图显示出了什么脑部感染[1]。

"我们收到了来自三个不同洲的六家公司的问询。这还不包括所有想要报名参加训练的个人。"

我考虑并否定了各种可能的回复。最后我说："我真的讨厌你。"

一阵沉默，比尴尬更多的是体贴。随后柯里尔一定是认为我只是在说反话。他开始接着讲述，就好像我什么也没说，他把过去几天发生的一切都告诉了我。

《奥瓦新星》将视频放在一个名为"世界再次终结，现在怎么办？"的系列里。他们通过刷爆社交媒体的运作策略推出该系列。其他机构公司跟进这一消息，即便只不过为了满足他们自己的每日公告配额。罗比的视频迅速引起了一位网红的注意。这位女士拥有自己收益丰厚的视频频道，她环游世界，帮助人们摆脱他们从未真正想要的东西。全球无数人沉迷于她那严厉的爱中，其中有两

---

[1] 柯里尔用"viral"一词来形容罗宾在网络上走红，这个词也有"病毒"或"感染体"的意思。

百五十万人将自己视为她的朋友。这位有影响力者发布了一个链接，配图是罗比手捧着一个卡佩凤仙花豆荚的图片。她的文案写着：

如果你今天早上还没把你的心好好轧一轧，试试这个。

网红在这个邀请后加了几个神秘的表情符号。其他各类网红和非网红开始转发她的帖子，由此产生的流媒体堵塞导致《奥瓦新星》服务器宕机了一个小时。没有什么比供应短暂耗尽更能引起人们对免费内容的兴趣了。

根据柯里尔的说法，高峰期在星期二和星期三不断出现。然后星期四和星期五，主流媒体来了，迟来的随后也在周末现了身。据说，有人翻录了视频并将其上传至两个存档站点。还有人剪下罗宾的片段并添加滤镜，让他那怪诞的话语听起来更加瘆人。人们在留言板上发送，在聊天和发消息时使用，引用在他们的邮件底部签名上……

我一只手拿着手机，另一只手在平板电脑上搜索。三个常见词，用引号括起来，然后就是罗比，看上去、听起来都像是来自遥远星系的访客。

"妈的。"

罗比的房间里传来笑声。我听到咯！

"你建议我怎么办？我该怎么跟他说？"

"西奥，问题是，我们也收到了记者的来信。"

这意味着不久他们就会来到我家门前。"不，"我说，唾沫星子都快飞了出来，"不可以。我受够了。我们不会再接受任何访问。"

"没问题。说实话，我也建议你不要。"

柯里尔听起来几近沉着冷静。不过，他从这种迅速风行中获益匪浅，而罗宾什么都没有。

我不知道我们要遇到多少麻烦。也许整个病毒式的潮流会像它爆发的速度一样迅速消失。浏览剪辑片段并转发它的大多数人可能甚至懒得把它看完。过一段时间，还会有更多的剪辑被从早到晚地点击和传递。

尽管柯里尔告诉我不要担心，但在这个星球的表面周围，纠错信号在电磁辐射波中激增。它们如井喷般垂直向太空喷射三万五千七百八十六千米，然后以每秒三亿米的速度如雨般下落。它们以一束束平行光穿过光纤导管，在数以千万计的手指的心血来潮下，从几英寸高的电容触摸屏上的数亿个点上诱导出电子，然后以无线电爆发的形式露天散开。罗宾的流量是人类拼命寻求大规模消遣中最轻微的昙花一现。作为当天生产和消耗的饲料的一小部分，几千亿比特的信息就像一顿八盘晚餐后的一颗草莓表面上的一个点。可这些比特是我的儿子，可以被重新组装起来，他们于一个傍晚在湖边记录下了他的脸，他告诉一个完全陌生的人，每个人都在每个人之中。

柯里尔说："我们先保持冷静，静待事态如何发展。"

通过反复操练，挂断他的电话变得越来越容易了。

COG 来到麦迪逊。他们以前也来过，可那是几年前了。那时，他们拍摄了我的一个简短演讲，关于使用穿过行星大气层的光中的吸收曲线来探测千万亿英里之外的生命。从那时起，COG 就从学术讲座的大满贯变成了让世界上大多数人了解科学研究的主要方式。

每个 COG 演讲都要在不到五分钟的时间内将内容传递给现场观众。COG 麦迪逊网站中用户评价最高的短片会升级至一个名为 COG 威斯康星州的网站。COG 威斯康星州的上线是 COG 中西部，然后是 COG 美国，最后是梦寐以求的 COG 世界。观众只有在看完至少一分钟的内容后，才能对其进行投票。选民们自己爬榜单来给出他们的评价。通过这种方式，知识变得大众化，科学变成了大众可以理解的一个个小包装。我自己的演讲在 COG 威斯康星州达到顶峰，但被成千上万个愤怒的用户拦截在区域回合中，他们愤恨我竟可以在丝毫不提及上帝的情况下谈论宇宙。

COG 麦迪逊第二季的组织者给我发了一封电子邮件。我浏览了前几行并回复表达了我的遗憾，还提醒他们我上次已经参加过了。两分钟后，我收到了回复，进一步澄清了我刚刚匆忙处理的电子邮件。他们并没有找我。他们希望罗宾·拜恩在马丁·柯里尔关于解码神经反馈的演讲中做个客串。

我怒火中烧。我跑了四分之一英里，穿过校园到达柯里尔的实验室。幸运的是，当我在他的办公室找到他时，一通小跑已使我累得无法攻击他。可我还是有力气喊出："你这个傻缺，我们说好的。"

柯里尔抽动了一下但没有退缩。"我不知道你在说什么。"

"你把我儿子的身份给了COG。"

"我没做过那样的事，我甚至都没和他们说过话！"他掏出手机，打开邮箱，"啊，在这儿呢。他们想知道我是否愿意和你儿子同台。"

这下我们俩都明白了。COG直接找到了我。他们所做的只不过是《奥瓦新星》的迪·拉米已经做过的事情。事已至此，如今找到真正的杰伊一点也不难。我的儿子已经暴露。已经发生了太多事。

我的手在颤抖。我从他的桌子上拿起一个益智玩具——一只木鸟，需要从一个由十几个滑动木块组成的鸟巢中解脱出来的木鸟。唯一的问题是没有任何部件动得了。"他已经变成公共财产了。"

"是的。"柯里尔说。对他来说，这几乎是道歉。他看着我的脸，这可是受过训练的心理学家。我忙着向自己证明这个鸟巢坏了，无法解决。"但他给了很多人希望。人们被这个故事感动了。"

"人们也会被黑帮电影、三和弦歌曲和手机发售预告所感动。"我又开始愤怒了。恐慌让我如此。柯里尔仍在研究我，等待着，直到我张嘴说出话来："我去问问罗宾。我们谁也不能替他决定这件事。"

柯里尔皱着眉，但点了点头。我身上的某些东西吓到他了，这也是应该的。我感觉自己好像成了我那快十岁的儿子，第一次看透成年人的世界。

罗宾很谨慎地思考着。他们是想要我，还是其实想要杰伊？

"他们绝对是想要你。"

酷。可我要做什么呢？

"你什么都不用做。如果你不想，你甚至不必同意。"

他们想我谈谈训练和妈妈的大脑之类的？

"在你去之前，柯里尔博士会介绍一切。"

那我该做什么？

"做你自己。"这话在我嘴里变得毫无意义。

他的目光变得那么遥远。我这个多年来一直避免与陌生人接触的胆小的男孩，正计算着如果在一个大舞台上向公众泄露生活的秘密会多有趣。

活动前一周，我开始代谢失调。我后悔让他同意任何事情。如果他搞砸了，那可能会伤他一辈子；如果他大获成功，那么他会爬上COG区域的榜首，吸粉数比眼下多上十倍。这两种可能性都让我难受。

活动前的晚上，罗宾完成了一天的最后一个数学套题后，他来到我的书房，我面前堆着一摞未评分的本科生试卷，正机械地忙着，毫无成果。他走到我的椅子后面，把手放在我的斜方肌上，然后他说出了我曾用来让他放松的命令。果冻松！

我让身体放松。

果酱紧！

我又紧绷起来。在他转过来坐在椅子的扶手上之前，这样的动作我们做了几轮。爸爸。放宽心！没事的。你看，我又不是要去演讲什么的。

他一上床睡觉，我立刻打电话给当地的COG组织者——一个长得像托洛茨基的家伙，他负责对接马丁和我。"我还有一个条件。在你们拍摄完这个演讲后，我如果不喜欢，你们就不予发布。"

"这取决于柯里尔博士。"

"好吧，我要有最终否决权。"

"我觉得不太可能。"

"那我觉得我儿子明天应该不会上台了。"

有趣的是，当你并不怎么想赢的时候，你总是能赢得谈判。

三百人将礼堂挤满了，一直到上午的演讲者讲完时，还有人进来。发言开始前十五分钟，我们三人来到后台。一名技术人员给柯里尔和罗宾别上麦克风，带他们走了一下流程。

"你会在舞台前看到一个红色的时钟。到四分四十五秒的时候……"技术人员用食指划过他的喉咙，发出咯咯声。马蒂点点头。罗比笑了。我感觉自己快要吐在地板上。

直到柯里尔在观众的掌声中站在舞台中央，我才意识到演讲正在进行中。我用胳膊搂着罗宾，好像一旦我放手，他可能就会冲上舞台。技术人员站在他的另一边，手持监视器，对着耳机的轰鸣声低语。

柯里尔的演讲听起来很新颖，尽管他经常在公共场合宣传他的研究。他谈论这项研究就好像那结果仍令他困惑不解。他用了五十秒来描述神经反馈，另外四十秒来解释功能性磁共振成像和人工智能软件，三十秒来总结效果。第三分钟便是罗宾的剪辑片段。观众听得一清二楚。我的儿子在黑暗、拥挤的剧院侧边，站在我旁边，又见旧景。天哪，这就是发生在我身上的事情？

第四分钟真相揭晓。柯里尔将它抛出，就好像它只是另一个数据点：一位母亲的去世让男孩陷入了恶性循环，而这位母亲如今又回来照料他恢复精神健康。罗宾在我的胳膊下抽搐了一下。我低头看着身旁这颗紧凑的小星球，我紧紧抓住了他的肩膀。可是他在咧着嘴笑，好像着迷于那个从螺旋式下降中被拯救出来的男孩。

在他舞台的最后半分钟时间里，柯里尔沉浸于解释说明。"我们几乎还没有看到这些技术的潜力。只有未来才能揭示它们的全部可能性。与此同时，不妨想象一个世界，一个人的愤怒被另一个人的平静抚平，你的个人恐惧被陌生人的勇气所缓解，痛苦可以被训练消除，就像上钢琴课一样容易。我们可以学会无所畏惧地生活在地球上。现在请向我的一位朋友问好，罗宾·拜恩先生。"

旁边那个矮小的身影耸了耸肩，从我的手臂下走掉。当他穿过舞台时，我抓住了自己的后脖颈。他看起来那么小。我曾在纽约的默金音乐厅看到一个像他那么大的孩子演奏莫扎特的《第八钢琴协奏曲》。那小女孩的手几乎还无法横跨一个五度，我不知道她是怎么做到的，或是她父母为什么让她这么做。我现在也有同样的困惑。我的儿子在他自己的乐器上成了一个小神童。当罗宾小跑到聚光灯下的舞台中央时，观众疯狂地鼓起掌。他一手放在自己的胸前，弯腰深深地鞠了一躬。掌声和笑声越来越大。

我经常看这个录像，直到我的记忆已经确信我当时就在黑暗的大厅里。柯里尔一定以为罗宾会笑着挥手，然后他们二人便互相道别。可是他们还有漫长的一分钟呢。

整个礼堂的人都想让他问：怎么样？感觉如何？她还在吗？不过，柯里尔转向了另一个问题。他问道："你开始训练时和现在的最大区别是什么？"

罗宾揉了揉嘴巴和鼻子。他花了太久来回答。你能看到柯里尔的信心在动摇，听到观众变得焦躁不安。你是说现实生活中吗？

这句口齿不清的话从他齿间溜出。观众吃吃笑了。柯里尔不知道罗宾要往哪儿走。可在他让事情重回正轨之前，我儿子宣布：什么都没有!

观众又笑了,虽然不是那么舒服。这个问题让罗宾不快。这五个字里表达着:你知道正在发生什么。每个人都知道,尽管大家都相约沉默。这个地方的这份无尽的礼物,正在消失。可他的右手腕奇怪地在大腿旁旋转,除了我之外,数十万观众中没有人知道如何解读这手势。

只是我不再害怕了。我整个被混入了一个巨物之中。这是最酷的部分。

柯里尔向观众打手势,他们爆发出热烈的掌声。他把手放在罗宾的头上。那个我儿子的母亲的情人。还剩十秒,演讲结束。

在行星尼萨（Nithar）上，我们几乎什么都看不到。在我们的十种主要感觉中，视觉是最弱的。除了一缕缕发光的细菌，我们不需要看到太多。我们那位置恰当的耳朵可以听到类似颜色的声音，我们能通过皮肤受到的压力极其精确地感知周围的环境。我们能够尝到很远处的微小变化。我们那节奏各不相同的八颗心脏让我们对时间非常敏感。热梯度和磁场告诉我们需要去哪里。我们用无线电波说话。

我们的农业、文学、音乐、体育和视觉艺术可以与地球上的同类相媲美。可我们伟大的智慧以及和平的文化从未触及燃烧、印刷、金属加工、电力或任何类似先进工业的事物。在行星尼萨上，有炽热的岩浆、燃烧的镁和其他种类的燃烧。但是没有火。

酷，我儿子说，我要去探索。

我告诉他不要离表面太远，尤其是通风口。可他还年轻，而年轻人在面对行星尼萨上最大的挑战时最为痛苦。在这颗星球上，永远和从不意思相同，这对这里的年轻人而言太难了。

他从一次过于短暂的向上探险中返回。他被击垮。那里只有天堂，他抱怨道，而天堂坚硬如石。

他想知道天空之上是什么。我没有嘲笑他，可我也帮不上忙。他四处打听，被他的同代人和我这一代人无情嘲笑。那时他便发誓要努力钻孔。

我没有试图说服他。我想他可以在这个项目中玩上几百万次的"宏观暴击",然后就会结束了。

他使用加热的鹦鹉螺壳那长而直的尖端。这项工作非常枯燥。他的洞需要数百万次心跳才能有一根伸出的触角的深度。可瓦砾从高处落下,这让行星尼萨有了几乎从未有过的新鲜感。洞成了笑柄、怀疑的对象和新宗教崇拜的仪式。几代人来来去去,看着他极微小的进步。我的儿子继续钻研着,直到睡前,这个世界上的所有时间都掌握在他的手上。

花去数万年的时间,他击打着空气。在一次巨大的理解冲击中,发生一场如此之伟大的革命,以至于行星尼萨上没有任何东西能够幸存,我儿子发现了冰、地壳、水、大气、星光、困境、永恒和别处。

对于我们的华盛顿之行，罗宾兴奋极了。我去那里是为了帮助拯救在宇宙中寻找生命的工作。我最忠实的全日制学生也跟来了。

我给这次旅行做个东西，可以吧？

他不肯告诉我是什么。可作为罗宾法律意义上的老师，我一直在寻找比我在网上找到的枯燥的社会研究材料更好的东西。（我如何省钱？什么是利润？我需要一份工作！）前往我国首都的一次公民实地考察，身体力行地展示和介绍似乎就是那堪称完美的方式。

他带着所有的积蓄走进美术用品商店，而我在车里等着。几分钟后他出来了，将一个袋子紧紧抱在胸前。当我们回到家时，他把他的秘密宝藏放到他的房间里收好，然后开始工作。他的门上出现了一个标志。随着每次新的反馈训练，他的气球字体变得更顽皮，也更像艾丽的字了：

工作区

访客勿入

我不知道他要做什么，除了知道它涉及一卷十八英寸宽的白色屠夫纸，因为纸的体积太大而无法隐藏。我的问题只是让他严厉警告我不要窥探。所以我们俩都在准备着我们的联合实地考察。我儿子从事着他的秘密项目，而我则在完善自己将提交给国会独立审查小组的证词。

该小组的任务是提出一个简单的建议：要么回答世界上最古老、最深刻的尚未回答的问题，要么走开。我的数十名同事将作为代表在几天内为美国国家航空航天局提议的"类地行星探索者"号任务作证。我们的工作很简单：从拨款小组委员会悬着的斧头下拯救望远镜，创造一个世界，能够在几年后观察附近空间并看到生命。

执政党对寻找类地行星并不感兴趣。审查小组的负责人威胁要把我们的"类地行星探索者"号任务埋葬在美国国家航空航天局不断增加的作废计划的墓园之一里。可横跨三大洲的科学家们正在放弃他们那超然的客观性伪装，以我们所知道的各种方式来倡导探索。这就是为什么一个骗子的儿子，一个绰号"疯狗"、以清理化粪池起家的孩子，发现自己正坐在飞往华盛顿的飞机上，为有史以来最强大的望远镜作证。我的儿子也来了，带着他自己的征战任务。

他在我前面匆匆走过飞机过道,笑眯眯地同所有乘客打招呼。当我把他的包放在头顶的行李架上时,他提醒我。小心,爸爸!别压坏了!罗比想要靠窗坐。他看着行李装载机和地勤人员,就好像他们在建造金字塔一样。他在起飞时抓住了我的手,不过一旦我们升空就没事了。在飞行过程中,他迷住了空乘人员,并告诉我右边的商人,他可以考虑支持一些"优秀的非营利组织"。

我们要在芝加哥转机。罗宾在登机口区域画人物速写,并将他们的肖像作为礼物送给这些人。大厅对面的三个孩子互相窃窃私语并指指点点,好像他们以前从未见过活生生的热门视频主人公。

第二次起飞时他应对得更好了。当我们的飞机冲破云层即将降落目的地时,他对着引擎大喊:天哪!华盛顿纪念碑!和书里一样!

我们附近的乘客都笑了。我顺着他的肩膀指了指。"还有白宫。"

他低声回应。哇,好美!

"政府的三个分支。"我考他。

他伸出手指,和我的手指一一对击。行政、立法和……还有跟法官有关的那一项。

去酒店的路上我们从出租车上看到了国会大厦。他感到敬畏。你会告诉他们什么?

我给他看了我准备好的内容。"他们也会问问题。"

什么样的问题？

"哦，他们可能什么都问。为什么'探索者'号的成本不断上升。我们希望发现什么。为什么我们不能以更便宜的方式发现生命。如果不建，又会怎么样。"

罗宾凝视着出租车窗外，惊叹于各种纪念碑。当我们进入乔治城并接近酒店时，出租车放慢了速度。罗比处于一种专注之中，试图解决我面临的政治危机。我捋了捋他的头发，就像过去我们三个人去公众场合时，艾丽会做的那样。我感觉我们正在一艘小型飞船上航行，行驶在统治全球的超级大国的首都，地处一个小而崎岖的世界里的第三大陆地的海岸上。这个世界位于一颗 G 型矮星宜居带内缘，一个致密的巨型棒旋星系内部，离星系边缘四分之一距离。而这个星系从一个稀薄的局部星团飘过，就在整个宇宙死寂的中心。

我们驶入酒店的环形车道，出租车司机说："我们到了，凯富酒店。"

我将我的卡放入出租车的读卡器中。费用从位于瑞典北部融化苔原的服务器农场中涌入出租车司机虚拟的手掌中。罗比下车,从后备厢里取出包,望着非常简约的连锁酒店,深沉而赞赏地吹了声口哨。天哪,我们生活得像国王一样。他不让门卫拿他的包。里面有重要的东西!

他在九楼那非常朴素的房间里,俯瞰着波托马克河,再次吹起口哨。他的公民课延伸至下方放射状的林荫大道。他把手放在窗户上,凝视着所有的可能性。我们出发吧!

我们一直驻足于自然历史博物馆二楼的骨架展厅。一排排骨架钩住罗宾,牢牢地俘获了他的注意力。他拿着他的素描本站在鲈形目鱼类的展览台前,专注于每根肋骨的转弯和锥度。我忍不住隔着大厅直盯着他看。他穿着宽松的风衣和松垮的牛仔裤,看起来就像是那些已经创造了数十亿年纪录的小型的、落伍的、远行的种族之一,策划着一个曾经辉煌但消失得无影无踪的行星的档案。

我们找到了一家供应素食的餐厅吃饭,然后步行回酒店。在我们的房间里,他再次变得认真起来。他坐在他的床沿上,双手交叉在脸前。爸爸?我本想等到明天再给你看,可我觉得应该现在就给你看看。

他走到他的行李前,取出那卷在旅途中弄得有点皱巴巴的屠夫纸。他把它放到床脚的地板上,在翘起的一端压上一个枕头,然后展开。横幅比我们两人的身高加起来还要长。它被各种颜色的颜料、记号笔和墨水覆盖。顺着它横向写着文字:

让我们治愈我们所伤害的

他用明亮、大胆的设计填满了纸卷。这似乎是他直接从艾丽那里学到的另一件事,她会在一张大到我看不到头的画布上绘画。字母周围环绕着生物,仿佛是由比他更成熟的画家所作。一簇簇鹿角珊瑚是漂白色的。鸟类和哺乳动物正逃离燃烧的森林。十英寸长的蜜蜂仰卧在横幅底部,双腿向上,眼睛里有小小的"X"。

那该是传粉昆虫的衰减。你觉得人们看得懂吗?

我说不准。我甚至说不出话。可其实,他并不是真的在等我的回答。

不过,你不能让人难过。那只会吓到他们。你得向他们展示美好的生活。

他举起横幅的一端,让我抓住另一端。我们翻转了整个纸卷。如果第一面是地狱,这面就是和平的王国。这一次,横幅的中间是两排字:

愿一切生灵
免于受苦

横幅两边挤满了生物:长羽毛的、带毛皮的、多刺的、星形的、裂片的和带鳍的,笨重的或光滑流线型的,双侧的、分枝的、放射状的、根茎状的生物,已知的还有未知的,各种颜色和形状的生物,全都位于深绿色的森林和蓝色的海洋之间。与艾丽的大脑印记对话使他的画更加明亮,彻底释放了他的手和眼睛。

他向下俯视着这件作品,想象着它应该是怎样的。我当时不知道怎么拼"众生"[1]。

"你本来可以问我的。"

可那样你就知道了。

"罗比,这个更好。"

你真这么觉得?说实话,爸爸,我只想要实话。

"罗比,我在告诉你实话。"

他低头,眯着眼。他摇摇头。人们要是真能明白就好了,你懂吧?我们都是亿万富翁。他把手伸到面前,仿佛装满了种质[2]和宝物。

"你想拿它做什么?"

哦对。我是想,在你和审查小组讨论完之后,你和我可以在外面的某个地方举起它,背景是很酷的建筑物,我们可以找人拍照。然后我们可以使用我的名字作为话题标签上传它们,当人们搜索我那该死的剪辑片段时,他们就会看到这个。

我们卷起纸卷准备睡觉。黑暗中,酒店房间里闪烁着数十个用途不明的LED灯。在我们的双人床上,我们可能一直在一艘曲速引擎探索船的指挥中心,在无休止的勘测任务中的某处水坑里被拴住了一会儿。

我儿子的声音在黑暗中试探着。那么那些人呢?他们是认真

---

[1] 罗宾本想用"sentient beings"来表示"众生",因为不会拼写"sentient",所以在横幅中,他只用了"beings"一词。
[2] 活体的遗传资源,用于繁殖、保存、研究等,如种子、组织等。

的吗?

"哪些人,伙计?"

那些点开我视频的人?

他的声音带着科学的怀疑。我的心沉了下去,我的头猛地一跳。"他们怎么了?"

有多少人只是在嘲笑我?

房间里有六种不同的频率在嗡嗡作响。任何回答都显得懦弱。我花了太长时间,而他得到了答案。"人哪,罗比,他们是个有问题的物种。"

他思考着这话。他权衡着成为公众人物意味着什么。他有些不开心。

"罗比,我很抱歉。我犯了一个大错误。"

可借着窗外的光线,我看到他摇了摇头。不,爸爸。都很好。别担心。你还记得那信号吗?

他在光下成功地做出了那个信号,拢起他的手,手臂像扫帚柄一样来回摆动。几个月前,在另一个类地行星上,他曾经教过我这个信号——他发明的手势,表示"一切都好"。

你知道人有时会担心:那个人在生我的气吗?嗯,要是有人想问我的话,我想说,我和整个世界相处得挺好。

自助早餐让他很是激动。他吃了很多燕麦块、蓝莓麦芬蛋糕和牛油果吐司，超了他这个体型的任何生物一天应该吃的量。他说话时嘴边还溢出了巧克力榛子酱。这是有史以来最棒的实地考察。而且还没正式开始呢！

在我去作证之前，我们计划那天上午去购物中心走走。我们聊着该看什么。他想回自然历史博物馆。去看植物怎么样，爸爸？几乎没有人知道这一点，可植物才干正经事。其他人都只是寄生虫。

"说得很对！"

你想啊，以光为食？疯狂吧！比科幻小说都好！他的脸逐渐转阴，所以科幻小说为什么要觉得它们那么吓人呢？

我还没来得及回答，一个年龄比我大一倍的女人出现在我们所在就餐区的尽头。她身材矮小，戴着类似护目镜的东西。"我很抱歉打扰你们吃早餐，"她说，看着罗宾，"可是你是……那个男孩？那个美丽视频中的那个男孩？"

我还没来得及问她想要干什么，罗宾露出了微笑。我还真有可能是。

那个女人往后退了一步。"我就知道。我就觉得你有点儿不一样，你真是个人物！"

每个人都是个人物，他说。那个火了的视频的回响让他们俩都笑了。

她转向我说:"他是你儿子吗?他真是个人物。"

"他是。"

她在我的生硬之下退了回去,她的话里满是道歉和感谢。当她走远以后,罗宾目瞪口呆地看着我。拜托,爸爸。她挺和善的。你不必对她那么刻薄。

我想让我的儿子回来。那个知道大型两足动物不可信的儿子。

审查小组在国会大厦对面的雷伯恩众议院大厦开会。罗宾满怀爱国之情，拖着脚步走得很慢。我拉着他，好让我们准时到达指定地点。房间空荡荡的，镶着木板条，挂满了旗帜。一排排长长的、包着皮革软垫的椅子对面，是一个凸起的平台，平台上是一张沉重的木桌，上面立着铭牌和瓶装水。后面是摆满咖啡和小吃的边桌。

安检让我们稍有迟到，房间里已经挤满了来自全国各地的同事。他们中的一些人记得罗宾在电话会议上破门而入的情景。不少人逗弄罗宾或问他是否要演讲。我打赌我能说服他们，他说。

会议开始了。我让罗比坐在我旁边。"坐好啦，伙计。午餐还要等很久。"他拿起他的素描本、粉彩笔和一本关于一个男孩学会如何在水下呼吸的图像小说。他准备得很充分。

讲台上坐满了政客，看上去还挺像昔日的美国。他们请来了一位国家航空航天局工程师，从最新的"类地行星探索者"号计划开始介绍。在打开其巨大的自组装镜子之前，该设备将被安放在靠近木星轨道的某个地方。然后，飞行到数千英里之外的第二个外掩体设备会将自己定位在精确的位置以遮蔽来自单个恒星的光，这样我们的"探索者"号就可以看到它们的行星了。工程师进行了演示。"就像举起手挡住手电筒的光一样，这样你就可以看到是谁握着手电筒了。"

即使对我来说，这听起来也很疯狂。第一个问题来自西得克萨斯地区的一位代表。他慢条斯理的口吻听起来像是为大众量身定做的。"所以你是说，即使在添加飞行灯罩之前，仅'探索者'号的部分设备就会像'新一代'望远镜一样复杂？我们甚至无法发射这该死的'新一代'！"工程师提出异议，可国会议员跳过了他，"'新一代'已经推迟了几十年，而且超出了数十亿美元的预算。你们怎么可能按你们要求的资金数，弄出比它还复杂一倍的东西？"

问答从那里开始走下坡路。另外两名工程师试图消除不良影响并恢复信心。其中一个几乎要自爆了。这个上午还没怎么开始就要结束了。罗比已经工作了几个小时，几乎没有乱跑乱动。老实说，我都忘了他在那儿。当我们要去吃午饭时，他举着一张画等待我的赞赏：另一颗行星，仿佛是透过"探索者"号看到的，它的圆盘周围环绕着混乱的蓝、绿、白三色，其唯一可能的缘起是生命。

画得太棒了。我想把它放到我的幻灯片里展示。我们有一个小时。首先，我打头排队领盒装午餐。有标记为素食主义者和标记为牛郎星人的餐盒。"你应该笑的。"我告诉我的儿子。

我也是天狼星。[1]

"看来你读了《天文学家的笑话集锦》。"

那简直是个大爆炸。

我们躲在一个角落里。罗比吃饭时，我将他色彩丰富的画放在地板上，用手机拍下，通过空中传输将副本投送到我的笔记本电脑，裁剪和编辑之后，将它插在我的展示文档的最后。那天下午，我会将之投影到充满听众的房间里。我成长过程中读到的任何科幻小说

---

[1] 原文是"I'm too Sirius."，正确用词"serious"（严肃的）与罗宾这里的用词"Sirius"（天狼星）谐音。

都无法预测到这样的魔法。

午饭后来了几位科学家,他们的工作需要"探索者"号之类的装置。我第三个发言。就在房间里的人陷入低血糖之时,我走上了讲台。我谈到没有其他方法可以匹配直接光学成像来寻找生命。我展示了我们现有的最好的系外行星照片——只是模糊的灰色。即便如此,也令人印象深刻,因为我的研究生论文导师曾信誓旦旦地告诉我们,有生之年我们永远不会看到一张照片。

我的下一张幻灯片有点戏剧化:通过"探索者"号的神秘眼睛,对那颗行星的外观进行猜测的最佳数字模拟。房间里的人都倒吸一口凉气,好像国会说要有光,然后整个宇宙就出现了光。我指出,一张带有所有数据的好图片可以揭示这颗行星是否有人居住。最后我展示了罗比的画,同时引用了萨根的一句话:我们的世界因提问的勇气和回答的深度而有意义。

然后我准备接受不那么有勇气的问题。来自西得克萨斯的代表开始提问:"你的大气模型能分辨出一个存在有趣生命体的世界和一个只有细菌的世界吗?"

我回答说,一个充满细菌的遥远行星可与有史以来最有趣的发现相匹敌。

"你能判断一颗行星是否有智慧生命吗?"

我试着在二十秒内讲述如何做到这一点。

"那概率有多大?"

我想回避,可这无济于事。"没有人认为这特别有可能。"

失望遍地。另一位国会议员问道:"如果'新一代'发射了,你能用它做你的工作吗?"

我解释了为什么即使是那种宏伟的仪器也不足以直接观察大气层。一位来自蒙大拿州的退休国会议员将这两个望远镜混为一谈。

"如果所有这些昂贵的玩具最后只告诉我们,我们这些全宇宙最有趣的生物本该把数十亿美元就花在这里,花在这颗最有趣的星球上呢?"

我一下子明白了为什么这些人想要终止这个项目。成本超支只是一个借口。即使"探索者"号是免费的,执政党也会反对它。寻找另外的地球就是个全球主义阴谋,应该和巴别塔遭遇同样的命运。如果我们这些学术精英发现了到处都有生命,那么人类与上帝所谓的特殊关系就好像没什么意思了。

我从讲台上走下来,感觉一塌糊涂。我有些头晕目眩地回到我的座位,却听到儿子惊呼:爸爸!刚才好棒!我把脸藏起来不让他看。

之后,我们在听证室外的大厅逗留。我和同事们对这次抗争进行了事后分析。有些人仍然乐观。其他人已经放弃了希望。一位寡言的伯克利领头人觉得,如果我用更多的统计数据、更少的儿童艺术画,可能会更好些。不过世界上最伟大的行星猎人之一对罗比大加赞赏,夸得他脸都红了。"你真棒!"她对他说。她又对我说:"你很幸运。我还搞不明白我的男孩们为什么更喜欢《星球大战》而不是星星。"

我们沿着独立大道走着。罗比拉着我的手。我觉得你做得很好，爸爸。你自己觉得怎么样？

我的想法不适合说给儿童听。"人类啊，罗比。"

人类啊，他附和着。他自己笑了笑，然后抬眼看向了国会大厦穹顶顶端青铜色的自由女神像。你认为有外星人找到了比民主更好的制度吗？

"不同的星球对更好可能有不同的见解。"

他点点头，在未来将记忆转发给我们。在不同的星球上，一切看起来都不一样。这就是为什么我们需要找到它们。

"我真希望刚才在那里我能说出来这话。"

他伸出双臂拥抱国会大厦。看看这个地方。母舰！

我们沿着一条蜿蜒的小径穿过绿地。罗宾把我们推向台阶。当我意识到他的想法时，我的心沉了下去。那屠夫纸横幅像太空服天线一样从他的背包里伸出来。

这里是个好地方，对吧？

恐惧和兴奋之间的差异应该只有几个神经元。就在这时，上午会议上的一位国家航空航天局工程师走过来。我向那人挥了挥手，然后对罗比说："来吧，罗比！"一两分钟后我们就能结束了，至少我们中有一人会把胜利带回家。

当罗比取出横幅时,我和工程师就当天的听证会谨慎地交换了意见。"只是走个过场,"他说,"他们当然会资助我们。他们又不是穴居人。"

我问他是否介意帮我拍一两张我和我儿子的照片。罗宾和我展开了他的杰作。一阵微风要把横幅从我们手中吹走。爸爸!小心!我们用力拉着,横幅全部伸展开来。它就像充斥着太阳风的太空探测器的悬臂一样翻滚。在午后的阳光下,我看到了我在酒店房间里看不到的,他那些生物的细节。

工程师非常激动,牙齿都露了出来。"嘿!你画的?太棒了。如果我能画这样,我就不会从业余电台起步了。"

我把手机递给了他,他在变幻的光线下,从不同角度和距离拍了很多张照片。一个男孩和他的父亲,垂死的鸟类和野兽,横幅底部的昆虫启示录,虚化的背景是砂岩、石灰岩和大理石,它们由奴隶建造,献给自由。工程师希望把这些都准确地拍下来。当天会议的另外几位天文学家从远处看见我们。他们过来欣赏横幅并指导工程师该如何拍照。工程师把我的手机翻过来给罗比看镜头。"我们在国家航空航天局想出了用数码相机的方法。我参与建造了价值十亿美元的相机,可我们在环绕火星的轨道上丢了它。"

其中一位天文学家抬起头:"是我们先逼你们这些国家航空航天局的家伙们在那个东西上安装相机的!"

普通老百姓和市民游客都停下脚步,他们被罗比的纸卷和三个高兴地大呼小叫的老家伙吸引了。一个和我母亲年龄相仿的女人对罗比大惊小怪地说:"这是你画的?你自己一个人画的?"

没有人独自做任何事。这是罗宾还小的时候,艾丽曾告诉他的话。我不知道他是怎么记住的。

我们把横幅翻转过来。观众们又为另一边欢呼。他们挤近看色彩鲜艳的细节。这位航天工程师在旁边忙着请人们后退，以便他拍摄新一轮照片。人行道下方几码处传来一声喊叫。"我就知道！"在社交媒体的十亿个旋转的世界的某处，一个十几岁的女孩一定看过这样的帖子——一个奇怪的小男孩在发出奇特的鸟鸣。现在，女孩在这个临时的帐篷大会上仔细琢磨，用手指在手机上追溯，循着面包碎屑回到了《奥瓦新星》的视频。"那是杰伊！就是那个死了妈妈然后又和妈妈串到了一块儿的小子！"

罗宾没听见。他正忙着和两个中年女士谈论我们如何重新居住在地球上。他一边开玩笑，一边讲故事。认出他的女孩肯定已经开始发了一圈短信，因为几分钟后，另一些十几岁的孩子从购物中心的东端飘了过来。有人从背包里拿出了一把尤克里里。他们唱着《大大的黄色出租车》。他们唱着《多么美好的世界》。人们正在用手机拍摄和发布东西。他们分享小吃并即兴野餐。罗宾身处天堂。他和我拿着横幅站在那里，偶尔把它交给四个想要轮流举着的青少年。这就像他母亲可能试图组织的事情。这可能是他一生中最幸福的时刻。

我沉浸在庆祝活动中，以至于我没有注意到国会的两名警察在西北第一街停下，然后从他们的警车里下来。一群年轻人开始诘问他们。我们只是在享受自己的生活。去逮捕真正的罪犯吧！

罗宾和我把横幅放在人行道上，这样我就可以和警官交谈了。两个青少年捡起它，开始像风筝冲浪一样旋转它。这并没有降低局势的热度。罗宾穿过缝隙，试图在他的支持者和警官之间努力缔造和平。他的胸膛才到他们枪带的位置。

高级警官的名牌上写着**朱弗斯警官**。他的徽章编号是一个回文质数。"你没有这么做的许可证。"他说。

我耸了耸肩。我可能不应该这么做。"我们并不是在示威。我们只不过是想在国会大厦前拍一张自己的照片,和我儿子制作的横幅一起。"

朱弗斯中士看着罗宾。他眯着眼睛看着法律和秩序的复杂性。毫无疑问,这一天对他和对我而言都一样漫长。华盛顿的情况并不好。我应该记得的。欺凌正在逐渐蔓延。"聚集、阻碍或阻塞任何公共建筑的入口都是非法的。"

我瞥了一眼国会大厦的入口。我就是扔棒球也扔不到那么远。我本该放手的。可是这件事情对我儿子来说代表着希望,而警察的执法是愚蠢的。"这并不是我们在这儿要做的事。"

"或者聚集、阻碍或妨碍任何街道或人行道的使用。或在执法人员指示停止后继续或恢复聚集、阻碍或妨碍。"

我给了他我威斯康星州的驾照。他和他的伙伴,名牌上写着**巡逻警官斐根**的人,撤回他们的车上。我最后一次违法被抓是在高中,起因是从便利店偷了酒。从那以后,连一张超速罚单都没有过。而我在这里,鼓励一个小男孩对地球上生命的破坏提出异议。这为社会所不容。

五分钟之内,他们俩就掌握了任何人都可以使用的关于我和罗宾的所有信息。所有事实,即时可用,人人可得。事实上,他们不需要一点点额外的数据就能知道我和罗宾站在内战的哪一边。横幅已经告诉他们了。

这不是我儿子在课上学到的三权分立,国会警察本应向国会而不是总统履职。可在过去的四年中,所有这些区别都消失了。国会现在受白宫命令,法官任命也得乖乖就范。在国家不到一半人口的赞同下,规范被不断破坏,政府部门要跟随总统的愿景。法律并没有这么说,可这两个警察现在听令于总统。

警官们离开了他们的车,向我们这儿聚集的人群走来。当他们走近时，拿着横幅的两个青少年开始围着这两位警官转圈。朱弗斯警官原地旋转对四周说："我们现在要求你们散去。"

"可这个问题不会散去。"其中一名手持横幅的青少年说。

不过，大多数聚集者已经表达了他们的政治意愿，正在散开。朱弗斯和斐根来到横幅持有者身边，这两人放开罗宾的艺术品，跑开了。横幅被吹过人行道。我和罗宾追赶着它。我踩着一角以防止它被吹走，那里现在仍留有一个折痕和脚印。就在画着穿山甲的那个位置。

警官看着我们在大风中抚平、清理并卷起横幅。你现在应该很伤心。罗宾对朱弗斯说，活着是件有点难过的事。

"继续卷，"朱弗斯警官说，"赶紧的吧。"

罗宾停了下来。我跟着他停了下来。如果昆虫都死了，我们将无法种植食物。

斐根警官试图拿过横幅，卷好它并结束这场展示。这一举动吓坏了罗宾。他把他的作品紧紧抱在胸前。斐根被如此小的举动冒犯了，抓住罗宾的手腕。我丢下了我那端横幅，吼叫道："别碰我儿子！"两个警察做出与我对峙的架势，于是我被捕了。

他当着罗宾的面给我铐上手铐。然后他们把我们塞进巡逻车封闭的后座，开过四个街区到美国国会警察局总部。罗宾看着我被录了指纹。他的脸上交织着恐惧和惊奇的表情。他们指控我违反了《华盛顿哥伦比亚特区刑法》第22-1307条。我没什么可选的。我会得到一个法庭审理日期，然后再回华盛顿一次。或者我可以承认自己妨碍警务，支付三百四十美元以及所有行政费用，然后就可以结束了。说真的，不认罪但认罚。毕竟我触犯了法律。

天黑了，我们走回酒店。罗宾依偎在我身边。他忍不住笑了起来。爸爸。我不敢相信你这样做了。你为古老的生命力挺身而出！我向他展示了我染黑的指尖。他超级喜欢。你现在可是有记录了。刑事记录！

"所以笑点在……哪儿？"

他握住我的手腕，就像斐根试图握住他的手腕一样。他把我拉到宪法大道旁边的人行道上。你的妻子爱你。我百分百知道。

第二天早上我们飞抵芝加哥。芝加哥机场处于高度安全防卫状态，以防万一并未让公众知道细节。当我们走向登机口时，装备着凯夫拉防弹背心和嗅探犬的武装警卫沿着大厅一路向前走。我不得不阻止罗宾去摸狗。

登机口有一股航空燃油和应激性信息素混合的味道。我们过去所说的异常天气，现在正在造成一连串的航班延误和取消。我们飞往麦迪逊的航班晚点了。我们坐在一套由四台电视机组成的装置前，每台电视机都调到不同的意识形态频段。温和派、自由派的屏幕报道北部平原各州出现更多的无人机投毒事件。保守派、中间派报道部署在南部边境的一支私人雇佣军。我掏出手机，处理两天来积压的工作。罗宾坐在那里观察人群，脸上露出惊奇的神情。

每次我抬头看向登机口，我们的航班就又往后延迟了十五分钟。登机口的工作人员正在把长痛拖到最长。

登机口处每个人的手机信息提示铃都响了起来。来自新的国家通知服务的一条短信在每个人的屏幕上闪过。这条信息来自总统，过去两个月里，一系列无人反对的行政命令使他更加胆大妄为。

美国，看看今天的**经济**数据！**简直不可思议**！让我们一起，终止**谎言**，让那些反对者**闭嘴**，**打败**失败主义！！！

我把电话静音,然后继续工作。罗比在速写。我以为他是在画登机口的人。可当我再看时,他笔下的形象变成了放射虫、软体动物和棘皮动物,这些生物让地球看起来像是二十世纪五十年代发行的《惊骇科幻小说》里的那样。

我在工作,忽略了我左边椅子上坐立不安的一位女士。这位身材魁梧的女人正转头对着手机责备着:"外头是怎么了吗?"

她的电话那头是一位年轻女艺人动听的声音:"下面是伊利诺伊州的芝加哥附近今天最好的活动!"

那个女人发现了我的目光。我移开了视线,看着那排电视屏幕:一团几千米长的丙烯腈蒸气正在鲁尔区蔓延。十九人死亡,数百人住院。一只小手抓住了我的前臂。罗宾注视着我,瞪大了眼睛。

爸爸?你知道训练是在重新给我的大脑布线吗?他冲大厅里所有的疯狂挥了挥手,这些就是给其他人布线的东西。

我左边的女士又说话了。"他们绝对有事瞒着我们,甚至机器都不知道在发生什么。"我不知道她是在和我说话,还是在和她的数码助理说话。我们周围的人都在低头打字,迷失在他们的袖珍宇宙中。

广播中传来一个声音:"登机区的女士们、先生们,我们被告知,接下来至少两个小时内都不会有航班离开机场。"

一声叫喊从我们周围的座位上传来——一个受挫的生物准备出击。我左边的女人把手机平举在她面前,好像正要吃一个开放三明治。"他们刚说我们处于禁飞状态。是的,完全禁飞。"

另一个声音从广播中传来,它听上去如此单调一定是合成的。"需要额外住宿的乘客请到服务柜台申请参加酒店折扣券抽奖。"

罗宾用脚趾轻敲我的小腿。我们今晚回得了家吗?

我的回答被大厅里的喊叫声淹没。我告诉罗比坐稳,然后走向骚动。距离我们三个登机口之外,一个沮丧的乘客用他手机的手写笔戳向一位票务人员的手。我回到我们的座位上,那个身材魁梧的女人正对着她的电话说:"这是在藏着掖着什么,对吧?是那些有宇宙能量的人。我说对了吧?这水比想象中的要深。"

我想警告她,在公共场合说某些话已经不合法了。

罗宾眼睛盯着登机口,哼唱着。我凑过去细听,他哼的是《充满希望》[1]。天空中高高的苹果派希望。罗宾小时候,艾丽常常在给他洗澡时唱起这首歌。

---

[1] "High Hopes",美国歌手弗兰克·辛纳屈的歌,发行于1959年。

我们最终还是回到了家。罗比去做他错过的神经反馈训练，我处理了一些火烧眉毛的事儿。几天后，他带我去观鸟。安静的观察已成为他在这个世界上最喜欢的活动。当然，他认为这也能激发出我最好的一面。其实并没有。我保持不动。我看了。我看到的只是我曾经拒绝掉我妻子发出的几十次外出邀请，直到她最终放弃了我，和其他人一起去观鸟。

我们去了距离城市十五英里以外的保护区。我们来到了湖泊、草地和树木的交汇处。就在这里，罗宾宣布道，它们喜欢边缘。它们喜欢从一个世界到另一个世界来回飞翔。

我们坐在一块巨石旁的高草上，让自己显得小小的。那天的天空像水晶般晴朗。我们一起使用艾丽的一副旧瑞士双筒望远镜。与发现某种鸟类的兴趣相比较，罗宾更喜欢聆听空气中充盈的鸟鸣声。直到我儿子给我一一解释，我才意识到有多少种不同的声音。我听到一只鸟的鸣唱充满异国情调。"哇，那是什么鸟？"

他的嘴张大了。你认真的？你真不知道？那是你最喜欢的鸟。

有松鸦和红雀，一对五子雀和一只长着簇绒的山雀。他甚至认出了一只细长胫的鹰。有什么东西闪过，黄色、白色和黑色。我伸手去拿艾丽的双筒望远镜，可还没等我把它们拿到眼前，鸟就不见了。"你看到那是什么了吗？"

不过，罗宾注意到了其他东西，以某种不定的频率在空中接收它们。他盯着地平线，久久不动。最后他说，我想我可能知道大家都在哪儿了。

我花了好长时间才想起来：他很久以前在大雾山的一个繁星之夜提出的问题。费米悖论。"那就赶快交代吧，伙计。我们优待俘房。"

还记得你说过在某个地方可能有个很大的障碍吗？

"大过滤器。我们是这么叫的。"

就像，也许一开始，在分子变成生物时就有一个大过滤器。或者可能是在第一次进化一个细胞时，或者在细胞学会聚集在一起时，或者在第一个大脑出现之时。

"很多瓶颈。"

我只是在想。我们又是听又是找地花了六十年。

"证据缺失并不是缺失的证据。"

我知道。但也许大过滤器并不在我们身后。也许它在我们的未来。

也许我们才刚刚走到这一步。狂野、暴力和神一般的意识，大量的意识，指数级和爆炸性的意识，被机器利用并乘以数十亿：力量太不稳定而无法持续太久。

因为不然的话……你说宇宙存在多久了？

"一百四十亿年。"

因为不然的话，它们就应该在这里，遍布四处。不是吗？

他的手四处挥舞着。当某种原始的东西在空气中划过，他的手僵住不动。罗比先看到了它们，那是它们还只是小斑点的时候：一个沙丘鹤家族，其中有三只，以松散的队形向南飞向小沙丘鹤还没有见过的冬季居所。他们迟到了。可整个秋天都晚了几个星期，晚到就像第二年的春天早到了一样。

它们像沿着一条虚线靠近。它们的翅膀,像镶了黑边的灰色披肩,忽上忽下。它们长而黑的羽毛尖端像幽灵的手指一样弯曲。它们伸展开来,从喙到爪,像一个箭头。在中间,在细长的脖子和腿之间,是它们凸起的身体,即使那些巨大的翅膀全部抽动,它们也显得过于笨重,看似无法升空。

声音再次响起,罗比抓住了我的手臂。第一个,然后另一个,然后所有三只鸟都发出了令人悸动的和弦。它们飞得如此近,我们都能看到它们头顶上凸起的红色斑点。

恐龙,爸爸。

鸟儿从我们身边掠过。罗比一动不动,看着它们展翅飞走直至消失。他看起来既害怕又弱小,都不确定他是如何来到这树林、水和天空的边缘的。终于,他松开了手指,不再紧抓我的手腕。我们怎么能了解外星人?我们甚至连鸟类都不了解。

我们在很远处就看到了行星西米利斯（Similis）。那是一个完美的靛蓝色球体，在它捕捉到的附近恒星的光芒下闪闪发光。

那是什么？我儿子问，一定是人造的。

"是太阳能电池。"

覆盖整颗星球的太阳能电池？真疯狂！

我们环着星体绕了几圈，让他能够确认，西米利斯是一个试图捕获落在其上的每一个光子的能量的世界。

这是自杀啊，爸爸。如果他们独吞了所有的能量，他们该怎么种植食物？

"在西米利斯，也许食物是别的东西。"

我们下到行星的表面去观察。它和尼萨一样黑暗，但更冷，除了我们追踪的稳定的嗡嗡背景声之外，它很是安静。那儿有湖泊和海洋，都被厚厚的冰封住了。我们从散落的、炸裂的障碍下经过，这些障碍曾经一定是茂密的森林。那儿有空无一物的田野，还有由炉渣和岩石组成的不长草的牧场。道路被废弃，城镇空无一人。但没有被破坏或暴力的迹象。一切都在自己慢慢地腐烂。整个世界看起来仿佛所有的居民都出走了，被带进了天空。可是天空被太阳能电池板覆盖着，全速输出电子。

我们跟着嗡嗡声进入一个山谷。在那里，我们发现了仍完好无损的唯一建筑物，一个巨大的工业营房，由时刻警惕的机器人守卫和维修。巨大的电缆管道将太阳能外壳捕获的所有能量输送到庞大的建筑群中。

这是谁建的？

"西米利斯的居民。"

是什么东西？

"这是一个计算机服务器农场。"

大家都怎么了，爸爸？人都去哪儿了？

"都在里面。"

我儿子皱着眉头，试图想象：一座电路集成建筑，内部比外部大得多。富足的、不设限的、无尽的和创造性的文明——千年的希望、恐惧、冒险和欲望——死亡又复活，存档又重新加载，永不停歇，直到能量消耗殆尽。

在他十岁生日那天,那个曾经一被叫起床就像吼猴一样嚷嚷的男孩给我送来了床上早餐:水果蜜饯、吐司和山核桃奶酪,所有这些都被巧妙地放在一个绘有一束菊花的盘子里。

起床了,老兄。我今天要训练。而且拜你所赐,我们走之前我还有好多作业要做!

他想步行去柯里尔的实验室。实验室离我们家四英里,单程步行需要两小时。我并不想花半天时间冒这趟险,可这就是他想要的生日礼物。

枫树在深蓝色的天空中闪耀着橙色的光芒。罗比拿着他最小的素描本。他把它夹在臂弯,我们走路时他便在上面涂画着。他为最平常的事物放慢速度。一个蚁丘。一只灰松鼠。人行道上叶脉像甘草一样红的橡树叶。在地球上,他和他的母亲把我远远地抛在了身后。我需要和艾丽单独待一会儿,去探访她从未向我透露过来源的那种狂喜。柯里尔曾拒绝让我参加训练。可今天早上,我感觉是时候去给他下最后通牒了。

尽管我不断催促,我们还是迟到了十分钟。我进门就道歉。金妮正和两个实验室助理交谈。他们看到我们吃了一惊,停了下来。金妮摇着头,愁苦地说:"真是对不起,伙计们。我们今天需要取消训练。我应该打电话过去的。"

我不知道发生了什么。可我还没来得及追问她，柯里尔就从后面的走廊里出现了。"西奥，我们能谈谈吗？"

我们去了他的办公室。金妮拍着罗宾的肩膀。"想看看海蛞蝓吗？"罗宾很是高兴，她领着他走了。

我从未见过马丁·柯里尔的动作如此缓慢。他招手让我坐下。他仍站着，在窗户附近来回踱步。"我们被暂时叫停了。人类研究保护办公室昨晚发来一份禁令。"

我的第一个想法是我儿子的安全。"是技术有问题吗？"

柯里尔转身看着我。"除了它广阔的前景以外，还能有什么问题呢？"他歉意地挥挥手并镇定下来，"我们被告知停止全部或部分由卫生与公众服务部资助的所有进一步实验，等待对可能违反人类被试者保护的审查。"

"等等。卫生与公众服务部？怎么会？"

他对我少见多怪的反驳表示不满。他走到办公桌前坐下。他在键盘上敲击了几下。片刻之后，他读起屏幕上的文字。"'有人担心你的程序可能会违反你的研究对象的完整性、自主性和神圣性。'"

"神圣性？"

他耸了耸肩。这没道理。解码神经反馈是一种简单的自我调节疗法，已经展示出了良好的疗效。全国各地还有其他的实验室在进行着更不靠谱的尝试。每天在数十万孩子的体内进行更激烈的实验。可华盛顿的某个人热衷于执行新的人类保护准则。

"政府不会随意封杀合理的科学。你做了什么惹到哪个当权者了吗？"

柯里尔吸了一口气，然后我恍然大悟了。他什么都没做。是我那火遍网络的儿子做的。大选在即，各党派势均力敌。在一个旨在制造新闻的行动中，滋事的政府特工打了十字军东征这张牌，压制环保运动，抹黑科学，节省纳税人的钱，煽动群众，然后扼杀对商品文化的新威胁。

马蒂盯着我的目光——算是一种独特的神经反馈。他和我一样在这个想法上过不去。简约法则需要一个更简单的解释，可我们两个都给不出。他坐在滚轮椅上，滑离电脑，用双手按摩着自己的脸。"不用说，这会扼杀我们获得该技术许可的任何机会。如果我是个偏执多疑的人……"他偏执多疑地没有把话说完。

"你会怎么做？"

"遵守调查人员的要求，向上诉委员会提出我的申请案。我还能怎么做？也许它会是个短暂的麻烦。"

"与此同时……"

他斜眼看着我。"你想知道没有接下来的治疗他会怎么样。"

这让我感到羞愧，可他说得没错。这便是进化为我们量身定做的陷阱：整个物种都可能已经危在旦夕，而我还是会先担心我的儿子。

"老实说，我们不知道。我们有五十六个被试者做着某种形式的反馈训练。他们全都将突然被停止训练。我们身处未知水域。没有关于接下来会发生什么的数据。"他环顾自己的办公室、励志海报和三维益智游戏，"如果运气好的话，罗宾已经进入了一个永久轨道。也许他自己会继续取得进步。可是解码神经反馈会像任何其他类型的运动一样：当你停止锻炼时，健康效益会下降，你会退回到身体的初始点。生命就是个动态平衡的机器。"

"如果有变动，我该怎么办？"

他似乎有求于我，科学家对科学家的那种。"如果可以的话，我会请你继续带他来进行评估。可直到调查结束前，我不能这么做。"

"明白。"我说。虽然当时我什么都不明白。

步行回家的路上，罗宾是冷静沉着的。这仍然是实验的一部分，对吧？无论发生什么，我们都会学到些有趣的东西。

我不确定他是在安慰我，还是在用科学方法教育我。我无法集中注意力。我在想从现在到选举日之间，可能会被关闭的所有合法的科学研究，没有比反复无常的政治更好的缘由了。正如马蒂所说，身处未知水域。

"这是暂时的。他们只是暂时中断。"

他们觉得训练很危险，还是别的什么？

枫树的颜色太橙了。我的邮件提醒铃声响起。我能闻到空气中弥漫着来自两千英里以外、三天之后的冬日气息。罗比拉着我的袖子。

这不会是因为华盛顿的事情吧？

"哦，不是，罗比。当然不是。"

我声音里的语气让他抽搐了一下。我的邮件提醒铃声又响了。罗比在人行道上停下来，说了最奇怪的话。爸爸？如果你出海了或是去打仗了……如果你出事了？如果你得死？我会静静地想你走路的时候手是怎么动的，然后你就又在了。

晚饭后，他让我用各州的州花闪卡来测验他。睡前，他给我讲了一颗行星上的故事，在那里一天只持续一个小时，可一小时持续的时间却比一年还要长。年有不同的长度。时间根据你的纬度加快或减慢。有些老人比年轻人还年轻。很久以前发生的事情有时比昨天更近。一切都如此令人混乱，以至于人们放弃了计时，满足于**现在**。这是个美好的世界。我很高兴他创造了它。

他给了我一个令我震惊的晚安吻，亲吻了我的嘴，就像他六岁时坚持要做的那样。相信我，爸爸。我百分百没问题。我们自己可以继续训练。你和我。

十一月的第一个星期二，网络阴谋论、妥协的选票，还有武装的选举抗议者团体质疑六个不同摇摆州投票的诚实性。这个国家陷入了三天的混乱。星期六，总统宣布整个选举无效。他下令重新计票，声称至少还需要三个月的时间来确保安全和实施。半数选民反对该计划。另一半赞成重新计票。当怀疑是绝对的，而事实只取决于点赞键时，那么除了重来之外别无他法。

我思索着如何向来自半人马座的人类学家解释这场危机。在这个地方，有这样一个物种，被这样的技术所困，即使是简单的数人头也变得不可能。只有纯粹的困惑让我们免于内战。

在一个异常暖和的深秋之日,我在后院发现他在一个笔记本上画画,他的彩色铅笔就像是一把手术刀。当我的影子落在他面前的草地上时,他猛地合上笔记本。他的秘密行动让我吃惊。他切换到他的数学活页练习题——两位数的乘法——把他不想我看到的笔记本夹在折起的两腿之间,好像怕它会消失在草地和土壤中。

我最不想做的就是再次搜查他的个人想法。可鉴于这种情况,看看是明智的。我等了三天,直到罗比下午骑自行车到铁轨那儿,在最后的乳草上寻找迁徙的帝王蝶。我翻遍了他的书柜和他卧室的主要藏匿之处,才找到那个本子。在他的实地考察记录本中间是两页的线条和颜色。这幅画看起来像一个孩童版康定斯基绘画作品。它具有一代即将冒火的艺术家所共有的现代主义激情。在那下面,他用颤抖的字迹写道:记住她是什么感觉!你能记住!!!

星期一早上,我不得不去他的卧室叫醒他来吃早餐。我做了他最喜欢的炒豆腐,可当我试图挠他痒痒让他清醒时,他对我大喊大叫。他被自己的音量吓了一跳。爸爸!对不起。我真的累了。我没睡好。

"是屋里太热了吗?"

他闭上眼睛,回忆着眼睑内侧残留的一些动态画面。在我的梦里。没有鸟儿了。事情就是这样。

他振作着起床。我们吃了早餐,度过了还算好的一天,尽管他的家庭作业一如既往地花费了比之前更长的时间。我们在公园里玩地滚球,他赢了。回家路上,我们看到一只老鹰带走了一只哀鸽,虽然罗比看到那撕裂的喙后退缩了,可当我们回到家时,他仍从记忆中将它画出。

我在教学中落后很多,以至于我的任职有被取消的危险。不过晚饭后,我搂着他的肩膀说:"你想怎么度过今晚?点名你要的星系吧。"

他知道他的答案。他用一根手指告诫地命令我坐在沙发上。他给我倒了一杯石榴汁——最接近葡萄酒的东西——然后去书架取回一本破烂的选集。他把它放到我手里。

给我读切斯特最喜欢的诗。我笑了。他踢了我的小腿。认真的。

"我不确定哪一首是它最喜欢的。我该读你妈妈最喜欢的那一首吗?"

他甚至都懒得耸耸肩,只是轻轻一甩小手。我给他读了叶芝的《为我女儿祈祷》。也许这不是艾丽的最爱。也许这只是我记忆中她给我读的那首诗。一首长诗。对于当时三十多岁的我来说,这首诗很长。对罗宾而言,这首诗一定十分古老。可他还是静静地坐在那里听着。他还有一些专注力。我很想跳到最后,但我不想让他在二十年后发现我欺骗了他。

直到第九节之前,我一直读得很顺畅,但在第九节里出现了些长时间的停顿。

想着驱散所有仇恨,
灵魂恢复极致本真,
顿悟原来可以自娱,
亦可以自乐与自惊,
自身良愿即是天意;
纵然张张面孔冷目,
四面八方狂风怒吼,
炸裂中她快乐依旧。

整首长诗的朗读过程中,罗宾一动不动。直到我读完,他甚至都没有动一下。即便如此,他仍然蜷缩在我身边。他用清晰的女高音般的声音说:*我没听懂,爸爸。切斯特可能比我懂得更多。*

几个月前我曾向他保证,我们会考虑再养一条狗。阻止我履行承诺的只是自私的懦弱。我用一侧身体轻推了他一下。"我们还需要给你准备一份生日礼物,罗比。要不要再找一条新的切斯特呢?"

我以为这些话会让他激动,可他甚至连头都没有抬。也许吧,爸爸。也许会有帮助。

第一次崩溃发生在我们从商场的鞋店开车回家的路上。在离家六个街区的地方，在我们安静的小区边缘，我撞到了一只松鼠。松鼠这东西会把车当作捕食者。当你在路上直行时，自然淘汰法则导致它们的躲避方式是一下子调头直接冲向捕食者。

所以那毛茸茸的东西随着一声闷响扑到了我的车轮下。罗宾转身盯着我们身后路上的生命体。我在后视镜中也看到了，那沥青马路上的一坨东西。我儿子尖声惊叫。在封闭的车子里，那声音变得狂野、漫长，令人毛骨悚然，最终汇成爸爸这个词。

他解开安全带然后打开了副驾驶的车门。我也尖叫起来，抓住他的左臂不让他离开还在行驶中的汽车。我把车停到居民区街道边。他仍然在咆哮，撕扯着我的手想要跳出去。我一直拽着他，直到他停止挣扎。可挣扎的结束并不是他咆哮的结束。他冷静下来，足以再次责骂我。

你杀了它！你该死地杀了它！

我告诉他这是个意外，一切都发生得太快，我根本没时间做任何选择。我道了歉。可我做什么都没用。

你甚至都没减速！你甚至都没……妈妈宁可死都没有撞上那只负鼠，而你甚至都没把脚从油门上拿开！

我试图抚摸他的头发，但他将我推开。他转身看向后窗外。"罗比。"我说。可他不肯把目光从街道中央的那一小坨东西上移开。我让他说点什么，告诉我他的感受。可他双手捂脸。我没什么可做的，只能发动汽车回家。

回到家，他就直奔自己的房间。晚餐时，我敲了敲门。他把门开了一条缝，问他是否可以不吃这顿饭。我说如果他愿意的话，他可以在他的房间里吃饭。我装了一碗他喜欢的炸苹果。可当我七点半进去时，碗没有动过。他穿着格子睡衣躺在床上，熄着灯，双手枕在脑后。

"你想要一颗行星吗？"

不了，谢谢。我自己有一个。

我坐在书房里假装在工作。一直到很晚我才睡着。我从噩梦中醒来，一只小手环住我的手腕。罗宾站在我的床边。在黑暗中，我无法读懂他。爸爸，我在退步。我能感觉到。

我躺在那里，昏昏沉沉的没回应。他不得不继续说明。

就像那只老鼠，爸爸。像阿尔吉侬。

白天变得越来越短，我努力让罗宾继续上课。他喜欢我坐下来和他一起学习。可当我转向自己的工作时，他就陷入了恍惚。

我和他度过了秋分时节，更难度过的是假期。我对艾丽的家人撒了谎，告诉他们我们正在别处庆祝。我们俩达成一致意见，两个人单独度过了一周。我们穿上雪鞋踏过镇外被雪覆盖的玉米地。罗比从他的实地考察记录本中剪下素描画给树做装饰。新年当天，他只想无休止地玩美国东部鸣鸟的游戏，那些卡片是他给我买的圣诞礼物。他八点就睡着了。

整个一月，他的状态一步步地从彩色滑至黑白。二月初，我给了他一周的休息时间，不上课，什么都不做。他需要这样的休息。他又开始在电脑上玩他的农场游戏，之前已经好几个月没玩了。当我告诉他要休息一下时，他会很生气。在这一周结束之前，他想接着做他的功课。他专注的时间一次持续不了半个小时，可他迫切地想学一些东西。我知道如果这种情况持续更长时间，我将不得不带他去看医生。

给我个寻宝游戏，爸爸。什么都行。

"你从华盛顿回来后还剩下多少屠夫纸？"

他做了个鬼脸。别提华盛顿了。我那次可给你惹麻烦了。

"罗宾！别说了。"

我搞得柯里尔博士整个实验都被叫停了。而且你看现在在发生什么!

"不是这样的。两天前我和柯里尔博士谈过,实验室有可能很快就又开了。"

要多久?

"我不知道,也许到夏天。"那一刻,这话感觉不像是谎言。这让他像一只警觉的草原土拨鼠一样坐了起来。我又说了一遍。

再次开放的想法似乎给了他力量。光是想象能再次训练几乎就和真正参加训练一样好。在宇宙的某个地方,有些生物总是如此。他拨弄着鞋带,懊悔使他平静。他低头对着他的鞋子说:还剩下一大卷纸呢。

事实上,他还剩大约十英尺。我们从一端剪掉了一英尺。"九英尺。完美。把它打开放到客厅里。"

真的?我又进行了一番劝说。他在房间中央铺了一条纸路。

"好的。九英尺,对应四十五亿年。每英尺就是五亿年。让我们制作一个时间轴。"

他稍微振作起来,举起一根手指。他回到自己的房间,拿着一盒子笔回来。然后我们都趴在地板上开始工作。我用铅笔写下了主要节点:尽头的一英尺是冥界。紧接着,是生命的开始。罗比写下了第一批微生物,数百个彩色斑点,你几乎需要放大镜才能看到。他用彩虹般的细胞填满了接下来的四英尺。

五英尺处,我标记出地球上的竞争让位于网络,复杂的细胞蜂拥而至之时。罗比画出的细胞膨胀了一点,并有了一点质感。再往前走两英尺,他画出的形体展开为蠕虫、水母、海藻和海绵体。那晚到我去叫停他时,他又变回了自己。

今天真好。他在我帮他掖好被子时说道。

"同意。"

而且我们甚至还没有画到那些大事儿呢。

第二天早上我醒来时,他已经在客厅里了,添加、完善、修饰并等我标记重要事件的开始。我在离卷轴末端只有一英尺多的地方用铅笔写下——寒武纪爆发。

爸爸,没地方了。而一切才刚刚开始。我们需要更宽的纸。

他的手臂向外甩出,然后落到了他身体两侧。热情和苦恼变成了同一回事。我让他自己去画,我自己则开始了那拖欠已久的建模工作。整个上午他都待在那里。一队巨型生物在纸面上呈扇形散开。他在地板上吃午饭,坐在他不断壮大的画作旁。他起身后退一步,骄傲和激动地张大嘴巴。从上往下地研究了一会儿,他又进入细致描摹中。

整个下午,我们都在一起工作。我确认了一两次,他浩瀚的旅程正在全速前进,而罗比不想要任何人的帮助。五点时,我因为编码过多都快累成了斗鸡眼,于是停下来去做晚饭。那天如此之美好,我想奖励他,也就是说我们要吃蘑菇汉堡和薯条。

我在准备饭菜时戴上耳机听新闻。在内布拉斯加州发现了导致中国和乌克兰四分之一小麦收成死亡的秆锈病。北极的新鲜融水正涌入大西洋,像一只手掠过烟羽一样旋转着那受保护的水流。得克萨斯州的养牛场发生了可怕的传染病。

我忘记了自己在哪里,忘记了我儿子正在另一个房间的地板上趴着画画。我喊出了一些很难听的话,而且音量比自己意识到的还要大。由于戴着耳机,直到罗宾拉扯我的衬衫时,我才听到他的声音。他吓了我一跳。他变得慌张且戒备。哎,你别不搭理我啊?怎么了?

"没什么。"我拿下我的耳机并关上了手机应用软件,"只是一些新闻。"

不是什么好事儿？肯定不是什么好事儿。你骂得可挺狠的。

我大意了。"没什么，罗比。别担心。"

他在晚餐时生闷气，猛地吃完了饭。可很快地，他似乎原谅了我。当我拿出可可杏仁时，他又笑了。我当时没去猜可真愚蠢。

我们吃完饭后，他回到客厅地板上接着画，而我则回到我的电脑前。当房子内开始响起砰砰声时，我正在调整我的一个算法，用于水世界的火山爆发。我又骂了一句。听起来像是一只小型哺乳动物钻进了罗宾卧室的墙里，还在螺柱之间筑巢。我真没办法在不毁了房子的情况下把它弄出去，同时阻止我儿子陷入另一个旋涡。

又是一阵断断续续的砰砰声，节奏感强到只可能是人类发出的声音，听起来像一个水管工犯了严重的错误。我起身去查看。

声音来自罗宾的卧室。我打开门，看到他蜷缩在角落里，手里拿着他的行星探索应答器，正在用头撞墙。那是一个慢动作的、轻柔的、探索性的头部撞击，就像一个最后的忏悔尝试。

我叫喊着冲向他。我还没来得及把他从墙上拉开，他就猛地站起来，挣脱了我的胳膊，走出房间。我只停了一会儿查看平板电脑。屏幕上，一群发疯的奶牛撞在一起。它们无法控制自己的身体。其中一头滑倒在地，困惑地低声叫着。特写镜头切换到空中镜头，一个令人震惊的动物群，有数百头之多。

网络上传遍了这一事件：大脑传染病正在得克萨斯州的四百五十万头牛中蔓延，并以工业化的规模速度从一个饲养场传播到另一个。罗宾用我的账户登录并找到了这个视频，他使用的是我从未更改过的密码：他母亲最喜欢的鸟，倒着飞。

尖叫声从外面响起，伴随着这让人痛苦的视频，不断循环。停下！够了！停下！我从房间跑到外面。黑暗的后院里只有他一个人。

没有任何外界威胁，没有其他人，只有我那哭泣着的孩子。当我到他身边的那一刻，他一下子瘫软在地上。当我试图拥抱他时，他的尖叫声变得更糟。够了。停下。停下！

我跪下，捧起他的脸。我自己喊出的耳语一半是安慰，一半是压制。"罗比，嘘，别这样，会没事的。"

没事这个词引出了一声令我心碎的尖叫，如此不可控，如此靠近我的耳朵。我退缩了一下，他挣脱了。在我站起来之前，他已经穿过院子，绕过了房子的拐角处。我追着他又回到了室内。他仍把自己蜷缩在房间的角落里，用脑袋撞着墙壁。我冲进门，把自己隔在墙和他的头骨之间。可在我碰到他的那一刻他就停止了撞击。他倒在我怀里。从他身上发出一个声音，就像他的尖叫一样可怕。那是悠长而低沉的挫败声。

我抱着他，抚摸着他的头发。他没有反抗。在我最需要她的这一刻，艾丽已不再在我耳边低语。我的大脑在寻找一些不会让他再次发作该说的话。每一种可能性都觉得很愚蠢。在我们这个地方，养牛场被资助，而反馈[1]被禁止。我不该带他来访问这颗行星。

"罗比，还有其他地方。"

他抬起头瞪着我。他的眼睛小而眼神坚定。在哪里？

他的身体软了下来。愤怒已经消解了他的力量。我又让他躺了一会儿。然后我把他抱起来进到厨房，在那儿我用冰敷了他的额头。他在卫生间晕晕乎乎地洗漱和刷牙。他右眼的眉毛上方鼓出一个肿块，又黑又大，像一颗保存了千年的蛋。

他不想读书，也不想让我给他读。他强烈地拒绝了一次穿越太空的旅行。他躺在床上，盯着天花板。你为什么要瞒着我，爸爸？

---

1 原文为"feedback"，和前文的"养牛场"（feedlots）谐音。

因为我对究竟发生了什么感到害怕。那是诚实的回答,可我还是隐瞒了,说道:"我不应该瞒着你。"

会发生什么?

"它们会被放倒。可能已经被放倒了。"

被杀了。

"是。"

不会传染吗?把动物挤成那样?而且还到处运?

我告诉他我不知道。现在我知道了。

他躺在他那狭窄的床上,脸色苍白得不可思议。他的手从床单下伸出,捂住了自己的眼睛。你看到它们了吗?它们是怎么移动的?在一片寂静中,他的整个身体猛地一颤,就像刚入睡时的突然抽搐一样。他抓住我的手保持平衡。我感到他的上臂枯萎无力。

上个月。他说,随后思绪就迷了路,上周?我本来可以处理好这些。

"罗比,伙计,每个人都会起起落落。你会——"

爸爸?他听上去吓呆了,我不想变回原来的我。

"罗比,我知道这感觉就像世界末日,可并不是这样的。"

他把床单拉到盖过脸。走开。你不知道现在正发生什么。我不想和你说话。

我一动不动。我说的任何话都可能让他尖叫着回到黑暗的院子里。几分钟过去了,他似乎放松下来。也许他要睡着了。他把床单从脸上拿下来,从枕头上抬起头说话。

你为什么还在这儿?

"你没有忘记什么吗?愿一切众生——"

他举起一只无力的手。我想改几个词。愿一切生命。幸免。于我们。

下个星期一有客人到访。还没到十点。我正在阅读国家航空航天局同行的电子邮件线程，有关"探索者"号的最新消息。情况不是很好。罗比正趴在餐桌上，学习着加拿大的省份。他们按响了房前的门铃，一个女人和一个穿着蓬松外套的男人，他把一个公文包抱在胸前。我将门打开了一条缝。他们双手出示了自己的身份证件：查里斯·赛勒和马克·弗洛伊德，他们是公众服务部儿童、青年和家庭分部的社工。我有权不让他们进来，可那样似乎并不明智。

我接过他们的外套，领着他们进了客厅。罗宾从房间的另一边喊道：有人来了吗？有那么一刻，他听起来很像视频中的男孩。像杰伊。他跑进起居室，困惑地看着大白天房子里出现的陌生人。

"罗宾？"查里斯·赛勒问道。罗宾好奇地打量着她。

我说："我有客人，罗比。你去骑会儿自行车怎么样？"

"先坐一会儿。"马克·弗洛伊德命令道。

罗宾看着我。我点了头。他爬上艾丽最喜欢的旋转蛋形椅，腿放在脚凳上。

弗洛伊德问罗宾："你在忙些什么？"

我没在忙，只是在玩一个地理游戏。

"什么游戏？"

他造的一个游戏。罗宾用拇指指着我,他知道很多,可他有时候也会犯错。

弗洛伊德询问他的学习情况,罗宾一一回答。如果政府要检查他的课程,他们已经有了一个满意的答案。查里斯·赛勒看着这一连串的问与答。片刻后,她凑过去问:"你的头受伤了吗?"我终于一下子明白了。她站起来,穿过房间去检查他的瘀伤,瘀伤像蓝色的痈一样从他的右眉毛那儿突出。"那是怎么发生的?"

罗比闭嘴了,不愿告诉陌生人他那野性的自己做了什么。他看了我一眼。我的头微微一点。赛勒和弗洛伊德看到了,我敢肯定。

我撞的。他的话是试探性的,几乎是一个疑问。

赛勒用两根手指把他的头发往后梳。我想告诉她把她的手从我儿子身上拿开。"那是怎么发生的?"

罗宾说出了事实。我撞墙上了。诚实是他的软肋。

"怎么弄的,亲爱的?"赛勒听起来像学校的护士。

罗比又偷偷看了我一眼,被我们的访客截住了。我儿子摸了摸他的瘀伤,向下看着。我必须得说吗?

三个人都转向我。"没关系,罗比。你可以告诉他们。"

他抬起头,挑衅地盯了五秒钟。然后他又软弱下来。我当时很生气。

"因为什么?"查里斯·赛勒问道。

因为奶牛。难道你不生气吗?

她的盘问一下子顿住了。有那么一刻,我在想,她是有感到惭愧的。可她脸上最细小的肌肉却表达了困惑。她不知道他指的是哪些奶牛。

局势正在恶化。我对上罗宾的目光,把头朝前门歪了歪。"你想去看看猫头鹰吗?"他耸了耸肩,被成年人的愚蠢打败了。不过他讷讷地向客人道别,然后溜出了房子。门在他身后关上了,我转向我的检察官们。他们摆出公事公办的样子激怒了我。

"我从未因愤怒而对我的孩子动过一根手指头。你们觉得你们这是在做什么?"

"我们收到了一条消息,"弗洛伊德说,"一般只有出大事的时候才会有人给我们打电话报警。"

"他当时很害怕,被最近这疯牛病搞得非常非常难过。他对生物很敏感。"我没有添加我应该说的话——我们都已经被吓坏了。这似乎仍然只是一个孩子的恐惧。

马克·弗洛伊德把手伸进公文包,取出一个文件夹。他在我们之间的咖啡桌上打开了它。里面是两年的文件和笔记,从最初罗比在三年级停学到我因让我儿子参与公共事件而在华盛顿被捕,全都在册。

"这是什么?你们一直在记录我们的档案?你们对州里所有的问题儿童都存了档吗?"

查里斯·赛勒对我皱着眉说:"是的,我们有在记录。这是我们的工作。"

"那么我的工作就是尽我所能照顾好我的儿子。而我正是这样做的。"

我不记得那之后发生了什么。充斥我大脑的化学物质使我无法听到社工所说的大部分内容。可要点很明确:罗宾是系统中的一个活跃案例,系统正在监视我。如果再有下一个虐待或不当照料的报告,那么政府将进行干预。

我设法保持足够悔悟的状态,不再横生枝节地把他们送到门口。在门廊上,看着他们的车开走,我看到罗比在街区的尽头,骑在他停下的自行车上,等待他可以安全回家的那一刻。我挥手让他进来。他马上坐回车座上,全力蹬踏。他飞奔下车,把自行车丢在草坪上,一路小跑到我的身边,搂住我的腰。待我把他从我身上哄下来他才开口。从他嘴里出来的第一句话是:爸爸,我在破坏你的生活。

生命的形态之河绵延了很长时间。迄今为止，在已展开的数十亿个解决方案中，人类和奶牛是近亲。这毫不奇怪，在生命边缘的某种东西——一个只有十二条蛋白质编码的 RNA 链——在稍作调整后高兴地让另一位宿主也尝试了一下。

洛杉矶、圣地亚哥、旧金山、丹佛：它们都无法与工业规模饲养场的密度相提并论。可人类的流动性和无情的商业弥补了这一点。而且，回到二月份，还没有人那么担心。肆虐牛肉行业的病毒正被总统抢去了风头。一周又一周，他不断推迟重新安排的选举，声称几个州的数字安全度还不够，各种敌人仍然在准备干涉。

三月的第三个星期二到来，当投票终于开始时，整个疲惫不堪的国家都感到惊讶。不过，当另一波违规操作被宣布无关紧要，并且总统赢得选举被任命时，我们之中只有半数人感到震惊。

信号来自希尼亚（Xenia），这是一颗位于风车星系中一个旋臂尖端附近的小型恒星系统中的小行星。那里，在一个持续了数个地球年时长的夜晚开始时，一个像孩子一样的物种向着与地球夜空完全不同的东西举起了一个有点像手电筒的玩意儿。

孩子身边站着可能最接近于称其为父母的生物。在行星希尼亚上，整个物种的智慧生物为每一个新生儿都贡献了一点种质。不过，每一个希尼亚生物都有一个孩子要抚养。在行星希尼亚，每个人都是别人的父母，也是别人的孩子，同时也是别人的姐姐或弟弟。一个人死了，于是每个人都死了，没有一个人会存活。在行星希尼亚上，恐惧、欲望、饥饿、疲劳、悲伤以及其他所有短暂的感觉都消失在共同的恩典中，就像星星消失在白日的阳光中。

"在那里。"一个类似父亲的生命对一个类似孩子的生命说着类似话语的东西，"高一点。就在那里。"

小家伙仰躺着，飘浮于智能土壤上方的亲人筏上。它感到自己类似手臂一样的东西被一种地球人不知该如何命名的辅助程序所推动。

"那里吗？"年轻人问道，"就是那里吗？为什么他们从来没有回复？"

年长者的回答不是通过声音或光，而是通过周围空气的变化。

"我们让他们的数千万代沐浴在信号中。我们尝试了我们能想到的一切。我们就是没能引起他们的注意。"

年轻者散发出的一系列化学物质，不像是一种笑声，更像是一个整体的裁定，一个完整的天体生物学理论。"他们一定很忙。"

白天变得越来越长。阳光卷土重来。可我儿子并没有。他认定自己已经辜负了我,辜负了所有他被迫比之活得更久的生物。他蜷缩在艾丽的蛋形椅上,或者蜷缩在餐桌旁看着他的功课。一个小时过去了,他蜷缩着身体,一动不动。有一次,我瞥见他将手掌摊在面前,对掌中仍流淌着的生命感到迷惑不解。

我还有能力帮助他。恐惧和守规的时代已经过去。我所要做的就是接受一些未来的风险,我可以减轻他目前的痛苦。他需要药物。

一天晚上,洗完澡后,他在浴室里逗留了很久,我不得不进去查看。他站着,用浴巾包裹着自己纤细的身体,盯着镜子。不见了,爸爸。我甚至忘记了我不记得什么了。

这是我最怀念他的地方。即使他的亮光熄灭了,他也仍然在寻找。

还有几天我就放春假了。我一直在秘密地准备着。我向他提出了一个想法。"来一次大型寻宝怎么样?"他的肩膀垂了下来。他不想再玩什么发现了。"不,罗比,这次是真正的寻宝。"

他看着我,怀疑地问:你什么意思?

"穿上你的睡衣,咱们在我的办公室见。"

他服从了,因为太好奇而无法拒绝。当他出现在我桌边时,我递给他一张写满名字的纸,一共将近两打。春美草。獐耳细辛。匍匐浆果鹃。主教帽。火石竹。六种延龄草。

"知道这些是什么吗?"如果他在开始点头时还不知道,那么在他点头时他就明白了。"你能找到并画出几个?"

他的四肢开始颤抖。他痛苦地咆哮着。爸爸!我握着他的胳膊让他平静下来。

"我是说真的。来自现实生活的。"

困惑使他不至于崩溃。他的手在空中划过,求我讲些道理。怎么可能?去哪儿?仿佛对于一个如此颓废之人,花朵也不会再出现。

"去大雾山怎么样?"

他不相信地摇摇头,真的吗?真的吗?

"当然,罗比。"

什么时候?

"下个星期怎么样?"

他观察着我的脸,看我是不是在说谎。几个星期以来,他第一次燃起了希望。我们可以住上次那个小木屋吗?我们可以在户外睡觉吗?我们能不能蹚一蹚你和妈妈走过的那条急流?然后,生活的全部恐怖又一次席卷了他。他将写有野花名称的清单举到眼睛的高度,哼唧着。我怎么能在一周内学会所有这些呀?

我当时发誓,我们从树林里回来后,我就会去找他的医生,让他开始新的治疗。

开车南下的过程中,他焦躁不安。现在他最细微的想法都需要无尽的安慰。他忍不住问起过去。经过伊利诺伊州的大部分地区、整个印第安纳州和肯塔基州时,他都在谈论艾丽。他想知道她在哪里长大,她在学校学习了什么。他问我们是怎么认识的,我们花了多长时间结婚,以及在他出生之前我们去过的所有地方。他想知道我们在大雾山度蜜月时一起做的一切,以及艾丽莎最喜欢那些山脉的哪里。

不考问我的时候,他就研究我给他的一本按颜色索引,并按开花时间顺序排列的,关于阿巴拉契亚野花的图书。什么是"早春短命植物"?

我纠正了他的发音并给他讲解。

它们为什么死得这么快?

"因为它们长在森林地面的阴凉处。它们必须在树木长出叶子之前生长、发芽、开花、结果并播种,不然就玩完了。"

妈妈最喜欢的春季野花是什么?

我肯定知道过。"我想不起来了。"

她最喜欢什么树?你不记得她最喜欢的树了吗?

我希望他不要再问了,不然我怕把自己仅知道的那点儿也忘了。

"我可以告诉你她最喜欢的鸟。"

他开始对我大喊大叫。那是一次漫长的旅程。

我设法租下了很久以前我们住过的那间小木屋,那间带有环绕式露台、朝向树林、可以看到星星的小木屋。我们的车轮嘎吱嘎吱地碾压在陡峭的碎石路上,追逐着树影。罗宾从车上狂奔下来,一步并作两步。我跟着,手里提着包。木屋里面,所有的电灯开关仍贴着标签——走廊、门廊、厨房、吊顶,橱柜也仍然覆盖着相同的颜色编码说明。

罗比冲进起居室,一头扎进沙发,沙发上装饰着熊、麋鹿和独木舟的游行队伍。三分钟后,他睡着了。他的呼吸非常平静,我让他在那里睡了一整夜。黎明时分,他才醒过来。

那天早上,我们踏上了小径。我在公园边界内不远处发现了一个攀登处,它面向南方的太阳,同时背靠潮湿的壁架。每隔二十码,我们就会看到另一处潮湿的岩层,里面的物种比狂野的生态缸中的还要多。你可以切下一块,把它装进星际飞船的货舱,然后用它来改造遥远的超级地球。

罗宾手里抓着他的清单。他正在四周寻找新的花朵。可他已经失去了命名事物的能力。这些是芸香唐松草吗,爸爸?

他发现了一团与他的野外指南中的图片一模一样的东西。"我不知道。你觉得呢?"

嗯,花瓣不太匹配。中间的小东西要长得多。

我看着照片,然后看着他。他已经失去了信心。四个月前,他会来更正这本书的。"要相信自己,罗比。"

他心烦意乱,双手在空中挥舞。爸爸,就告诉我嘛。

我证实了他的猜测。他笨拙地画了一丛芸香唐松草。他继续寻找,然后又焦虑于黄精的真假。接着他也画了那些花。

只有画画给了他一点安宁。手里有一支锋利的铅笔,能坐在木头上画画,他就还好。可他花了很长时间才重新创造出春美草内部那幽灵般的紫色条纹。他在画美洲猪牙花时,对自己颤抖的手感到愤怒。而且,老实说,他的绘图技巧已经从一个月前那轻快、大胆的状态中退化了一些。

清单一点点被完成。他发现了十种植物,还有十几种盛开的短命植物,其消亡速度比来这个地方的任何陌生人想象中的都还要快。每一个新发现都让他充满了强烈的满足感。我们在山脊上爬了不到半英里,他已经发现了清单上我给他列出的所有植物。他沿着被阳光覆盖的潮湿岩石墙往后看,上面挤满了各种合作实验的结果。无论发生什么,春天都会继续回来的。对吧,爸爸?

观点对立的两方都有强有力的论据。地球走过了一切,从地狱到雪球。火星失去了它的大气层,颓败为一个寒冷的沙漠,与此同时,金星则坠入狂风和比冶炼厂还热的地表。生活几乎可以在一夜之间分崩离析。我的模型已经说了很多,这颗星球的岩石也如此证明了。我们在这里,一个正在快速成为新事物的地方。只通过一个样本得出的预测是不可靠的。

"是的,"我告诉他,"你可以相信春天。"

他对自己点点头,朝山脊走去。我们绕过了一个弯道到达一处平缓地带。森林被一步步清除。郁郁葱葱的月桂树丛让步于开阔的橡树和松树。我的电话响了。在这之上能收到信号让我十分震惊。

不过,覆盖地球上每个未被发现的地点就是通信信号覆盖的任务。

我看了下手机。我没忍住。我滑开锁屏——艾丽和罗比在他七岁生日那天拍的照片,他们的脸画得像老虎。六个不同文本链中有十七条消息等着我。我抬头看到罗比正沿着小路前进,他的步态几乎又轻松了起来。我偷偷看了一眼文字,准备迎接最坏的情况。可我低估了最坏到底会是什么样子。

"新一代"望远镜已死。三十年的规划和创新,一百二十亿美元,来自二十二个国家的数千名杰出人士的工作,整个天文学界的希望,以及我们第一次看到其他行星轮廓的好机会。新近重新当选的总统得意扬扬地砍掉了这个项目:

自未遂政变以来对信仰者犯下的最大欺诈行为!!!

我的同事们在废墟中争先恐后地倾诉着他们的暴怒、悲伤和难以置信。我敲下了一些东西,用五个词表达了我同大家一致的不可置信。消息排着队却未发送成功。

沿着小径,罗比跪在一棵铁杉树脚下,聚焦在什么东西上。我放下手机,朝他走去。我走近时他站了起来。妈妈走过这条小径吗?

爱就像死亡一般激烈。"你在看什么?"

他的眼睛一直盯着山沟里,杜鹃花丛中的某处。她来过这里吗?

"我不觉得。为什么这么问?"

那我们可以直接去河边吗?她喜欢的那条?

"现在还早呢,伙计。我计划我们俩在午饭后出发。我们今晚要在那里露营。"

我们可以现在就去吗？求你了！

我们沿着山脊上的岩石小道和锦簇的花朵返回。他从山腰处钻下山去。我试着让他放慢速度去看一看。"找找火石竹。当我们上来时，它们几乎没有开放。你能相信它们在一小时内就开完花了吗？"

他看了看，表达了他的惊讶。可他心不在焉。

我们抵达山脚，回到车里。我开车来到另一条小径的起点，一年半前我们曾在这儿徒步过。十年前，我和妻子度蜜月时也曾在这里远足。当我们走在路上时，我用故事引诱她，成千上万的系外行星到处涌现的故事，在人类历史上从未出现过的故事。

你们花了多久才找到小绿人？

"没多久，"我告诉他，"应该不是人。可能甚至都不是绿的。不过，我们这辈子会见到的。"最终，我们两个都没见到。

我们从车上取下框架背包并背上它们时，罗宾感觉到了什么。他一直等到我们走到第一个转弯处，距离小径起点四分之一英里的地方。他在一排刚开花的花楸树下停下，侧头看向我。有什么事在烦你。

我大脑的某个原始部分设想着，如果我不说出这个事实来，也许它就不是现在这样。"没什么，我只是在想事情。"

关于我的，不是吗？

"罗比，别胡思乱想了！"

我的尖叫让我们在儿童保护组织那惹上了麻烦。他们要把我从你身边带走，不是吗？

当你们都背着框架背包时，你很难拥抱一个只有你一半身高的人。我的尝试只证实了他的怀疑。他推开我，开始沿着小径前进。然后他停了下来，转过身，伸出一根手指警告我。

你不应该试图保护我不受真相伤害。

"我没有。"我抬起手,在空中画出一道曲线,轻轻一挥,三英寸高,两英寸宽。意思是:原谅我,我正在犯下很多错误。他的头低下一毫米,那意思是:我也是。

"罗比,对不起。是坏消息。我们收到了华盛顿的来信。"

他们要封杀"探索者"号?

"更糟糕。他们要封杀'新一代'。"

他捂着耳朵,发出一声轻呼,像是什么飞到一半的东西。这太疯狂了。那么些年。那么多付出和资金。他们没有听到你们的发言吗?

我咽下了一声苦笑。

那"探索者"号呢?

"一丁点儿可能都没有了。"

永远吗?

"在我有生之年不会有了。"

他忍不住摇头。等等。那是不对的。他皱着眉头,在脑海中计算起来。构思、设计和制造"新一代"所花费的时间。那些浪费在规划"探索者"号身上的时间。必须得再过多少年,才有人敢于提及太空望远镜。还有留给我的岁月。数学不是罗宾最擅长的科目。不过算这个也不需要多精通数学。

他们打算怎么处理它?

这个问题肯定会影响世界各地天文学家和十岁儿童的睡眠。一个价值一百二十亿美元的设备意在旅行到比哈勃距离地球远上五万倍的地方,将其十八个六边形反射镜排列成一个精度小于万分之一毫米的数组,窥测宇宙边缘,而它大概率要被清理掉并分块运走——这是史上最昂贵的沉船。

爸爸,一切都在倒退。

他是对的。而我丝毫不知道为什么。

小径缩窄为一条羊肠小路,穿过了一条长长的杜鹃花隧道。我从后面看着他,在背包的重压和领悟的力量下艰难前行。我们登上顶峰,开始踏上往水边去的长达一英里的路程。他突然停了下来,我差点被他绊倒。

所有那些地外文明,它们会好奇为什么从来没有收到过我们的消息。

我们到达目的地，藏在陡峭河流的一个河湾里。罗宾放下他笨重的背包，又变回一个小男孩。

我们可以先在水边坐一会儿，然后再搭帐篷吗？

天气清新而晴朗，还有数小时的阳光，也不会下雨。"我们可以一直坐在河边，想多久就多久。"

想什么想多久？

"想清楚人类。"

他把我拽到十几码外的河边。流水闻起来有种初生的清新感。我们俩在岸边各找了一块石头坐下。他把手伸进湍急的水流中，被冻得一哆嗦。我们可以把脚放进去吗？

"新一代"已死。"探索者"号也死了。我的模型永远不会被测试。我的判断被枪毙了。白色瀑布的力量和自由充满了空气。"我们可以试试。"

我脱掉靴子和厚重的远足袜，把满是伤痕的双脚伸进水的漩涡中。冰冷的水在宽慰和痛苦的边缘探测。直到我把双腿从冰冷的水流中抽出，我才意识到它们已经麻木了。罗比颤抖着，把脚踩在浅滩上取暖。

"现在先这样，行吗？"

他从水流中抬起僵硬的肢体。从小腿中部向下，都是砖红色的了。红脚鲣鸟!他痛苦地抓住脚趾,试图解冻。他的笑声中带着痛苦的啜泣。他在水里搜寻着什么。我不敢问他在找什么。一个不同年龄的、不同世界的不同男孩曾告诉我,他的母亲变成了蝾螈。我和他一起盯着水流,希望能有机会回到那一天。

罗宾先做到了。苍鹭!

我没想到他的内心还留有这样的寂静。这只鸟单腿立在水里,什么也不做。在很长一段催眠般的时间里,罗宾也是如此。他们互相对视着,我儿子正视的眼睛和鸟侧视的眼睛。解码神经反馈的效果已经从罗宾身上消失,可如何锁定闪光反馈的能力并没有消失。总有一天我们会再次学会如何在这个生之场所进行训练,保持静止将会和飞翔一样。

大鸟围猎。每五分钟,走半步。那只鸟就像一块浮木。甚至连鱼都忘记了。当苍鹭终于猛地扑出时,罗宾尖叫起来。鸟从两米远的地方直冲下去,几乎没有任何倾斜,当它再站直身子时,嘴里正叼着一份令人震惊的大餐,晃来晃去。这条鱼似乎太大了,无法从鸟的喉咙里滑下。可那鸟张开松垮的食管,下一刻,甚至连一个隆起都没有,一切都未发生过。

罗宾大叫,声音吓飞了苍鹭。它弓背蹬腿,拍打着巨大的翅膀。它升空时看起来更像是翼手龙,起飞时发出的呱呱声比情感还要古老。笨拙的身形变得优雅。罗宾的目光追随着那只鸟,它穿过灌木丛,然后消失了。他继续盯着那个硕大的物体消失的地方。他转向我说:妈妈在这里。

我们重新穿上鞋子,逆流而上,沿着石岸边走了一百码,到达我们全家曾游过泳的地方,尽管并非全都在同一时间。当我们来到急流下方的水域时,我大声咒骂。那言语让罗宾脸都白了。怎么了,爸爸?怎么了?

直到我指了指他才看到。整条河流都布满了堆石界标。两岸和溪流中间的巨石顶部，到处都是堆积如山的石头。它们看起来像新石器时代的立石或锥形汉诺塔玩具。

罗宾看了我一眼，还是不明白。

它们怎么了，爸爸？

"那些是你母亲最不愿意见到的。它们摧毁了河里所有东西的家园。不妨这样想象一下，来自另一个世界的生物一次又一次地突然出现在我们的领空并摧毁我们的社区。"

他的眼睛飞快地扫视着白鲑、银色小鱼、鳟鱼、蝾螈、藻类、小龙虾和水生幼虫，还有濒临灭绝的石鲖和美国大鲵，所有这些生物都为这种地盘标记艺术献出了生命。我们必须把它们拆掉。

我感到如此疲倦。我想放下生命，把它留在水边。不过，我们还是动手干起了活。我们拆除了我们够得到的堆石界标。我把我这边的那些推倒。罗宾一次拆除一个他那儿的，透过清澈的水凝视着每块石头的最佳更换位置。当我们清理完河岸附近的石堆后，他看了看河流中间的石堆说：我们把剩下的也拆掉吧。

两千五百英里长且遍布岩石的河流穿过这些山脉。人类工业将触及所有这些。整个夏天和秋天，我们可以每天都来拆除这些堆石界标，而明年春天它们又会再次立起。

"它们太远了，水流太急了。你也感受过水有多冷。"

他的眼里流露出每个十岁孩子眼中都会出现的神色，预示着即将到来的长期战争。罗宾犹豫着是否要试探我会不会阻止他，然后他在一块长满千年地衣的岩石上坐下。

妈妈会拆掉的。

他的母亲，那个蝾螈。

"我们今天就不拆了，罗比。这水都是融化的雪水。我们七月再来。这些堆石界标仍会遍地都是。我肯定。"

他凝视着那条穿过森林直达山下的绿色通道。一只画眉鸟的歌声似乎安抚了他。他的呼吸变得深沉和缓慢。一群小蚊子在急流上方蜂拥而至，一股初始的青白色硫黄在他脚边的水域周围搅动。在这种地方，任何人，甚至是我儿子，都很难长时间记得他的愤怒。他转向我，很快又成为我的朋友。我们晚餐做什么？我可以用炉灶做饭吗？

露营地四周人迹罕至。我们把帐篷搭在靠近河岸的地方,把睡袋铺在地上。我们在地面上被火熏黑的圆圈内搭建厨房,然后罗比用西红柿、花椰菜和洋葱煮扁豆。这顿饭让他满意得可以原谅我的一切。

我们把背包挂在水边的同一棵老美国梧桐树上。透过鹅掌楸和山核桃树的缝隙,天空如此晴朗,我们再次冒险将外帐摘下。天很快就暗了。我们肩并肩躺着,透过透明的网布,仰望深蓝色的天空,天空中的星星在夜晚的所有角落里重新制定着规则。

他用肩膀碰了碰我。银河系中有数十亿颗恒星吗?

这个男孩让我对世界顿生好感。"数百亿。"

宇宙中有多少星系?

我也用肩膀轻推了一下他的后背。"你这个问题很有趣。一个英国团队刚刚发表了一篇论文,称可能有两万亿。比我们想象的还要多十倍!"

他在黑暗中肯定地点点头。他的手在天空中挥了挥,又问:星星无处不在,多得我们数不过来?那么为什么夜空中没有充满星光呢?

他缓慢而悲伤的话语使我全身上下的汗毛都立了起来。我儿子重新发现了"奥伯斯悖论"。离开许久的艾丽将嘴凑近我的另一只耳朵。他很了不起。你知道的,不是吗?

我尽可能清楚地为他解释。如果宇宙是稳定永恒的,如果它永远存在,那么来自四面八方的无数太阳发出的光就会使黑夜亮如白昼。可我们的星球只有一百四十亿年的历史,所有的恒星都在以越来越快的速度离开我们。我们这个地方太年轻,扩张速度太快,星星无法抹去黑夜。

躺得如此之近,我能感觉到他的思绪在黑暗的夜空中奔涌而出。他的眼睛从天空中的一颗星星跳到另一颗。他在画图,在制造他自己的星座。当他说话时,他的声音听上去虽是童音却很睿智。你不应该难过。我是说望远镜的事。

他吓到了我。"为什么不?"

你觉得哪个更大?外层空间……他用手指碰了碰我的头,还是内在的?

这是斯特普尔顿《造星主》中的话,这本书是我年轻时的圣经,点亮了我脑中的闭塞处。几十年来我从未想过这本书。整个宇宙比整个存在无限小……存在的无限性支撑着宇宙的每一刻。

"内在的,"我说,"绝对是内在的。"

好。那既然如此,也许那些数百万颗从未造出望远镜的行星和数百万颗造出过的那些一样幸运。

"也许吧。"我说,然后把头转离他。

那个,在那里的。他指着,那里在发生什么?

我告诉他:"在那颗行星上,人们可以分裂成两半,然后长成两个独立的人,他们所有的记忆都完好无损。可一生只能有一次。"

他的手臂挥向天空的另一边。还有那个?那儿怎么回事?

"在那颗行星上,人皮肤上的色素细胞总能准确地传达出他们的感受。"

棒极了。我想住在那儿。

我们在宇宙中遨游了很久。我们走得太远了,离满月还有两天的上弦月从山峰边缘升起,遮住了星星。他指了指剩下的最后一道亮光。木星。

在那里?你所有的记忆永远不会减弱,也永远不会消失。

"哎哟,无论是骨折?还是和人打过的架?"

还有妈妈皮肤的味道。还有看到的那只苍鹭。

我顺着他手指的地方看去。在月光的洗涤下,光线暗了下来。"你想去那里吗?"

他的肩膀从睡垫上抬起。我不知道。

树林里有什么东西在叫。不是鸟,也不是我听过的任何哺乳动物的声音。那叫声穿透黑暗,悬浮在河水的咆哮之上。它可能是痛苦或喜悦,悲伤或庆祝。罗比猛地一把抓住了我的胳膊。他让我安静,虽然我并没有出声。叫声再次传来,距离更远了。另一个叫声引发了另一个回应,在最狂野的和弦中叠加。

然后它停止了,而夜晚充斥着其他音乐。罗宾转身更用力地抓住我,月光照亮了他的脸。每一个活着的生物都会感受到它被创造出来所要感受的东西。

听。我儿子对我说。然后说了一句永远不会减弱,也永远不会消失的话:你能相信我们在哪儿吗?

在我们黑暗舒适的帐篷里,离我的脸十英寸处,艾丽莎低声说:这为什么如此重要呢?

我们徒步走了八个小时,直到我的脚出了血。我们一起在湍急的瀑布中游泳。我筋疲力尽,以至于不得不艰难地点燃野营炉并做好饭。我不记得我们吃了什么。我只记得她如何要求更多。

我想脸朝下趴在充气枕头上就这么消失一周。她想让我彻夜不眠,谈论哲学。如果它发生在其他任何地方,会有什么区别呢?它在这里发生了。这就够了,不是吗?

我的脑袋停止了运转。我说出的话几乎无法保持主谓一致。"一次是意外。两次便是不可避免。"

她压着我的胸口说:结婚这档子事不错。她听起来很惊讶,好像这个发现解决了所有问题。

"在任何地方找到它的任何痕迹,我们就会知道宇宙想要生命。"

她笑得非常开心。啊,宇宙的确想要生命啊,先生。她翻到我身上,如小巧的行星,而且它**现在**就要。

有那么一分钟,我们就是一切。然后就不是了。后来我一定是睡着了,因为我又被一种奇异的声音吵醒。黑暗中,有人在唱歌。一开始我以为是她。三个流畅、循环的音符:最短旋律,正尝试着无穷无尽的新音调。我看着艾丽。在黑暗中,她的眼睛睁得大大的,仿佛那怅惘的三音符曲调来自贝多芬。她假装恐慌地抓住了我的胳膊。

亲爱的！它们着陆了。它们来了！

她知道歌手的名字。可我没有问她，而现在我永远都不会知道了。她听着，直到鸟儿沉默了。尾音后立刻又充斥着其他生物的嗡嗡声，如一张网通过我们周围六片不同的树林蔓延至四面八方。她在纯粹的狂喜中一动不动，那是我们的儿子一会儿将要学习的感受。

这才是生活啊，她说，要是能永远把这留在身边……

永远和曾经之间，差异竟如此微小。

不知不觉，我在恍惚中睡着了。帐篷拉链被打开的声音惊醒了我。我没弄明白他是怎么做到在我不知晓的情况下，穿好衣服并准备走出帐篷的。"罗比？"

嘘！他说。我没弄明白他为什么这样。

"你还好吗？"

我很好，爸爸，非常好。

"你要去哪里？"

上小号，爸爸。我马上就回来。在月光下，他的手像旋转的地球一样转动，这是他向我发出的老信号，表示一切都很好。我将头躺回充气枕头上，把冬用防寒睡袋口拉至脖子，然后又睡着了。

我在寂静中惊醒，马上意识到两件事。首先，我睡着的时间比想象的要长。其次，罗宾不见了。

我穿好衣服走出帐篷。我们扎帐四周的草地上满是露水。他的鞋子和袜子在帐篷开口处。手电筒也在那里：它是不被需要的。天空中清亮的月光让地球染上了一层蓝灰色调。在树根和岩石中前行就像在路灯下行走一样容易。

在湍急的水流声中，我的呼唤声没有得到任何回应。绕着露营地，我大声喊："罗宾？罗比！伙计？"几英尺外的小河里传来低沉的呻吟。

我迅速赶到岸边。银色的月光下,湍急的水流四溅。他曾经告诉过我:天越黑,我从眼睛的两侧反而看得越清楚。我四处环顾,从下游看向上游,发现他蜷缩在水流中央的一块巨石上,与它相拥。

在水流中走了五英尺,我踩到了滑溜溜的东西。脚下的一块石头松动,我随之跌倒。右膝和左肘着地,都被划伤了。在我抓住另一块大石头之前,冰冷的水流已经将我往下游冲走了十码远。我向上游爬去,手脚并用,一石一子地前行。每前进一步似乎都需要几分钟的时间。靠近巨石,我看清楚了一切。他一直在拆除堆石界标,想让河流变回一个安全的家园。

一直到他的肋骨顶端都湿透了。他全身都在颤抖。他试着伸出手,可手臂在空中无力地摆动着。他的嘴里发出含糊不清的声音,完全不成字句。我的手可以感觉到他整个身体在抖动着,像受惊的野兽一样。他摸上去如此冰冷。

时间陷入混沌。我不知道该做什么。他的脉搏如此微弱,我不敢把他抱起来。如果我试图和他爬过湍急的河流回去,这意味着他将长时间被冰水浸泡,他或许没法挺过来。我将他抱起,试图把他抬回岸边。刚踏出一步,我便滑倒了,他也一起跌入水中。他发出痛苦的声音。没有人能够怀抱重物直立着行走穿过那些潮湿的岩石。

我又把他抬回他之前一直拥抱的小小岛之上,把他放稳后,我也爬到他旁边。我脱掉他的裤子和衬衫,湿衣服沾在他皮肤上,花了很长时间才脱下来。他的T恤卷成一堆,紧紧地贴在狭窄的巨石上;他的小牛仔裤滑下,顺流而去。他颤抖得更厉害了。我试图把他弄干,却只加速了蒸发带来的寒意。

我拼命保持冷静和专注。我需要用温暖的东西把他裹起来,可我自己的衣服也因摔倒而湿掉了。他的呼吸很微弱,费力地喘息着。

我把他的膝盖抬至他胸前，脱掉我的湿衬衫，将我的身体蜷缩在他周围。可我的皮肤和他的一样又冷又湿。

我抬起头。世界是银色的，杳无声息。甚至连河水流动的速度也慢得不像是真的。我们离小径的起点有几英里远。山脉阻挡住了手机信号的覆盖。离我们最近的人在对面山脊。但我仍然大声呼喊。我的喊叫让罗宾不安，他的呻吟声变得更难受了。即使有人奇迹般地听到了我的声音，他们也永远无法及时找到我们。

我揉搓他，轻拍他，叫着他的名字。轻拍变成了拍打。他不再呻吟，不再以任何方式给我回应。意志从他的躯体里一点一点消逝。无论我怎么摩擦，他的皮肤还是从红变蓝。我再次俯身将他抱在我湿漉漉的怀里，但无济于事。我需要一些其他方法让他暖和起来。在春寒料峭时不穿任何衣服，过不了几分钟，他就完了。

我抬头张望。我的帐篷，还有我那干爽的保暖睡袋就在岸边，不超过二十英尺远的距离。在那岩石上，我环绕他一圈，试图在他的身体周围形成一个空气保温层。寒战仍在继续，可我听不到他的心跳了。

一个声音在说，试试吧。我让他蜷缩在岩石上，自己跌跌撞撞地穿过急流回到岸边。我连滚带爬地越过岸边的岩石和树木。我撕坏了帐篷的拉链，抓起睡袋跑回河边。在岸边，我把睡袋绕在脖子上，不知何故，我这次没有摔倒就返回了巨石处。我扯过睡袋裹住他，封上口。之后，我用自己的身体盖住他。我尽可能地庇护他，在湍急的水流中寻觅他的呼吸声。

时间过了很久，我才接受事实，他不再需要我了。

曾经，有一颗行星，它找不到其他同伴的方位。它死于孤寂。仅我们星系，这种情况就已发生了数十亿次。

大学给我放了丧亲假。葬礼结束后，在与罗比的亲戚和所有视我们为朋友的人一起待了很长一段日子之后，我觉得再也没有必要和任何人说话了。待在室内，读他的笔记本，看他的画，写下我能记得的关于我们在一起时的一切，就已足够。

人们给我送来食物。我吃得越少，他们送得越多。我没心情付账、割草、洗碗或看新闻。上海有两百万人失去家园。凤凰城没有了水。疯牛病从牛传染给了人。一周周不知不觉地过去。我的日子昼夜颠倒，我对着满屋无处不在却又尽在此处的众生吟诵诗篇。

我不接电话。偶尔，我会听一下语音留言，看一下信息。没有什么需要回答的。反正我也没有任何答案。

然后有一天，柯里尔发来一条消息。如果你想，你就可以和罗比在一起。

"好吧,"这个我不再怨恨的男人说道,"放松并保持不动。观察屏幕中间的圆点。现在让圆点向右移动。"

我不知该怎么做。他说这是世界上最简单的事情。等它开始自行移动,然后保持那种心态。

他正在为我冒很大风险——触犯法律。早晚,我们都会违反法律。可马丁不仅仅在犯罪。他正在花费他没有的预算,为这些机器提供能量,而这种能量很快就可能是出多少钱都难得到的。他自己操作扫描仪,因为他已经遣散了所有员工。像其他的许多实验室一样,他的实验室也正在缩小规模。

我躺在舱里,把自己调到一份罗比的大脑印记上。那是他们去年八月记录的,当时他处于最佳状态。只是进入这个空间,我就感觉能喘过来气了。我学会了移动那个圆点,让它扩大、缩小和改变颜色。两个小时飞逝而过。柯里尔问:"你明天还想再来吗?"

我不知道他为什么要帮助我。这不仅仅是可怜我。像许多科学家一样,救赎是他的软肋。出于某种原因,他对我的进步非常投入。而要解释清楚原因则需要比之更为先进的脑科学。事实上,这是一个天体生物学问题。古迪洛克宜居带行星可以将雨水和熔岩以及一点能量转化为能动性和意志。自然法则能将自私修剪成它的对立物。

第二天我又来了，之后的那天我也来了。我学会了提高和降低单簧管的音调，让它放慢和加快速度或将其变成小提琴的声音，仅仅只需让我的感觉与他的感觉相匹配。反馈引导着我，同时，我的大脑也在学习如何模仿它的心之所爱。

然后，有一天，我的儿子在那儿了，他在我的脑海中栩栩如生。还有仍在他脑海里的，我的妻子。他们当时的感受，我现在感受到了。外层空间和内在空间，哪一个更大？

他什么都不说。他不必说。我知道他想要我做什么。他只想看看外太空有什么。光以每秒三十万千米的速度传播。从太空的一端穿越到另一端需要九百三十亿年的时间，要经过黑洞、脉冲星和类星体，中子星、前子星和夸克星，金属星和蓝离散星，双星和三星系统，球状星团和超致密星团，日冕，潮汐以及光晕星系，反射星云和普勒里恩星云，恒星，星际，星系间盘，暗物质和能量，宇宙尘埃、细丝以及虚空，所有这些都根据定律旋转、折叠成比我们拥有的可命名的最小单位还要小的振动。宇宙是个生命体，我儿子想趁还有时间的时候带我到处看看。

我们一起上升到我们刚刚到访之处上方的轨道。他冒出一个想法，我即刻便知晓。你能相信我们刚才在哪儿吗？

哦，这颗星球是个好星球。我们也是好人，好得像太阳的燃烧、雨水的滴落、土壤的芬芳，在这个按照任何计算都不应该存在的变化多端的世界里，到处飘荡着无尽的解决方案之歌。